발가락이 닮았다

대한민국 스토리DNA 025
발가락이 닮았다

초판 1쇄 발행 | 2020년 5월 20일

지은이 김동인
발행인 한명선

편집 김화영 나은심
마케팅 배성진 **관리** 이영혜
디자인 모리스

주소 서울시 종로구 평창길 329(우편번호 03003)
문의전화 02-394-1037(편집) 02-394-1047(마케팅)
팩스 02-394-1029
전자우편 saeum98@hanmail.net
블로그 blog.naver.com/saeumpub
페이스북 facebook.com/saeumbooks
인스타그램 instagram.com/saeumbooks

발행처 (주)새움출판사
출판등록 1998년 8월 28일(제10-1633호)

• 잘못된 책은 바꾸어 드립니다.
• 책값은 뒤표지에 있습니다.

대한민국
스토리DNA
025

발가락이 닮았다

김동인 단편선

새움

차례

한국현대문학의 이정표 김동인의 다채로운 작품 세계

천재 작가, 예술지상주의자, 유미주의자, 근대문학의 선구자, 친
일반민족행위자… 모두 김동인을 수식하는 말들이다. 김동인은
스무 살이 되던 1919년 우리나라 최초의 문학 동인지 《창조》를 창
간하고 「약한 자의 슬픔」을 발표하며 등단했다. 이후 「배따라기」
로 작가로서의 명성을 확고히 하는 한편, 이광수의 계몽주의 경향
에 맞서 사실주의 수법을 사용하고, 1920년대 중반 유행하던 신경
향파 문학에 맞서 예술지상주의를 표방하며 순수문학 운동을 벌
였다. 그는 이광수 비판에의 집착, 여성 문인 혐오, 극단적 미의식,
친일 행적 등으로 많은 비판을 받았다. 그럼에도 군더더기 없이 명
쾌한 간결체를 구사하고, 과거시제인 '였다'를 써 문장에서 시간관
념을 명백히 하고, 작중 인물의 호칭으로 삼인칭 대명사를 도입하
는 등 우리나라 단편소설의 전형을 확립한 것으로 크게 인정받고
있다.

그렇다면 우리는 그의 소설을 얼마나 제대로 알고 있을까? 이
번 대한민국 스토리DNA 스물다섯 번째인 『발가락이 닮았다』는
김동인의 다양한 작품 세계를 엿볼 수 있는 작품을 엄선했다. 자
신의 임신을 모른 척하는 남자를 상대로 소송하는 여성 화자의

이야기를 담은 데뷔작 「약한 자의 슬픔」을 시작으로, 이름과 달리 아이러니하게도 잔인한 환경 앞에서 타락하는 '복녀'를 주인공으로 한 최초의 본격적 자연주의 작품 「감자」, 자유연애에 빠진 신여성을 주인공으로 한 「김연실전」과 「선구녀」 등 여성 화자의 목소리를 담은 작품을 골랐다. 자연주의 특징을 잘 보여 주는 「발가락이 닮았다」, 실제 투옥되었던 경험을 바탕으로 써서 생생하게 인간의 추한 본성을 그려 낸 「태형」, 탐미주의적 경향이 깊게 새겨진 「광염 소나타」와 「광화사」, 민족주의적 색채가 짙게 묻어나는 「붉은 산」, 이광수를 떠올리게 만드는 '오이배'라는 인물을 통해 친일 행위를 옹호하는 작품 「반역자」를 수록했다. 이에 더해 사람 똥으로 식량난을 해결하려는 이야기로 오늘날 한국 최초의 SF소설로 평가받는 「K 박사의 연구」도 함께 담았다. 이 책이 다채로운 김동인의 작품 세계를 마주하고 이야기의 맛을 즐기는 계기가 되기를 바란다.

2020년 5월
대한민국 스토리DNA 연구소

일러두기

1. 김동인의 작품 세계를 엿볼 수 있는 단편들을 엄선해 발표된 연대순으로 수록했다.
2. 표기는 작품의 원형을 해치지 않는 선에서 현재의 원칙에 따랐다. 다만 작가의 의도가 담긴 일부 표현, 방언이나 속어, 대화체의 옛 표기 등은 되도록 원본을 살렸다.
3. 한자는 대부분 한글로 바꾸었으며 작품 이해에 도움이 될 만한 한자는 병기하였다. 현재의 어법에 비춰 부자연스러운 일부 표현은 현대의 독자들이 이해하기 쉽도록 수정했다.
4. 고어가 된 말이나 방언, 외국어 등은 본문 하단에 간략한 설명을 붙였다.

약한 자의 슬픔

1

가정교사 강 엘리자베스는 가르침을 끝낸 다음에 자기 방으로 돌아왔다. 돌아오기는 하였지만 이제껏 쾌활한 아이들과 마주 유쾌히 지낸 그는 찜찜하고 갑갑한 자기 방에 돌아와서는 무한한 적막을 깨달았다.

'오늘은 왜 이리 갑갑한고? 마음이 왜 이리 두근거리는고? 마치 이 세상에 나 혼자 남아 있는 것 같군. 어찌할꼬. 어디 갈까, 말까. 아. 혜숙이한테나 가보자. 이즈음 며칠 가보지도 못하였는데.'

그의 머리에 이 생각이 나자, 그는 갑자기 갑갑하던 것이 더 심하여지고 아무래도 혜숙이한테 가보여야 될 것같이 생각된다.

"아무래도 가보여야겠다."

그는 중얼거리고 외출복을 갈아입었다.

'갈까? 그만둘까?'

그는 생각이 정해지기 전에 문밖에 나섰다. 여학생 사이에 유행하는 보법步法으로 팔과 궁둥이를 전후좌우로 저으면서 엘리자베스는 길로 나섰다.

그는 파라솔을 받은 후에 손수건을 코에 대어서 쏘는 듯한 콜타르 냄새를 막으면서 N통, K정 등을 지나서 혜숙의 집에 이르렀다.

발가락이 닮았다

그리 부자라 할 수는 없지마는, 그래도 경성 중류민의 열에는 드는 혜숙의 집은 굉대宏大하지는 못하지만 쏠쏠하고 정하기는 하였다.

그 집의 방의 배치를 익히 아는 엘리자베스는 들어서면서 파라솔을 접어서 마루 한편 끝에 놓은 후에,

"너무 갑갑해서 놀러 왔다 얘."

하면서 혜숙의 방으로 뛰어 들어갔다. 그는 들어서면서, 혜숙이가 동모同某 S와 무슨 이야기를 열심으로 하다가 자기 온 것을 알고 뚝 그치는 것을 알았다.

'S는 원, 무엇 하러 왔노.'

그는 이유 없는 질투가 마음에서 끓어 나오는 것을 깨달았다.

'흥, 혜숙이는 S로 인하여 나한테 놀러도 안 오는구만. 너희끼리만 잘들 놀아라.'

혜숙이가 한 번도 자기에게 놀러 와 본 때가 없으되 엘리자베스는 이렇게 생각하였다.

"아, 엘리자베스 왔니. 우린 이제껏 네 이야기 하댔지. 그새 왜 안 왔니?"

혜숙이와 S는 동시에 일어나면서, 혜숙이는 엘리자베스의 왼손, S는 바른손을 잡고 주좌主座에 끌어다 앉히었다.

엘리자베스는, 아직 십구 세의 소녀지만 재주와 용자容姿로 모든 동창들에게 존경과 일종의 시기를 받고 있었다. 그는 재주로 인하여 아직 통학 중이지만 K남작의 집에 유留하면서 오후에는 그 집 아이들에게 학과의 복습을 시키고 있었다.

"내 이야기라니 무슨? 내 숭*들만 실컷 보고 있었니?"

엘리자베스는, 앉히는 자리에 앉으면서 억지로 성난 것을 감추고 농담 비슷하니 물었다.

혜숙과 S는 의논하였던 것같이 잠깐 서로 낯을 향하였다가 웃음을 억지로 참느라 입을 비죽하니 하고 머리를 돌이켰다.

"내 이야기라니 무슨?"

"네 이야기라니. 저— 그만두자."

혜숙이가 감춰 두자 엘리자베스는 더 듣고 싶었다. 그는 차차 노기를 외면에 나타내게 되었다.

"내 이야기라니 무엇이야 얘? 안 가르쳐 주면 난 가겠다."

"네 이야기라니. 저—"

혜숙이는 아까와 같은 말을 한 후에 S와 또 한번 마주 향하여 보았다.

"그럼 난 간다."

하고 엘리자베스는 일어서려 하였다.

"얘, 가르쳐 줄라. 참말은 네 이야기가 아니고 저…… 이환利煥 씨 이야기."

말이 끝난 뒤에 혜숙이는 또 한번 S와 낯을 향하였다.

혜숙의 말을 들은 엘리자베스는 노기와 부끄러움과 모욕을 당했다는 감을 함께 머금고 낯을 붉히고 머리를 숙였다.

엘리자베스가 매일 통학할 때에 N통 꺾어진 길에서 H의숙義塾

---

*'흉'의 방언. 남에게 비웃음을 살 만한 거리.

발가락이 닮았다

제모를 쓴 어떤 청년과 만나게 되었다. 만나기 시작한 지 닷새에 좀 정답게 생각되고, 열흘에 그를 만나지 못하면 섭섭하게 생각되고, 이십 일에 연애라 하는 것을 자각하고, 일 삭* 만에 그 청년의 이름을 탐지하였다. '그도 나를 생각하겠지' 하는 생각과 '웬걸, 내게는 주의도 안 하더라' 하는 생각이 그 후부터는 항상 그의 마음속에서 쟁투하고 있었다. 연애를 하는 사람은 아무도 그렇거니와 엘리자베스도 연애─짝사랑이던─를 안 후부터는 벗들과 함께 있을 때는 아무렇지도 않지만, 혼자 있을 때는 염세의 생각과 희열의 생각이 함께 마음속에서 발하여 공연히 심장을 뛰놀리며 일어섰다, 앉았다, 밖에 나갔다, 들어왔다, 일도 없는데 이환이와 만나게 되는 길에 가보았다. 이와 같이 날을 보내게 되었다. 그러다가 아무에게도 통사정할 사람이 없는 엘리자베스는 혜숙에게 이 말을 다 고백하였다.

이와 같은, 사람의 비밀을 혜숙이는 S에게 알게 하였다 할 때는 그는 성이 났다.

처녀가 학생에게 사랑을 한다 하는 것이 그에게는 부끄러웠다.

둘─혜숙과 S─이서 내 숭을 실컷 보았겠거니 할 때에 그는 모욕을 당했다 생각하였다. 혜숙과 S가 서로 낯을 보고 웃을 때에 이 생각이 더 심하였다.

그리고, 이와 같은 비밀을 혜숙에게 고백하였다 할 때에, 엘리자베스는 자기에게 대하여서도 성을 안 낼 수가 없었다.

*朔. 달을 세는 단위. 개월.

약한 자의 슬픔

'이제껏 자기를 믿고 통사정을 하였더니 이런 말을 광고같이 떠들춘단 말인가. 이 세상에 믿을 만한 사람이 누구인고? 아, 부모가 살아 계시면……'

살아 있을 때는, 자기를 압박하는 것으로 유일의 오락을 삼던 부모를 빨리 죽기를 기다리던 그도, 부모에게 대하여, 지금은 유일의 믿을 만한 사람이고 유일의 의뢰할 만한 사람이라는 생각이 났다. 그리고 혜숙에게 대하여서는 무한한 증오의 염이 난다.

그러면서도, 그는 한 바람을 품고 있었다. 이것—이환과 자기의 새*—이것이 이제 화제가 되는 것을 그는 무서워하고 피하려하면서도 그것이 화제가 되기를 열심으로 바라고 있다. 좀더 상세히 알고 싶었다.

자기 말을 듣고 엘리자베스가 성을 낸 것을 빨리 알아챈 혜숙이는, 화제를 바꾸려고 학과 이야기를 시작하였다.

"너 기하 숙제 해보았니? 난 암만 해두 모르겠두나."

'아차!'

엘리자베스는 속으로 고함을 쳤다. 그의 희망은 끊어졌다.

'내가 성을 낸 것을 알고 혜숙이는 이렇게 돌려다 대누나.'

하면서도 성을 억지로 감추고 낮에 화기를 나타내고 대답하였다.

"기하? 해보지는 않았어도 해보면 되겠지."

"그럼 좀 가르쳐 주렴."

*'사이'의 준말.

발가락이 닮았다

기하책을 갖다 놓고 셋은 둘러앉아서 기하를 토론하기 시작하였다. 한 이십 분 동안 기하를 푸는 새에 엘리자베스의 머리에는 혜숙과 S의 우교友好에 대한 시기도 없어지고, 혜숙에게 대한 증오도 없어지고, 동창생에 대한 애정과 동성에 대한 친밀한 생각만 나게 되었다.

복습을 필한 후에 셋은 잠깐 무언으로 있었다. 그동안 혜숙은 무슨 말을 할 듯 할 듯하면서도 다만 빙긋 웃기만 하고 말은 못 발하고 있었다.

'무슨 말이든 빨리 하렴.'

엘리자베스는 또 갑자기 희망을 품고 심장을 뛰놀리면서 속으로 명령하였다.

엘리자베스가 듣고 싶어 하는 것을 보고 혜숙이는 안심한 듯이 말을 시작한다.

"얘— 얘—"

이 말만 하고 좀 말하기가 별別한 듯이 잠깐 말을 멈추었다가 또 시작한다.

"이환 씨느으은 S의 외사촌 오빠란다."

이 말을 들은 엘리자베스는 갑자기 마음이 무거워지는 것을 깨달았다. 그 가운데는 부끄러움도 섞여 있었다. 갑자기 이환이와 직접 대면한 것같이 형용할 수 없는 별한 부끄러움이 엘리자베스의 마음을 지나갔다. 그러면서도 그는 좀더 똑똑히 알려고,

"거짓말!"

하고 혜숙이를 쳐다보았다.

"거짓말은 왜 거짓말이야. S한테 물어보렴. 이 애 S야, 그렇지?"

엘리자베스는 머리를 S 편으로 돌려서 S의 대답을 기다렸다. 이환이가 S의 외사촌이라는 것은 팔구분은 믿으면서도……

S는 다만 웃고 있었다.

'모욕당했다. 집으로 가고 말아야지.'

엘리자베스는 이렇게 속으로 고함을 치고도 일어나지는 않았다. 그는 S에게서 이환의 소식을 듣고 싶었다. 그리고 '오빠도 너를 사랑한다더라'란 말까지 듣고 싶었다.

"응, 그렇지 얘?"

하는 혜숙의 소리에 S는 그렇단 대답만 하였다. 그리고 의미 있는 듯한 웃음을 머금고 엘리자베스를 들여다보았다.

'S의 웃음. 의미 있는 듯한 웃음. 무슨 웃음일꼬? 거짓말? 이환 씨가 S의 오빠라는 것이 거짓말이 아닐까? 아니! 그것은 참말이다. 그러면 무슨 웃음일꼬? 이환 씨는 나 같은 것은 알아도 안 보나? 아! 무엇? 아니다. 그도 나를 사랑한다. 그리고 S에게 고백하였다. 아, 이환 씨는 날 사랑한다. 결혼! 행복!'

그는 자기에게 이익한 데로만 생각을 끌어가다가 대담하게 되어서 머리를 들면서, 결심한 구조口調로 말을 걸었다.

"애, S야."

"엉?"

경멸하는 듯이 S는 대답하였다. 이 소리에, 엘리자베스의 용기가 대부분은 꺾어졌다.

"너……"

발가락이 닮았다

그는 차마 그 뒤는 말을 발하지 못하여 우물우물하다가 예상도 안 한 딴말을 묻고 말았다.

"기하 다 했니?"

"기하라니? 무슨?"

S는 대답 겸 물어보았다.

"내일 숙제."

"이 애 미쳤나 부다."

엘리자베스는 왜인지 가슴에서 똑 하는 소리를 들었다. S는 말을 연속하여 한다.

"이제 우리 하지 않았니?"

"응?…… 참…… 다 했지……."

S는 '다 알았소이다' 하는 듯이 교활한 웃음을 머금고 엘리자베스의 그리스 조각을 연상시키는 뺨과 목의 윤곽을 들여다보았다.

'모욕을 당했다.'

엘리자베스는 또 이렇게 생각지 않을 수 없었다.

'집으로 가고 말아야지.'

이 생각을 할 때에 그는 아까 집에서 혜숙의 집에 가야겠다 생각할 때에, 참지 못하게 가고 싶던 그와 동 정도로 집으로 돌아가고 싶었다.

그는, 어쩔 수 없이 가고 싶은 고로,

"난 간다."

소리만 지르고, 동무들이 '왜 가니?' '더 놀다 가렴' 등 소리는 귓등으로도 듣지 않고 팔과 궁둥이를 저으면서 나섰다.

2

늦은 봄의 저녁빛은 따숫하였다.

도회의 저녁은 더 번잡하였다.

시멘트 인도는 무수히 통행하는 사람의 발로 인하여 처르럭 처르럭 때가닥때가닥 하는 소리를 시끄럽도록 내면서도 평안히 누워 있었다.

어떤 때는 사람의 위를 짧게 비추었다. 사람이 다 통과한 후에는 도로 길게 비추었다 하는, 자기와 함께 나아가는 자기 그림자를 들여다보면서 엘리자베스는 본능적으로 발을 움직였다.

'아! 잘못하였군. 그 애들은 내가 나선 다음에 웃었겠지. 잘못하였어? 그럼 어찌하여야 하노? S를 얼려야지. 얼려? 웅. 얼린 후엔 들어야지. 무엇을. 무엇을? 그것을 말이지. 그것이라니? 아― 그것이라니? 모르겠다. 사탄아 물러가거라. S가 이환 씨의 누이이고. S가 혜숙의 동무이고. 또 내 동무이고. 이환 씨는 동무의 오빠이고. 사람이 다니고. 전차. 아이고 무엇이 무엇인지 모르게 되었다. 왜 웃는단 말인가? 왜? 우스우니깐 웃지. 무엇이 우스워. 참 무엇이 우스울까?'

그는 또 한번 웃었다. 그렇지만, 이 웃음은 기뻐서 웃는 것도 아니고 즐거워서 웃는 것도 아니다. 다만 우스워서 웃는 것이다.

발가락이 닮았다

그가 왜 우스운지 그 이유를 해석하려고, 혼돈된 머리로 생각하면서, 발은 본능적으로 차차 집으로 가까이 옮겨 놓았다.

꾸부러진 길을 돌아설 때에, 그는 아직껏 보고 오던 자기 그림자를 잃어버린 고로 잠깐 멈칫 섰다가, 또 한번 해석지 못한 웃음을 웃고 다시 걷기 시작하였다.

그가 집에 들어설 때는, 다섯 시 반 좀 지난 후 K남작은 방금 저녁을 먹고 처와 아이들이 저녁을 먹을 때이다. 조선의 선각자로 자임하는 남작은, 내외의 절節과 안방 사랑의 별은 폐하였지만 남존여비의 생각은 아직껏 확실히 지켜 왔다.

엘리자베스는, 먹기 싫은 밥을 두어 술 먹은 후에 자기 방으로 돌아와서 아직 어둡지도 않았는데 전등을 켜고 책궤상 머리에 가 앉았다.

아무 작용도 아니 하는 눈을 공연히 멀거니 뜨고, 책상을 오르간으로 삼고 다뉴브 곡을 뜯으면서, 그는 머리를 동작시키고 있었다. 웃음. S. 이환. 결혼. 신혼여행. 노후의 안락. 또는 거기는 조금도 상관없는 다른 공상이 속속이 그의 머리에 왕래하였다.

끝없이 나는 공상을 두 시간 동안이나 한 후에, 이제껏, 희미하니 아물아물 기어가는 것같이 보이던 벽의 흑점이 똑똑히 보이기 시작할 때에, 그는 자리를 펴고 자고 싶은 생각이 났다.

아까 저녁 먹을 때에 남작의,

"오늘 밤에는 회會가 있는 고로 밤 두 시쯤 돌아오겠다."

는 말을 들은 엘리자베스는, 별로 안심이 되어 자리를 펴고 전나체가 되어 드러누웠다.

몇 가지 공상이 또 머리에서 왕래하다가 그는 잠이 들었다.

한참 자다가, 열한 시쯤, 자기를 흔드는 사람이 있는 고로 그는 눈을 번쩍 떴다. 전등 아래, 의관을 한 남작이 그를 들여다보고 있었다. 엘리자베스는 갑자기 잠이 수천 리 밖에 퇴산退散하는 것을 깨달았다. 그는 남작의 자기를 들여다보는 눈으로, 남작의 요구를 깨달았다. 하고 겨우 중얼거렸다.

"부인이 아시면?"

'아차!'

그는 속으로 고함을 쳤다.

'부인이 모르면 어찌한단 말인가?⋯⋯ 모르면?⋯⋯ 이것이 허락의 의미가 아닐까? 그러면 너는 그것을 싫어하느냐? 물론 싫어하지. 무엇? 싫어해? 내 마음속에, 허락하려는 생각이 조금도 없냐. 아⋯⋯ 허락하면 어쩠냐? 그래도⋯⋯.'

일순간에 그의 머리에 이와 같은 생각이 전광과 같이 지나갔다.

"조용히! 아까, 두 시에야 돌아오겠다고 하였으니깐 모르겠지요."

남작은 말했다.

이제야 엘리자베스는 아까 남작이 광고하듯이 지껄이던 소리를 해석하였다. 그러고, 두 번째 거절을 하여 보았다.

"부인이 계시면서두⋯⋯?"

'아차!'

그는 또 속으로 고함을 안 칠 수가 없었다.

'부인이 없으면 어찌한단 말인가?…… 이것은 허락의 의미가 아닐까……?'

남작은 대답 없이 엘리자베스를 뚫어지게 들여다보고 있었다.

"왜 그리 보세요?"

그는 남작의 시선을 피하면서, 별한 웃음—애걸하는 웃음— 거러지의 웃음을 웃으면서 돌아누웠다.

'아차!'

그는 세 번째 고함을 속으로 발하였다.

'이것은 매춘부의 웃음, 매춘부의 행동이 아닐까……?'

몇 번 거절에 실패를 한 엘리자베스는 마지막에는 자기에게 대하여서도 정이 떨어지게 되었다. 그는 뉘게 대하여선지는 모르면서도 모르는 어떤 자에게 골이 나서, 몸을 꼬면서 좀 날카롭게, 그래도 작은 소리로 말했다.

"싫어요, 싫어요."

남작은 역시 대답이 없었다.

엘리자베스는, 갑자기 방 안이 어두워지는 것을 알았다. 남작이 불을 끈 것이다. 그 후에는 남작의 의복 벗는 소리만 바삭바삭 났다.

엘리자베스는 정신이 아득하여지고 말았다.

정신이 아득하여진 엘리자베스는, 한참 있다가 거기서 직수면 상태로 들어서 푹 잠이 들었다가, 다섯 시쯤, 동편 하늘이 좀 자홍색을 띠어 올 때에 무엇에 놀란 것같이 움쭉 하면서 눈을 떴다.

회색 새벽빛을 꿰어서, 먼트고메리 회사제 벽지가 눈에 드는 동시에, 그의 머리에는 남작이 생각났다. 곁에 사람의 기척이 없는 고로 남작이 돌아갔을 줄은 확신하면서도, 만일 있었다는 하는 의심이 나는 고로, 그는 가만가만 머리를 그편으로 돌렸다. 거기는 남작이 베느라고 갖다 놓았던 책이 서너 권 놓여 있었다.

'그럼 저편 쪽에 있지. 저편 쪽 벽에 꼭 붙어 서서, 날 놀래려고 준비하고 있지.'

엘리자베스는 흥미 절반, 진정 절반으로 이런 생각을 하고 갑자기 남작이 숨기 전에 발견하려고 머리를 돌이켰다. 거기는 차차 흰빛으로 변하여 오는 새벽빛에 비친 벽지의 모양만 보였다.

'어느 틈에 또 다른 편으로 뛰었군!'

하면서 그는 남작을 잡느라고 이편 저편으로 머리를 획획 돌리다가,

'일어나야 순순히 나올 터인가 원.'

하면서 벌떡 일어나 앉아서 의복을 입기 시작하였다. 속곳, 바지로서 버선까지 신는 동안에, 그의 머리에는 남작을 잡으려는 생각은 없어지고 엊저녁 기억이 차차 부활키 시작하였다.

'내 속이 왜 그리 약하단 말인고? 정신이 아득하여질 이유가 어디 있어? 아무래도 그렇게 되겠으면 정신이나…… 아— 지금 남작은 무엇 하고 있노.'

그는 자기가 남작에 대하여서도 애정을 가지게 된 것을 깨달을 때에, 차라리 놀랐다. 마음속에서는 또 적막의 덩어리가 뭉쳐

발가락이 닮았다

나왔다. 그는 무한 울고 싶었다. 그는 시계를 보았다. 아직 다섯 시 십삼 분이다.

'울 시간이 넉넉하지.'

이 생각을 할 때에 그는 참지 못하고 꼬꾸라져서 흘룩 느끼기 시작하였다.

'남작은 아내가 있는 사람이다. 아내가 있는 사람에게…… 내 전정前程은 어떠할까……'

울음이 끝나기까지 한참 운 그는, 눈물이 자연히 멎은 후에 머리를 들었다. 아침 햇빛은 눈이 시도록 방 안을 들이쪼이고 있었다.

밝은 햇빛을 본 연고인지 실컷 운 연고인지, 엘리자베스는, 오랫동안 벼르던 원수를 갚은 것같이 별로 속이 시원한 고로, 일어서서 세수를 하러 갔다.

세수를 한 후에 그는, 거기서 잠깐 주저치 않을 수가 없었다. 밥을 먹으러 가나. 안 가나. 밥은 먹어야겠고. 거기는 남작이 있겠고…….

그러다가 그는, 필사적 용기를 내고 밥을 먹으러 갔다. 거기는 남작은 없었지만 그는 부인과 아이들에게도 할 수 있는 대로 낯을 안 보이게 하고 밥을 먹었다. 그런 후 자기 방에 와서 이부자리를 간지피고 책보를 싸가지고 학교로 향하였다.

정문 밖에 나선 그는, 또 한번 주저치 않을 수가 없었다. 이 길로 가나. 저 길로 가나. 이 길로 가면 이환이를 만나겠고. 저 길로 가면 대단히 멀고.

그의 마음속에는 쟁투가 일어났다. 자기에게 대하여 애정을 나타내지도 않는 이환의 앞을, 복수 겸으로 유유히 지나갈 때의 자기의 상쾌를 그는 상상하여 보았다. 이환이는 그 일을 모르겠지만, 이렇게 하는 것이 엘리자베스에게는 한 쾌락—만약 엘리자베스에게 복수할 마음이 있다 하면—에 다름없었다. 그렇지만 그는 이환이를 사랑하였다. 문자 그대로 '자기 몸과 동 정도로 그를 사랑'하였다. 이러한 엘리자베스는 그런 참혹한 일을 행할 수가 없었다.

'이 길로 갈까? 저 길로 갈까?'

그는 생각이 정키 전에 어느덧 먼 길—안 만나게 되는 길— 편으로 발을 옮겨 놓았다.

학교에서도 엘리자베스는 성가신 일일을 보내고 하교 후 곧 집으로 돌아왔다.

3

단조하고도 복잡한 엘리자베스의 생활은 여전히 연속하여 순환되고 있었다. 아침 깨어서는 학교에 가고. 하학 후에는 아이들과 마주 놀고. 자고— 다만 전보다 변한 것은 평균 일 주 이 회의 남작의 방문을 받는 것이라.

대개는, 엘리자베스가 예기한 날 남작이 왔다. 남작이 오리라 생각한 날은, 엘리자베스는 열심으로 남작을 기다렸다. 그렇지만 그 방은 남작 부인의 방과 그리 멀지 않은 고로 남작이 와도 그리 말은 사괴지 못하였다. 엘리자베스는 그것으로 남작이 와 있을 동안은 너무 갑갑하여 빨리 돌아가기를 기다렸다. 치만 일단 남작이 돌아가고 보면 엘리자베스는, 남작이 좀더 있지 않는 것을 원망하고 무한한 적막을 깨달았다.

만약 엘리자베스가 예기한 날 남작이 오지를 않으면 그는 어찌할 줄 모르게 속이 타고 질투를 하였다.

그렇지만, 이보다 더 큰 고통이 엘리자베스에게 있었다. 때때로 이환의 생각이 나는 것이다. 그런 때는,

'자기도 나를 생각지 않는데, 내가 그러면 뭘 한가.'

'내가 자기와 약혼을 했댔나.'

등으로 자기를 위로하여 보았지만, 대개는 '변해辯解'를 '미안未安'이 쳐 이겼다. 그럴 때는 문자 그대로 '심장을 잘 들지 않는 칼로 베어 내는 것' 같았다. 그렇게 되면 그는 꼬꾸라져서 장시간의 울음으로 겨우 자기를 위로하곤 하였다.

그는 부인에게 대하여서도 미안을 감感하였다.

"남편을 가로앗았는데 왜 미안치를 않을까."

그는 때때로 중얼거렸다.

그러는 새에도, 학교에는 열심으로 상학上學하였다. 학교에도 무한한 혐오의 정과 수치의 염이 나지마는, 집에 있으면 더 큰 고통을 받는 그는 일종의 위안을 얻느라고 상학하였다.

그동안 시절은 바뀌었다. 낮잠 잘 오고 맥이 나는 봄 시절은, 비 많이 오는 첫여름으로 변하였다.

4

엘리자베스와 남작의 첫 관계가 있은 후, 다섯 번 일요일이 찾아왔다.

오후 소아주일학교小兒主日學校 교사인 엘리자베스는 소아 교수와 예배를 필한 후에 아이들 틈을 꿰면서 예배당을 나섰다.

벌겋고 누런 장마 때 저녁 해는 절벅절벅하는 길을 내리쪼이고 있었다. 북편 하늘에는 비를 준비하는 검은 구름이 걸려 있었다.

엘리자베스가 예배당 정문을 나설 때에,

"너 이즈음 학교에 왜 다른 길로 다니니?"

하는 혜숙의 소리가 그의 뒤에서 났다.

엘리자베스는 돌아보지도 않고 속으로 다만,

'다른 길로 학교엘 다녀? 다른 길로 학교엘 다녀?'

하면서 집으로 향하였다. 남작 집 정문을 들어서려 하다가 그는 우뚝 섰다. 혜숙의 말이 이제야 겨우 해석되었다.

'옹, 다른 길로 학교엘 다닌다니 내가 다른 길로 학교에를 다닌다는 뜻이로군.'

그는 별한 웃음을 웃고 자기 방으로 향하였다.

자기 방에 들어서서 책보를 내어던지고 앉으려 하다가 그는 또 한번 꼿꼿이 섰다. 사지가 꼿꼿하여지는 것을 깨달았다. 십여 초 동안 이와 같이 꼿꼿이 섰던 그는 그 자리에 꼬꾸라졌다. 그의 가슴에서는 무슨 덩어리가 뭉쳐서 나오다가, 목에서 잠깐 회

발가락이 닮았다

전하다가 그 덩어리가 코와 입으로 폭발하곤 한다. 그럴 때마다 눈에서는 눈물이 푹푹 쏟아지고 가슴은 싹싹 베어 내는 것같이 아팠다.

그에게는, 두 달 동안 몸이 안 난 것이 생각이 났다. 잉태! 엘리자베스에게 대하여서는 이것이 '죽으라'는 명령보다도 혹독한 것이다.

그는 잉태가 무섭지는 않았다. 그렇지만, 그의 미래— 희미하고 껌껌한 그의 '생' 가운데, 다만 한 줄기의 반짝반짝하게 보이는 가는 광선— 이러한 미래를 향하고 미끄러져서 나아가던 그는 잉태로 인하여 그 미래를 잃어버렸다. 그 미래는 없어졌다.

엘리자베스의 울음은 이것을 깨달은 때에 나오는 진정의 울음이다. 심장 복판 가운데서 나오는 참눈물이다.

이렇게 한참 운 그는 눈물주머니가 다 마른 후에 겨우 머리를 들고 전등을 켰다. 눈이 붉어지고 눈두덩이 부은 것을 스스로 깨달을 수가 있었다. 그는 자기 배를 내려다보았다. 그의 눈에는 보통보다 곱 이상이나 크게 보였다.

'첫 배는 그리 부르지 않는다는데. 게다가 달 반밖에는 안 되었는데.'

하고 그는 다시 보았다. 조금도 부르지를 않았다.

'그래도 안 부를 수가 있나?'

하고 그는 또다시 보았다. 보통보다 삼 곱이나 크게 보였다.

쾅쾅 하는 아이의 발소리가 이럴 때에 엘리자베스의 방으로 가까이 온다. 엘리자베스는 빨리 어두운 편으로 향하였다. 문이 열리며 여덟 살 된 남작의 아들이 나타나서, 엘리자베스에게 저녁을 재촉하였다. 저녁을 먹으러 가기가 싫은 엘리자베스는 안먹겠다고 대답할 수밖에는 없었다.

아이가 돌아간 뒤에 엘리자베스는 중얼거렸다.

'꼭 좋은 때 울음을 멈추었군. 좀더 울었더면 망신할 뻔했다.'

조금 후에 부인은 친절하게 죽을 쑤어다가 그에게 주었다. 죽을 먹고 죽그릇을 돌려보낸 후에, 아까 울음으로 얼마 속이 시원하여지고 원기까지 좀 회복한 엘리자베스는 남작과 이환 두 사람을 비교하기 시작하였다. 그는 마음속에 두 사람을 그린 후에 어느 편이 자기에게 더 가깝고 더 사랑스러운고 생각하여 보았다. 사랑스럽기는 이환이가 더 사랑스럽지만, 가깝기는 아무래도 남작이 더 가까운 것같이 생각된다.

이와 같은 결단은 그의 구하는 바를 채우지를 못하였다. 그는, 사랑스러운 편이 더 가깝고 가까운 편이 더 사랑스럽기를 원하였다. 그렇지만 사랑과 가까움은 평행으로 나가서 아무 데까지 가도 합하지를 않았다. 그는 평행으로 나가는 사랑스러움과 가까움이 어디까지나 나가는가를 알려고, 마음속에 둘을 그려 놓고 그 둘을 차차 연장시키면서, 눈알을 굴려서 그것들을 따라가기 시작하였다.

둘은 종시 합하지 않았다. 끝까지 평행으로 나갔다. 사랑스러움과 가까움은, 끝까지 분립分立하여 있었다.

여기 실패한 엘리자베스는 다시 다른 생각으로 그것을 보충하리라 생각하였다.

발가락이 닮았다

사랑스러운 편이 자기에게 더 정다울까 가까운 편이 더 정다울까, 그는 생각하여 보았다. 어떻든, 둘 가운데 하나는 정다워야만 된다고, 그는 조건을 붙였다. 그렇지만 엘리자베스는 여기서도 만족한 결론을 얻지 못하였다.

아까 생각과 이번 생각이 혼돈되어 나온 결론은 다른 것이 아니다.

'사랑스러운 편이, 물론 자기에게 더 가깝다'는 것이다.

'그렇게 되면, 정다운 편은 어느 편인고?'

그는 생각하여 보았지만, 머리가 어지러운 것이 완전한 해결을 얻지 못하게 되었다.

엘리자베스는 속이 답답하여졌다.

자기에게는 '사랑스러움'과 '가까움'이 온전히 분립하여 있는 것을 안 엘리자베스는, 어느 편이 자기에게 더 정다울지를 알지 못하게 되었다. 둘이 동 정도로 정답다 하는 것은, 엘리자베스 자기가 생각하여 보아도 있지 못할 일이다. 남작과 이환 사이에는 어떤 차이가 있었다.

두 번째 생각도 실패로 돌아갔다.

두 번이나 실패를 한 엘리자베스는, 이번은 직접 당인當人으로 어느 편이 자기에게 더 정답게 생각되는가 자문하여 보았다.

이환이가 더 정답다 생각할 때에도 마음에 얼마의 가책이 있고, 그러니 남작이 더 정답다 생각할 때에는 더 큰 아픔이 마음에서 일어난다. 그는 억지로 생각의 끝을 또 다른 데로 옮겼다.

엘리자베스는 맨 처음 생각을 다시 하여 보았다. 이번도, 사랑스러움은 이환의 편으로 갔다.

'이환이가 더 사랑스럽고, 사랑스러운 편이 자기에게 더 가까우니까. 이환이가 자기에게 물론 더 가깝다. 따라서, 정다움도 이환의 편으로 간다.'

그는 억지로 이렇게 해결하였다.

이렇게 해결은 하였지만, 또 한 의문이 있었다.

'그러면, 가깝던 남작은 어찌 되는가.'

그는 생각하여 보았다. 맨 첫 번과 같이 역시 남작은 자기에게는 더 친밀하게 생각되었다. 그럼 이환이는……?

이환에게 대한 미안이 마음속에 떠올라오기 시작하였다. 그는 속이 타서 팔을 꼬면서 허리를 젖혔다. 그때에 벽에 걸린 캘린더가 그의 시선과 마주쳤다. 캘린더는 다른 사건을 엘리자베스의 머리에 생각나게 하였다. 이 절박한 새 사건은 이환의 생각을 머리에서 내쫓기에 넉넉하였다. 오늘 밤에는 남작이 오리라 하는 생각이다. 이 생각이 엘리자베스에게 잉태를 생각나게 하였다. 남작이 오면 모든 일―잉태와 거기 대한 처치―을 다 말하리라 엘리자베스는 생각하였다. 그리고, 남작에게 할 말을 생각하기 시작하였다.

말은 짧지마는, 이 말을 남작에게 하는 것은 엘리자베스에게 큰 부끄러움에 다름없었다. 그는 자기에게 부끄럽지 않고 남작이 알아들어야 된다는 조건 아래서 할 말을 복안하여 보았다. 한 번 지어서 검열한 후 교정을 가하고 두 번 하고 세 번 네 번 하여 보았지만 자기 뜻대로 되지를 않았다.

발가락이 닮았다

이렇게 한참 생각할 때에 문이 열리며 남작이 들어왔다. 엘리자베스의 복안은 남작을 보는 동시에 쪽쪽이 헤어지고 말았다. 그는 다만, 남작에게 매달려 통쾌히 울고, 남작이 아프도록 한번 꼬집어 주고 싶었다. 남작의 '아이고' 소리 '이 야단 났구면' 소리를 듣고 싶었다. 그는 이 생각을 억제하느라고 손으로 〈해변의 곡〉을 뜯기 시작하였다.

둘은 전과 같이 서로 마주 흘겨만 보고 있었다.

엘리자베스에게는 싸움이 일어났다.

'말할까 말까. 할까. 말까. 어찌할꼬.'

이러다가 갑자기 무의식히,

"선생님."

하고 남작을 찾은 후에 자연히 머리가 수그러지는 것을 깨달았다. 남작은 찾았는데 그 뒷말을 어찌할꼬. 이것이 엘리자베스의 마음에 일어난 제일 큰 문제이다. 〈해변의 곡〉을 뜯던 손도 어느 틈에 멎었다. 엘리자베스는 자기가 어디 있는지도 똑똑히 의식지 못하리만큼 마음이 뒤숭숭하였다. 낯도 훌끈훌끈 단다.

"네?"

남작은 대답하였다.

남작이 대답한 것을 엘리자베스는 속으로 원망하였다. 남작이 엘리자베스 자기가 부른 소리를 못 들었으면 좋겠다 하는 희망을 엘리자베스가 품는 동시에 남작은 엘리자베스의 부름에 대답을 한 것이다.

엘리자베스는 나가지도 못하고 물러서지도 못할 지경에 이르렀다. 자기가 부르고 남작이 대답을 하였으니 설명을 하여야겠고 그러니 그 말을 어찌 하노? 그러다가 그는 갑자기 울기 시작하였다.

'이 울음에서 얼마의 효과가 나타나리라.'

엘리자베스는 울면서 생각하였다.

"왜 그러오."

남작은 놀란 소리로 물었다.

"아─아 어찌할까요?"

"무엇을?"

엘리자베스는 대답 대신으로 연속하여 울었다.

한참이나 혼자 울다가 그는 입술을 꼭 물었다. 아까 대답을 못 한 자기를 책망하였다.

남작이 '왜 그러는가' 물을 때가 대답하기는 절호의 기회인 것을, 그 기회를 비게 지나 보낸 엘리자베스는 자기를 민하다* 생각하지 않을 수가 없었다. 그리고 다시 그런 기회를 기다려 보았지만, 남작은 아무 말 없이 가만히 있었다.

'좀더 심히 울면 남작이 무슨 말을 하겠지' 생각하고, 엘리자베스는 좀더 빨리 어깨를 젓기 시작하였다.

"아 왜 그러오."

남작은 이것을 보고 물었다.

엘리자베스는 대답을 또 못 하였다.

*좀 미련하다.

발가락이 닮았다

'무엇이라고 대답할꼬' 생각하는 동안에 기회는 지나갔다. 이제는 대답을 못 하겠고 아까는 대답을 못 하였으니 다시 기회를 기다려 보자 엘리자베스는 생각하고, 기회를 다시 기다리기 시작하였다.

'그러니 이번 물을 때에는 무엇이라 대답할까?'

엘리자베스는 울면서 생각하여 보았다.

이때에 남작의 세 번째 물음이 이르렀다.

"아 왜 그런단 말이오?"

"잉태."

대답을 한 후에 엘리자베스는 자기의 용기에도 크게 놀랐다. 이 말이 이렇게 쉽게 평탄하게 나올 것이면, 아까는 왜 안 나왔는고 하는 생각이 엘리자베스의 머리에 지나갔다.

"잉태!?"

남작은 놀란 목소리로 엘리자베스의 말을 다시 하였다. 제일 어려운 말— 잉태란 말을 하여 넘기고, 남작의 놀란 소리까지 들은 엘리자베스는, 갑자기 용기가 몇 배가 많아지는 것을 깨달았다. 그 뒷말은 술술 잘 나왔다.

"병원에— 가서— 떨어쳤으면…… 어……."

남작은 대답이 없었다. 남작이 대답을 안 하는 것을 본 엘리자베스는 마음속에 갑자기 한 무서움이 떠올라왔다. 난 모른다 하고 돌아서지나 않을 터인가? 이것이 엘리자베스에게는 제일 무서움에 다름없었다. 훌쩍훌쩍 소리가 더 빨리 나오기 시작하였다.

이것을 본 남작은 성가신 듯이 물었다.

"원 어찌하란 말이오? 그리 울면."

"어떻게든…… 처치……."

엘리자베스는 겨우 중얼거렸다. 남작의 성낸 말을 들은 때는 엘리자베스의 용기는 다 도망하고 말았다.

"처치라니, 어떤?"

"글쎄…… 병원……."

"벼엉원?…… 웅!…… 양반이 그런……."

엘리자베스는 '그러리라' 생각하였다.

'그래도 남작이라고 존경까지 받는 사람이 낙태 일로 병원이라니.' 그는 갑자기 설움이 더 나왔다. 가는 소리를 내어 울기 시작하였다.

이것을 본 남작은 좀 불쌍하게 생각났던지 정답게 말하였다.

"우니 할 수 있소? 자, 어떻게 하잔 말이오?"

이 말을 들은 엘리자베스는 일변 기쁘고도 일변은 더 섧고 억지도 쓰고 싶었다. 그는 날카롭게 말했다.

"모르겠어요, 몰라요. 전 아무래도 상것이니깐."

"그러지 말구. 어쩌잔 말이오?"

"몰라요, 몰라요. 저 같은 것은 사람이 아니니깐."

"조용히! 저 방에서 듣겠소."

"들어두 몰라요."

엘리자베스는 소리를 내어 울기 시작하였다.

"에—익!"

하고 남작은 벌떡 일어섰다.

발가락이 닮았다

엘리자베스도 우덕덕 정신을 차리고 머리를 들었다. 그는 정신이 없어졌다. 자기 뇌를 누가 빼어 간 것같이 마음속이 텡텡 비게 되면서 퉁퉁거리며 걸어 나가는 남작의 뒷모양을 눈이 멀거니 보고 있었다.

남작이 나가고 문을 닫는 소리가 엘리자베스의 귀에 들어올 때에, 그의 머리에는, 한 생각이 번갯불과 같이 번쩍 지나갔다.

한참이나 멀거니 그 생각을 하고 있다가 또 엎디며 울기 시작하였다. 아까 실컷 운 그는 이번에는 눈물은 안 나왔지만, 가슴에서, 배에서, 머리에서 나오는 이 참울음은 눈물을 대신키에 넉넉하였다. 그가 아까 혜숙의 말의 의미와 나온 곳을 이제야 겨우 온전히 깨달았다.

'내가 다른 길로 다니는 것을 혜숙이가 어찌 알까? 어찌 알까? 혜숙이는 이것을 알 수가 없다. 이환! 그가 알고 이것을 S에게 말하였다. S는 이것을 혜숙에게 말하였다. 혜숙은 이것을 내게 물었다. 그렇다! 이렇게밖에는 해석할 수가 없다. 물론 그렇지! 그러면 그도 내게 주의를 한 거지? 이 말을 S에게까지 한 것을 보면 그도— 내게…… 그도— 내게…… 그도…… 남작. 남작은 내 말을 듣고 도망하였지. 아니 도망시켰지. 아니 도망했지. 남작은…… 남작의…… 이환 씨. 전에 본 S의 웃음. 응. 그 전날 그는 S에게 고백하였다. 그것을 고것이, 고것들이. 고, 고, 고것들이…… 어찌 되나. 모두 어찌 되나. 나와 남작, 나와 이환 씨. 이환 씨와 S. S와 남작. S. 혜숙이. 남작과 이환 씨. 모두 어찌 되나?'

그의 차차 혼돈되어 가는 머리에도 한 가지 생각은 꼭 들어붙어서 떠나지를 않았다. 그는 이환이를 사랑하였다. 이환이도 그를 사랑하였다. (엘리자베스는 이것을 의심치 않게 되었다.) 그렇지만, 그들에게는 서로 사랑을 고백할 만한 용기가 없었다. 그것으로 인하여, 그들은, 각각 자기 사랑은 짝사랑이라 생각하였다. 그것을 짝사랑이라 생각한 엘리자베스는 그렇게 쉽게 몸을 남작에게 허락하였다. 그리하여, 그의 사랑— 거반 성립되어 가던 그의 사랑—신성한 동애童愛—귀한 첫사랑은 파괴되었다. 육肉으로 인하여 사랑은 파멸되었다. 사랑치 않던 사람으로 인하여 참애인을 잃었다. 엘리자베스의 울음에는 당연한 이유가 있었다.

'모. 모. 몸으로 인하여…… 참사랑……을…… 아— 이환 씨…… S와 혜숙이. 고것들도 심하지. 우우 왜 당자에겐…… 그이…… 그— 그 이야기를 안 해…… 남작이. 아— 잉태.'

일단 멎어 가던 그의 울음이 이 생각이 머리에 지나갈 때에 또다시 폭발하였다. 눈물도 조금씩 나기 시작하였다.

이와 같이 한참 운 그는, 두 번째 울음이 멎어 갈 때에 맥이 나면서 그 자리에 엎딘 채로 잠이 들었다.

5

하루 종일 벼르기만 하고 올 듯 올 듯하면서도 오지 않던 비가 이튿날 새벽부터는 종시 내리붓기 시작하였다.

서울 특유의, 독으로 내리붓는 것 같은 비는, 이삼 정丁 앞이

발가락이 닮았다

잘 보이지 않도록 좔좔 소리를 내며 쏟아진다.

서울 장안은 비로 덮였다. 비로 싸였다. 비로 찼다.

그 비 가운데서도 R학당에서는 모든 과목을 다 한 후에 오후 두 시에 하학하였다.

엘리자베스는 책보를 싸가지고 학교를 나섰다.

그가 혜숙의 곁을 지나갈 때에 혜숙이가 찾았다.

"얘 엘리자베스야!"

"응?"

대답하고 엘리자베스는 마음이 뜨끔하였다.

'혜숙이는 모든 일을 다 알리라.'

그는 이와 같은 허황한 생각을 하였다.

"너 이즈음 왜 우리 집에 안 오니?"

"분주하여서……."

엘리자베스는 거짓말을 하면서도 안심을 하였다.

'혜숙이는 모른다.'

"무엇이 분주해?"

혜숙이가 물었다.

"그저 이 일두 분주하구 저 일두 분주하구…… 분주 천지루다."

엘리자베스는 이와 같은 거짓 대답을 하면서도 그의 마음속에는 한 바람이 있었다. 그는 달 반이나 못 간 혜숙의 집에 가보고 싶었다. 혜숙이가 억지로 오라면 마지못하여 가는 체하고 끌려가고 싶었다.

약한 자의 슬픔

혜숙이는 엘리자베스의 바람을 이루어 주지를 않았다. 아무 말도 안 하였다.

엘리자베스는 혜숙의 주의를 끌려고 혼잣말 비슷이 중얼거렸다.

"너무 분주해서……."

"분주할 일은 없겠구만……."

혜숙이는 이 말만 하고 자기 갈 길로 향하였다.

엘리자베스는 혜숙의 행동을 원망하면서 마지못하여 집으로 향하였다.

엘리자베스의 자존심은 꺾어졌다. 혜숙이가 엘리자베스 자기를 꼭 혜숙의 집에 끌고 가야만 바른 일이라 생각한 엘리자베스의 미릿생각豫想은 헛데로 돌아갔다. 그렇지만 혜숙을 원망하는 것은 부끄러운 일이라 엘리자베스는 생각하였다.

'내가 혜숙이를 위해서 났나?'

엘리자베스는 이렇게 자기를 위로하여 보았지만, 부끄러운 일이든 무엇이든 원망은 원망대로 있었다. 이러다가,

'내가 혜숙이로 인하여 이 지경에 이르지 않았는가? 그것을…….'

할 때에 엘리자베스의 원망은 다른 의미로 바뀌었다. 그는 혜숙의 집에 못 간 것이 다행이라 생각하였다. 그러는 가운데도 가고 싶은 생각이 온전히 없어지지 않았다. 그의 마음속에서는, '가고 싶은 생각'과 '갔다간 안 된다는 생각'이 다투기 시작하였다. 본능적으로 길을 골라 짚으면서, 비가 오는 편으로 우산을

발가락이 닮았다

대고 마음속의 싸움을 유지하여 가지고 집에까지 왔다. 그는 우산을 놓고 비를 편 다음에 자기 방에 들어왔다.

멀끔히 치워 놓은 자기 방은 역시 전과 같이 엘리자베스에게 큰 적막을 주었다. 방이 이렇게 멀끔할 때마다 짐짓 여기저기 널어 놓던 엘리자베스도 오늘은 혜숙의 집에 갈까 말까 하는 번민으로 인하여 그렇게 할 생각도 없었다. 그는 책상머리에 가 앉았다.

책상 위에는 어떤 낯선 종이가 한 장 엘리자베스를 기다리고 있었다. 엘리자베스는 빨리 종이를 들었다. 가슴이 뛰놀기 시작한다……

'원 무엇인고……?'

그는 종이를 들고 한참 주저하다가 눈을 종이 편으로 빨리 떨어쳤다.

'오후 세 시 S병원으로.'

남작의 글씨로다 엘리자베스는 생각하였다. 남작에 대한 애경愛敬의 생각이 마음속에 떠올라오기 시작하였다. 이 글 한 줄은 엘리자베스로서 남작에 대한 원망과 혜숙의 집에 갈까 말까의 번민을 다 지워 버리기에 넉넉하였다.

'역시 도망시킨 것이로군.'

그는 어젯밤 일을 생각하고 속으로 중얼거렸다. 어젯밤에 남작에게 병원에 데려다 달라고 청하기는 하였지만 갑자기 남작 편에서 꺾어져서 오라 할 때에는 엘리자베스는 못 가겠다 생각하였다. 이 '부정'은 엘리자베스로서 무의식히 일어서서 병원으로 향하게 하였다. 그는 '못 가겠다 못 가겠다' 속으로 중얼거리면서 문밖에 나서서 내리붓는 비를 겨우 우산으로 막으면서 아랫동이 모두 흙투성이가 되어서 전차 멎는 곳停留場까지 갔다. 그는 자기가 어디로 가는지 똑똑히 알지 못하였다. 꿈과 같이 걸었다.

엘리자베스는 멎는 곳에서 잠깐 기다려서, 오는 전차를 곧 잡아탔다. 비가 너무 와서 밖에 나가는 사람이 적었던지 전차 안은 비교적 승객이 없었다. 이 승객들은 엘리자베스가 올라탈 때에 일제히 머리를 새 나그네 편으로 향하였다. 엘리자베스는 빈 자리를 찾아 앉아서 차 안을 둘러보았다. 그는 자기 편으로 향한 모든 눈에서, 노파에게서는 미움, 젊은 여자에게서는 시기, 남자에게서는 애모를 보았다. 이 모든 눈은 엘리자베스에게 한 쾌감을 주었다. 그는 노파의 미워하는 것이 당연하다 생각하였다. 젊은 여자의 시기의 눈은 엘리자베스에게 이김의 상쾌를 주었다. 남자들의 애모의 눈이 자기를 볼 때에는 엘리자베스는 약한 전류가 염통을 지나가는 것같이 묘한 맛이 나는 것이 어째 하늘로라도 뛰어 올라가고 싶었다. 그는 갑자기 배가 생각난 고로 할 수 있는 대로 배를 작게 보이려고 움츠러뜨렸다.

차장이가 와서 엘리자베스에게 돈을 받은 후에 뚱 소리를 내고 도로 갔다.

남자들의 시선은 가끔 엘리자베스에게로 날아온다. 그들은 몰래 보느라고 곁눈질하는 것도 엘리자베스는 다 알고 있었다. 남자들이 자기를 볼 때마다 엘리자베스는 자기도 그편을 보아 주고 싶었다. 치만 종시 실행은 못 하였다.

이럴 동안 전차는 S병원 앞에 멎었다. 엘리자베스는 섭섭한 생각을 품고 전차를 내렸다. 어떤 시선이 자기를 따라온다 그는 헤아렸다. 비는 보스럭비로 변하였다.

수레에서 내린 그는 마음이 무거워지는 것을 깨달았다. 그는 집으로 돌아가고 싶었다. 병원에는 차마 못 들어갈 것같이 생각되었다. 집 편으로 가는 전차는 없는가 하고 그는 전차 선로를 쭉 보았다. 그의 보이는 범위 안에는 전차가 없었다. 할 수 없이 그는 병원으로 들어가서 기다리는 방待合室으로 갔다.

고지기受付한테 가서 주소 성명 연세 들을 기입시킨 후에 방을 한번 둘러다볼 때에 엘리자베스의 눈에는 한편 구석에 박혀 있는 남작이 보였다. 엘리자베스는 다른 곳에서 고향 사람이나 만난 것같이 별로 정다워 보이는 고로 곧 남작의 곁으로 갔다. 그렇지만 둘은 역시 말은 사괴지 아니하였다. 엘리자베스는 눈이 멀거니 벽에 붙어 있는 파리떼를 보고 있었다. 몇 사람의 순번이 지나간 뒤에 사환 아이가 나와서,

"강 엘리자베스 씨요."

할 때에 엘리자베스는 우덕덕 일어섰다. 가슴이 뚝뚝 하는 소리를 내었다.

'어찌하노.'

그는 속으로 중얼거리면서 무의식히 사환 아이를 따라서 진찰실로 들어갔다. 남작도 그 뒤를 따랐다.

석탄산과 알코올 냄새에 낯을 찡그리고 엘리자베스는 교자에 걸터앉았다.

의사는 무슨 약병을 장난하면서 머리를 숙인 채로 물었다.

"어디가 아프시오?"

엘리자베스는 대답을 못 하였다. 제일 어찌 대답할지를 몰랐고, 설혹 대답할 말을 알았대도 대답할 용기가 없었고, 용기가 있다 하더라도 부끄러움이 '대답'을 허락지 않을 터이다.

"그런 것이 아니라……."

남작이 엘리자베스를 대신해 대답하려다가 이 말만 하고 뚝 그쳤다.

의사는 대답을 요구치 않는 듯이 약병을 놓고 청진기를 들었다. 엘리자베스는 갑자기 부끄러움도 의식지를 못하리만큼 머리가 어지러워지기 시작하였다. 그의 눈은 보지를 못하였다. 그의 귀는 듣지를 못하였다. 그의 설렁거리는 마음은 다만 '어찌할꼬 어찌할꼬' 하는, 엘리자베스 자기도 똑똑히 의미를 알지 못할 구句만 번갈아 하고 있었다.

의사는 엘리자베스에게로 와서 저고리 자락을 열고 청진기를 거기 대었다. 의사의 손이 와 닿을 때에 엘리자베스는, 무슨 벌레를 모르고 쥐었다가 갑자기 그것을 안 때와 같이 몸을 옴쭉하였다. 그러면서도 엘리자베스는 의사의 손에서 얼마의 온미溫味를 깨달았다. 이성의 손이 살에 와 닿는 것은, 엘리자베스와 같은 여성에게 대하여서는 한 쾌락에 다름없었다. 엘리자베스가 이 쾌미를 재미있게 누리고 있을 때에 의사는 진찰을 끝내고 의미 있는 듯이 머리를 끄덕거리며 남작에게로 향하였다. 남작은 의사에게 눈짓을 하였다.

어렴풋하게나마 이 두 사람의 짓을 본 엘리자베스는 이제껏 연속하고 있던 '어찌할꼬' 뒤로 무한 큰 부끄러움이 떠올라오는 것을 깨달았다. 그러는 가운데도 그는 희미하니 한 가지 일을 생각하였다.

'내가 대합실에 가서 기다리고 있으면, 뒷일은 남작이 다 맡겠지.'

그는 일어서서 기다리는 방으로 나왔다. 그 방에 있던 모든 사람의 눈은 일제히 엘리자베스의 편으로 향하였다. 모두 내 일을 아누나 엘리자베스는 생각하였다. 아까 전차에서 자기에게로 향한 눈 가운데서 얻은 그 쾌미는, 구하려도 구할 수가 없었다. 이 모든 눈 가운데서 큰 고통과 부끄러움만 받은 그는 한편 구석에 구겨 앉아서 치마 앞자락을 들여다보기 시작하였다. 거기는 불에 타진 조그마한 구멍 하나가 엘리자베스의 눈이 오기를 기다리고 있었다. 그는 이 구멍이 공연히 미워서 손으로 빡빡 비비다가 갑자기 별한 생각이 나는 고로 그것을 뚝 그쳤다.

'이 세상이 모두 나를 학대할 때에는 나는 이 구멍 안에 숨겠다.'

그는 생각하였다. 이럴 때에 그 구멍 안에는 어떤 그림자가 움직이기 시작하였다. 첫 번에는 흐릿하던 것이, 차차 똑똑히까지 보이게 되었다.

때는 사 년 전 '춘삼월 호시절', 곳은 우이동. 피고 우거지고 퍼진 꽃 사이를 벗들과 손목을 마주 잡고 웃으며 즐기며 또는 작은 소리로 곡조를 맞추어서 노래를 부르며 희희낙락 다니던 자기 추억이 그림자로 변하여 그 구멍 속에 나타났다. 자기 일행이 그 구멍 범위 밖으로 나가려 할 때에는 활동사진과 같이 번쩍한 후 일행은 도로 중앙에 와 서곤 한다.

엘리자베스의 눈에는 눈물이 핑 돌았다.

그때의 엘리자베스와 지금의 엘리자베스 사이에는 해와 흙의 다름이 있다. 그때에는 순전한 처녀이고 열렬한 분홍빛 탄미자欺美者이던 그가 지금은……? 싫든지 좋든지 죽음의 갈흑색의 '삶' 안에서 생활치 않을 수 없는 그로 변하였다.

'때'도 달라졌다. 십 년 동안 평화로 지낸 지구는, 오스트리아 황자皇子의 죽음으로 말미암아 러시아가 동원을 한다. 도이치가 싸움을 하련다. 잉글리시가 어떻다. 프랑스가 어떻다. 매일 이런 이야기가 신문에 가뜩가뜩 차게 되었다.

엘리자베스의 주위도 달라졌다. 그의 모든 벗은 다 쪽쪽이 헤어졌다. R은 동경서 미술 공부를 한다. 또 다른 R은 하와이로 시집을 갔다. T는 여의사가 되었다. 그 밖에 아직 공부하는 사람도 몇 있기는 하지만은 대개는 주부와 교사가 되었다. 주부 된 벗 가운데는 벌써 두 아이의 어머니 된 사람까지 있다. 그들 가운데 한둘밖에는, 지금은 엘리자베스를 만나도 서로 모른 체하고 말도 안 하고 심지어 슬슬 피하게까지 되었다.

그러는 가운데 혜숙이— 그는 엘리자베스의 어렸을 때부터의 벗이다. 둘은 같은 소학에서 졸업하고 같이 R학당에 입학하였다가 엘리자베스가 부상父喪에 연속하여 모상母喪으로 일 년 학교를 쉬는 동안에 혜숙이도 연담緣談으로 일 년을 쉬게 되고, 엘리

발가락이 닮았다

자베스가 도로 상학하게 될 때에 혜숙이도 파혼으로 학교에 다니게 되었다. 혜숙이는 엘리자베스에게는 유일의 벗이다. 불에 탄 구멍 속에 나타난 그림자 가운데서도 엘리자베스는 혜숙이와 제일 가까이 서서 걸었다.

추억의 눈물이 엘리자베스의 치마 앞자락에 한 방울 뚝 떨어졌다.

눈물로써, 슬프고 섧고 원통하고도 사랑스럽고 즐겁고 회포 많은 그 그림자가 가리운 고로, 엘리자베스는 눈물을 씻고 다시 그 구멍을 들여다보았다. 그 구멍에는, 참예술적 활인화活人畵, 정조情調로 찬 그림자는 없어지고 그 대신으로 갈포 바지가 어렴풋이 보인다. 엘리자베스는 소름이 쭉 끼쳤다. 자기가 지금 어디를 무엇 하러 와 있는지 그는 생각났다.

엘리자베스는 머리를 들고 방을 둘러보았다. 어떤 목에 붕대를 한 남자와 어떤 아이를 업고 몸을 찌긋찌긋하던 여자가 자기를 보다가 자기 시선과 마주친 고로 머리를 빨리 돌리는 것밖에는 엘리자베스의 주의를 받은 자도 없고 엘리자베스에게 주의하는 사람도 없다. 그는 갑갑증이 일어났다. 너무 갑갑한 고로 자기 손금을 보기 시작하였다. 손금은 그리 좋지 못하였다. 자식금도 없고 명금도 짧고 부부금도 나쁘고 복福금 대신으로 궁窮금이 위로 빠져 있었다.

이 나쁜 손금도 엘리자베스의 마음을 괴롭게 하지 못하였다. 그의 심리는 복잡하였다. 텡텡 비었다. 그는 슬퍼하여야 할지 기뻐하여야 할지 알지 못하였다. 그 가운데는, 울고 싶은 생각도 있고 웃고 싶은 생각도 있고 뛰놀고 싶은 생각도 있고 죽고 싶은 생각도 있었다. 이 복잡한 심리는 엘리자베스로서 아무 편으로도 치우치지 않게 마음이 텡텡 빈 것같이 되게 하였다.

이제 자기에게는 절대로 필요한 약이 생긴다 할 때에 그는 기쁘지 않을 수가 없었다.

자기의 경우를 생각할 때에 그는 슬퍼하지 않을 수가 없었다.

혜숙이와 S를 생각할 때에……

엘리자베스가 손금과 추억 및 미릿생각들을 복잡히 하고 있을 때에 남작이 와서 그에게 약을 주고 빨리 병원을 나가고 말았다.

약을 받은 뒤에 엘리자베스는 마음이 두근거리기 시작하였다. 그는 약을 병째로 씹어 먹고 싶도록 애착의 생각이 나는 또 한편에는 약에게 이 위에 더없는 저주를 하고 태평양 복판 가운데 가라앉히고 싶었다. 그러는 가운데도 그에게는 집으로 돌아가고 싶은 생각이 났다. 그는 일어서서 몰래 가만히 기지개를 한 후에 허둥허둥 병원을 나서서 전차로 집에까지 왔다.

6

저녁 먹은 뒤에 처음으로 약을 마실 때에 엘리자베스에게는 한 바라는 바가 있었다. 그의 조급한 성격과 미래에 대한 희망이 낳은 바람은 다른 것이 아니다. 약의 효험이 즉각으로 나타났으면…… 하는 것이다.

발가락이 닮았다

이 바람은 벌써 차차 엘리자베스의 머리에 공상으로서 실현
된다.

그는 생각하여 보았다.

이제 남작 부인이 죽는다. 그때에는 엘리자베스는 남작의 정
실이 된다.

'조선 제일의 미인. 사교계의 꽃이 이 나로구나.'

엘리자베스는 눈을 번뜩거리며 생각한다.

이환이는 어떤 간사한 여성과 혼인한다. 이환의 아내는 이환
의 재산을 모두 없앤 후에 마지막에는 자기까지 도망하고 만다.
그리고 이환이는 거러지가 된다. 어떤 날 엘리자베스 자기가 자
동차를 타고 어디 갈 때에 어떤 거러지가 자동차에 친다. 들고
보니 이환이다.

'그렇게 되면 어찌 되나.'

엘리자베스는 스스로 물어보고 깜짝 놀랐다. 자기의 사랑의
전부가 어느덧 남작에게로 옮겨 왔다.

그는 자기의 비열을 책망하는 동시에 아까 그런 공상에 대한
부끄러움과 증오 놀람 절망 들의 생각이 마음에 떠올랐다. 그 가
운데도 가느나마 그에게는 희망이 있다. 앞에 때가 있다. 약의 효
험은 얼마 후에야 나타난다더라 엘리자베스는 생각하고 좔좔
오는 장맛비 소리에 귀를 기울이고 자기 바람의 나타남을 기다
리고 있었다. 그렇지만 바람은 종시 그 밤은 나타나지를 않았다.

이튿날, 하기 시험 준비 날, 엘리자베스는 시험 준비도 안 하
고 하루 종일 누워서 약의 효험을 기다리고 있었다. 약의 효험

은 그날도 안 나타났다.

사흘째 되는 날도 효험은 없었다. 시험하러 가지도 않았다.

이렇게 대엿새 지난 후에 엘리자베스는 자기 건강상의 변화를 발견하였다. 모든 복잡하고 성가신 일로 말미암아 음식도 잘 안 먹고 잠도 잘 안 오던 그가, 지금은 잠도 잘 오고 입맛도 나게 된 것을 깨달았다. 그때야 그는 그것이 낙태제落胎劑가 아니고 건강제인 것을 헤아려 깨달았다. 그렇지만 약은 없어지도록 다 먹었다.

마지막 번 약을 먹은 뒤에 전등을 켜고 엘리자베스는 생각하여 보았다. 병원 사건 이후로 남작은 한 번도 저를 찾아오지 않았다. 엘리자베스는 '그것이 당연한 일이라' 생각하였다. 그리 근심도 아니 났다. 시기도 아니 하였다. 다만 오지 않아야만 된다, 그는 생각하였다. 왜 오지 않아야만 되는가 자문할 때에 그에게 거기 응할 만한 대답은 없었다. 이 '오지 않는다'는 구는 엘리자베스로서 자기가 근 두 달이나 혜숙의 집에 안 갔다는 것을 생각하게 하였다.

'이러다는 이환 씨 생각이 나겠다.'

이와 같은 생각이 나는 고로 그는 곧 생각의 끝을 다른 데로 옮겼다. 이와 같이 이 생각에서 저 생각, 또 다른 생각 왔다 갔다 할 때 문이 열리며 남작 부인이 낮에는 '어찌할꼬' 하는 근심을 띠고 들어왔다.

"어찌 좀 나으세요?"

"네, 좀 나은 것 같아요."

대답하고 엘리자베스는 자기가 무슨 병이나 앓던 것같이 알고 있는 부인이 불쌍하게 생각났다.

부인은 말을 할 듯 할 듯하면서 한참이나 우물거리다가,

"그런데요."

하고 첫말을 내었다.

"네."

엘리자베스는 본능적으로 대답하였다.

부인의 낯에는 '말할까 말까' 하는 표정이 똑똑히 나타나 있었다. 그러다가 입을 또 연다.

"아까 복손이(남작의 아들 이름) 어른이 들어와 말하는데요……."

엘리자베스는 마음이 뜨끔하였다. 부인은 말을 연속한다.

"선생님은 이즈음 학교에도 안 가시고 그 애들과도 놀지 못하신다구요. 게다가 병까지 나셨다구, 얼마 좀 평안히 나가서 쉬시라고, 자꾸 그러래는수."

부인의 낯에는 말한 거 잘못하였다 하는 표정이 나타났다.

말을 다 들은 엘리자베스는 벌떡 일어섰다. 그는 무엇이 어찌 되는지는 모르고 무의식히 자기 행리行李를 꺼내어 거기에 자기 책을 넣기 시작하였다. 그의 손은 본능적으로 움직였다.

엘리자베스의 행동을 물끄러미 보던 부인은 물었다.

"이 밤에 떠나시려구요? 어디로?"

엘리자베스는 우덕덕 정신을 차렸다. 그의 배에서는 뜻 없이 큰 소리의 웃음이 폭발하여 나온다. 놀라는 것같이, 우스운 것

같이. 부인도 따라 웃는다.

한참이나 웃은 뒤에 둘은 함께 웃음을 뚝 그쳤다. 엘리자베스는 웃음 뒤에 울음이 떠받쳐 올라왔다. 자연히 가는 소리의 울음이 그의 목에서 나온다.

이것을 본 부인은 갑자기 미안하여졌던지 엘리자베스를 위로한다.

"울지 마십쇼. 얼마든 여기 계세요. 제가 말씀 잘 드릴 테니……."

"아니, 전 가겠어요."

"어디, 갈 곳이 있어요?"

"갈 곳이……."

"있어요?"

"예서 한 사십 리 나가서 오촌모五寸母가 한 분 계세요."

"그렇지만…… 이런 데 계시다가…… 촌……."

부인의 눈에도 이슬이 맺힌다.

"제가 말씀…… 잘 드릴 것이니…… 그냥 계시지요."

"아니야요. 저 같은 약한 물건은 촌이 좋아요, 서울 있어야……."

부인의 눈에서는 눈물이 한 방울 뚝 떨어진다.

"서울 몇 해 있을 동안에…… 갖은 고생 다 하고…… 하던 것을 부인께서 구해 주셔서……."

부인의 눈에서는 눈물이 뚝뚝 치마 앞자락에 떨어진다.

"참 은혜는…… 내일 떠나지요."

엘리자베스는 눈물을 씻고 머리를 들었다.

"내일!? 며칠 더 계시……."

"떠나지요."

"이 장마 때……."

"……"

"장마나 걷은 뒤에 떠나시면……."

"그래두 떠나지요."

7

이튿날 아침 열 시쯤 엘리자베스의 탄 인력거는 서울 성 밖에 나섰다.

해는 떴지마는 보스럭비는 보슬보슬 내리붓고 엘리자베스의 맞은편에는 일곱 빛이 영롱한 무지개가 반원형으로 벌리고 있다.

비와 인력거의 셀룰로이드 창을 꿰어서 어렴풋이 이 무지개를 바라보면서, 엘리자베스는 뜨거운 눈물을 뚝뚝 떨어뜨리고 있었다. 어젯밤에, 남작 부인에게 자기 같은 약한 것에게는 촌이 좋다고 밝히 말하기는 하였지만, 그래도 반생 이상을 서울서 지낸 엘리자베스는 자기 둘째 고향을 떠날 때에 마음에 떠나기 설운 생각이 없지 못하였다.

뿐만 아니라 서울에 자기 사랑 이환이가 있고 자기에게 끝없이 동정하는 남작 부인이 있지 않으냐, 엘리자베스는 부인의 친절히 준 돈을 만져 보았다.

이렇게 서울에게 섭섭한 생각을 가진 엘리자베스는 몸은 차차 서울을 떠나지만 마음은 서울 하늘에서만 떠돈다. 어젯밤에 밤새도록 잠도 안 자고 내일은 꼭 서울을 떠나야 한다고 생각하여, 양심이 싫다는 것을 억지로 그렇게 해결까지 한 그도, 막상 서울을 떠나는 지금에 이르러서는, 만약 자기가 말할 용기만 있으면 이제라도 인력거를 돌이켜서 서울로 향하였으리라 생각지 않을 수가 없었다. 치만 그에게는 그리할 용기가 없었다. 아니, 제일 말하기가 싫었고 인력거꾼에게 웃기우기가 싫었다. 그러는 것보다도, 그는 말은 하고 싶었지만, 마음속의 어떤 물건이 그것을 막았다. 그는 입술을 악물었다.

인력거는 바람에 풍겨서 한편으로 기울어졌다가 이삼 초 뒤에 도로 바로 서서 다시 앞으로 나아간다. 장마 때 바람은 윙! 소리를 내면서 인력거 뒤로 달아난다.

엘리자베스의 머리에는, 갑자기 '생각날 듯 생각날 듯하면서 채 생각나지 않는 어떤 물건'이 떠올랐다. 그는 생각하여 보았다. 한참 동안 이것저것 생각하다가 남작. 그는 가렵고도 가려운 자리를 찾지 못한 때와 같이 안타깝고 속이 타는 고로 살눈썹을 부들부들 떨었다. '남작'이 자기 생각의 원몸에 가까운 것 같고도 채 생각나지 않았다.

'남작이 고운가 미운가. 때릴까 안을까. 오랠까 쫓을까.'

그는 한참이나 남작을 두고 이리저리 생각하다가 탁 눈을 치

발가락이 닮았다

뜨면서 주먹을 꼭 쥐었다. 이제야 겨우 그 원몸이 잡혔다.

"재판!"

그는 중얼거렸다.

그렇지만 남작을 걸어서 재판하는 것은 엘리자베스에게는 큰 문제에 다름없었다. 남작 부인에게 얻은 위로금이 재판 비용으로는 넉넉하겠지만, 자기를 끝없이 측은히 여기는 부인에게 남편이 잘못한 일을 알게 하는 것은 엘리자베스에게는 차마 못 할 일이다. 이 일을 알면 부인은 제 남편을 어찌 생각할까, 엘리자베스 자기를 어찌 생각할까. 남작 집안의 어지러움— 엘리자베스는 한숨을 후— 하니 내쉬었다. 그것뿐이냐, 서울에는 자기 사랑 이환이가 있다. 만약 재판을 하면 그 일이 신문에 나겠고, 신문에 나면 이환이가 볼 것이다. 이환이가 이 일을 알면 자기를 어떻게 생각할까, 또 몇백 명 동창은 어떻게 생각할까, 세상은 어떻게 생각할까.

"재판은 못 하겠다."

그는 중얼거렸다.

그렇지만 남작의 미운 짓을 볼 때에는, 엘리자베스는 가만있지 못할 것같이 생각된다. 자기는 남작으로 인하여 모든 바람과 앞길을 잃어버리지 않았느냐. 자기는 남작으로 인하여 바람과 앞길밖에 사랑과 벗과 모든 즐거움까지 잃어버리지 않았느냐. 그런 후에 자기는 남작으로 인하여 서울과는 온전히 떠나지 않으면 안 되지 않게 되었느냐. 이와 같은 남작을…… 이와 같은 죄인을…….

"아무래도 재판은 하여야겠다."

그는 다시 중얼거렸다.

그러면서도 그는 자기로도 재판을 하여야 할지 안 하여야 할지 똑똑히 해결치를 못하였다. 하겠다 할 때에는 갑甲이 그것을 막고, 못 하겠다 할 때에는 을乙이 금하였다.

'집에 가서 천천히 생각하자.'

그는 속이 타는 고로 억지로 이렇게 마음을 먹고 생각의 끝을 다른 데로 옮겼다.

이 생각에서 떠난 그의 머리는 걷잡을 새 없이 빨리 동작하였다. 그의 머리는 남작에서 S, 이환, 혜숙, 서울, 오촌모, 죽은 어버이들로 왔다 갔다 하였다. 한참 이리 생각한 후에 그의 흥분하였던 머리는 좀 내려앉고 몸이 차차 맥이 나면서 그것이 전신에 퍼진 뒤에 머리와 가슴이 무한 상쾌하게 되면서 눈이 자연히 감겼다. 수레의 흔들리는 것이 그에게는 양상스러웠다.

졸지도 않은 채 깨지도 않고 근덕근덕하면서 한참 갈 때에 우르륵 우렛소리가 나므로 그는 눈을 번쩍 떴다. 하늘은 전면이 시커멓게 되고 그 새에서는 비의 실이 헬 수 없이 많이 땅에까지 맞닿았다. 비 곁에 또 비 비 밖에 비 비 위에 구름 구름 위에 또 구름이라 형용할 수밖에 없는 이 짓은, 엘리자베스에게 큰 무서움을 주었다.

'저 무지한 인력거꾼 놈이……'

그는 온몸을 부들부들 떨었다.

사면은 다만 어두움뿐이고 그 큰 길에도 사람 다니는 것 하나

　　　　　　　　　　　　　　　　발가락이 닮았다

도 보이지 않았다. 툭툭툭툭 하는 인력거의 비 맞는 소리, 물 괸 곳에 비 오는 소리, 외앵 하고 달아나는 장마 때 바람 소리, 인력 거꾼의 식식거리는 소리, 자기의 두근거리는 가슴 소리— 엘리자베스의 떨림은 더 심하여졌다.

그는 떨면서도 조그만 의식을 가지고 구원의 길이 어디 있지나 않은가 하고 셀룰로이드 창을 꿰어서 앞을 내어다보았다. 창을 꿰고 비를 꿰고 또 비를 꿰어서 저편 한 이십 간 앞에 조그마한 방성 하나가 엘리자베스의 눈에 띄었다.

"아!"

그는 안심의 숨을 내어쉬었다.

'저것이 만약?'

그는 갑자기 생각난 듯이 눈을 비비고 반만큼 일어서서 뚫어지게 내어다보았다. 가슴은 뚝뚝 소리를 낸다…….

어렴풋이 보이는 그 방성에 엘리자베스는 상상을 가하여 보기 시작하였다. 앞집만 보일 때에는 상상으로 뒷집을 세우고 그것이 보일 때에는 또 상상의 집을 세워서 한참 볼 때에 그 방성은 자기가 오촌모의 있는 마을로 엘리자베스의 눈에 비쳤다.

엘리자베스는 털썩 주저앉았다. 온몸이 흥분하여 피곤하여지고 가슴이 뛰노는 고로 서 있을 힘이 없었다. 가슴과 목 뒤에서는 뚝뚝 소리를 더 빨리 더 힘 있게 낸다.

가뜩이나 더디게 걷던 인력거가 방성 어구에 들어서서는 더 느리게 걷는다…….

엘리자베스는 흥분한 눈으로 가슴을 뛰놀리면서 그 방성을 보았다. 길에 사람 하나 없다. 평화의 이 촌은 작년보다 조금도 달라진 것이 없다. 작년에 보던 길 좌우편에만 벌려 있던 이십여 호의 집은 역시 내게 상관있나 하는 낯으로 엘리자베스를 맞는다.

그 방성 맨 끝, 뫼 바로 아래 있는 엘리자베스의 오촌모의 집에 인력거는 닿았다. 비의 실은 그냥 하늘과 땅을 맞맨 것같이 보이면서 힘 있게 쪽쪽 내리쏜다.

엘리자베스는 인력거에서 내렸다.

세 시간 동안이나 앉아서 온 그의 다리는 엘리자베스의 자유로 되지 않았다. 그는 취한 것같이 비츨비츨하며 마치 구름 위를 걷는 것같이 허둥허둥 낮은 대문을 들어섰다. 비는 용서 없이 엘리자베스의 머리에서 가는 모시저고리 치마 구두로 내리쏜다.

대문 안에 들어선 엘리자베스는 어찌할지를 몰라서 담장에 몸을 기대고 우두커니 서 있었다.

그때에 마침 때 좋게 오촌모가 무슨 일로 밖에 나왔다.

"아주머니!"

엘리자베스는 무의식히 고함을 치고 두어 발자국 나섰다.

오촌모는 늙은 눈을 주름살 많은 손으로 비비고 잠깐 엘리자베스를 보다가,

"엘리자베스냐."

하면서 뛰어와서 마주 붙들었다.

"어떻게 왔냐? 자, 비 맞겠다. 아이구 이 비 맞은 것 봐라. 들어가자. 자, 자."

발가락이 닮았다

"인력거가 있어요."

하고 엘리자베스는 땅에 발이 닿지 않는 것 같은 걸음으로 허둥허둥 인력거꾼에게 짐을 들여오라 명하고, 오촌모와 함께 어둡고 낮고 시시한, 냄새 나는 방 안에 들어왔다.

"전엔 암만 오래두 잘 안 오더니, 어찌 갑자기 왔냐?"

오촌모는 눈에 다정한 웃음을 띠고 물었다.

엘리자베스는 진리 있는 거짓말을 한다.

"서울 있어야 이젠 재미두 없구 그래서……."

"으응!"

오촌모는 말의 끝을 높여서 엘리자베스의 대답을 비인非認한다.

"네 상에 걱정빛이 뵌다. 무슨 걱정스러운 일이라도 있냐?"

'바로 대답할까.'

엘리자베스가 생각하는 동시에 입은 거짓말을 했다.

"걱정은 무슨 걱정이요. 쯧."

엘리자베스는 혀를 가만히 찼다. 왜 거짓말을 해…….

"그래두 젊었을 땐 남모르는 걱정이 많으니라."

'대답할까.'

엘리자베스는 갑자기 생각했다. 가슴이 뛰놀기 시작한다. 치만 기회는 또 지나갔다. 오촌모는 딴말을 꺼낸다.

"그런데 너 점심 못 먹었겠구나. 채려다 주지, 네 촌밥 먹어 봐라. 어찌 맛있나."

오촌모는 나갔다.

"짐 들여왔습니다."

하는 인력거꾼의 소리가 나므로 엘리자베스는 나가서 짐을 찾고 들어와 앉아서, 밖을 내어다보았다.

뜰 움푹움푹 들어간 데마다 물이 고였고 물 고인 데마다 비로 인하여 방울이 맺혀서 떠다니다가는 없어지고, 또 새로 생겨서 떠다니다가는 없어지곤 한다. 초가집 지붕에서는 누렇고 붉은 처마물이 그치지 않고 줄줄 흘러내린다.

한참이나 눈이 멀거니 뜰을 바라보고 있을 때에 오촌모가 밥과 달걀, 반찬, 김치 등 간단한 음식을 엘리자베스를 위하여 차려 왔다.

엘리자베스는 점심을 먹은 뒤에 또 뜰을 내어다보기 시작하였다. 뜰 한편 구석에는 박 넌출이 하나 답답한 듯이 웅크러뜨리고 있었다. 잎 위에는 빗물이 고여 있다가 바람이 불 때마다 잎이 기울어지며, 고였던 물이 땅에 쭈루룩 쏟아지는 것이 엘리자베스의 눈에 똑똑히 보였다. 그 잎들 아래는 허옇고 푸른 크담한 박 하나가 잎이 바람에 움직일 때마다 걸핏걸핏 보였다.

박 넌출 아래서 머구리*가 한 마리 우덕덕 뛰어나왔다. 본래부터 머구리를 무서워하던 엘리자베스는 머리를 빨리 돌렸다. 머구리에게 무서움을 가지는 동시에 엘리자베스의 머리에는 아깟걱정이 떠올랐다.

그는 낯을 찡그리고 한숨을 후 내어쉬었다.

*'개구리'의 옛말.

　　　　　　　　　　　　　　발가락이 닮았다

이것을 본 오촌모는 물었다.

"왜 그러냐? 한숨을 다 짚으면서…… 네게 아무래두 걱정이 있기는 하구나."

엘리자베스는 마음이 뜨끔하였다. 그러면서도, 이 기회 넘겼다가는…….

"아주머니!"

그는 흥분하고 떨리는 소리로 오촌모를 찾았다.

"왜, 왜 그러냐? 이야기 다 해라."

"서울은 참 나쁜 뎁디다그려……."

엘리자베스는 울기 시작하였다.

"자, 왜?"

"하―아!"

엘리자베스는 울음이 섞인 한숨을 쉬었다.

"아, 왜 그래?"

"아― 어찌할까요."

"무엇을 어찌해. 자, 왜 그르느냐?"

"난 죽고 싶어요."

엘리자베스는 쓰러졌다.

"딴소리한다. 왜 그래? 자, 이야기해라."

오촌모는 얼른다.

엘리자베스는 끊었다 끊었다 하면서 무한 간단하게 자기와 남작의 새를 이야기한 뒤에, 재판하겠단 말로 말을 끝내었다.

"너 같은 것이 강가姜家 집에……."

엘리자베스의 말을 들은 오촌모는 성난 소리로 책망하였다.

괴로운 침묵이 한참 연속하였다. 아주머니의 책망을 들을 때에 엘리자베스는 울음소리까지 그쳤다.

한참 뒤에, 오촌모는 엘리자베스가 불쌍하였던지 이제 방금 온 것을 책망한 것이 미안하였던지 말을 돌린다.

"그래두 재판은 못 한다. 우리는 상것이고 저편은 양반이 아니냐?"

아직 채 작정치 못하고 있던 엘리자베스의 마음이 이 말 한마디로 온전히 작정되었다. 그는 아주머니의 말을 우쩍 반대하고 싶었다.

"재판에두 양반 상놈이 있나요?"

"그래두 지금은 주먹 천지란다."

엘리자베스는 눈살을 찌푸렸다. 양반 상놈 문제에 얼토당토 않은 주먹을 내어놓는 아주머니의 무식이 그에게는 경멸스럽기도 하고 성도 났다. 그렇지만 그 말의 진리는 자기의 지낸 일로 미루어 보아도 그르달 수가 없었다. 그래도 재판은 꼭 하고 싶었다.

"그래두 해요!"

"그리 하고 싶으면 하기는 해라마는……."

"그럼 아주머니!"

"왜."

"이 동리에 면소가 있나요?"

"응 있다. 무엇 하려구?"

"거기 가서 재판에 대하여 좀 물어보아 주시구려……"

"싫다야…… 그런 일은."

"그래두…… 아주머니까지…… 그러시면……"

엘리자베스의 낯은 울상이 되었다. 이것이 불쌍하게 보였던지 오촌모는 면서기를 찾아갔다.

이튿날 엘리자베스는 남작을 걸어서, 정조 유린에 대한 배상 및 위자료로서 5천 원, 서생아庶生兒 승인, 신문상 사죄 광고 게재 청구 소송을 경성지방법원에 일으켰다.

8

늘 그치지 않고 줄줄 내리붓던 비는 종시 조선 전지全地에 장마를 지웠다.

엘리자베스가 있는 마을 뒷뫼에서도 간직하여 두었던 모든 샘이 이번 비로 말미암아 터져서 개골가에 있는 집 몇은 집채같이 흘러 내려오는 물로 인하여 혹은 떠내려가고 혹은 무너졌다.

매일 흰 물방울을 안개같이 내면서 왉왉 흘러 내려가는 물을 보면서 엘리자베스는 몇 가지 일로 느끼고 있었다. 그 가운데는 반성도 없지 않았다.

이번 이와 같이 큰 재판을 일으킨 것이 엘리자베스의 뜻은 아니다. 법률을 아는 사람이 '그리하여야 좋다'는 고로 엘리자베스는 으쓱하여서 그리할 뿐이다. 그에게는 서생아 승인으로 넉넉하였다.

"에이 썅."

그는 만날 이 일이 생각날 때마다 혀를 차며 중얼거렸다.

서울을 떠난 것도 그의 느낌의 하나이다. 차라리 반성의 하나이다. 오촌모는 '에이구 내 딸 에이구 내 딸' 하며 크담한 엘리자베스의 궁둥이를 두드리며 사랑하였고, 엘리자베스는 여왕과 같이 가만히 앉아서 모든 일을 오촌모를 부려 먹었지만, 그것만으로 그는 만족치를 못하였다. 그는 낮고 더럽고 답답하고 덥고 시시한 냄새 나는 촌집보다 높고 정한 서울집이 낫고, 광목바지 입고 상투 틀고 낮이 시꺼먼 원시적인 촌무지렁이들보다 맥고모자에 궐련 물고 가는 모시 두루마기 입은 서울 사람이 낫다. 굵은 광당포 치마보다 가는 모시 치마가 낫고, 다 처진 짚신보다 맵시 나는 구두가 낫다. 기름머리에 맵시 나게 차린 후에 파라솔을 받고 장안 큰거리를 팔과 궁둥이를 저으면서 다니던 자기 모양을 흐린 하늘에 그려 볼 때에는, 엘리자베스는 자기에게도 부끄럽도록 그 그림자가 예뻐 보였다.

장마는 걷혔다.

장마 뒤의 촌집은 참 분주하였다. 모를 옮긴다 김을 맨다 금년 추수는 이때에 있다고, 각 집이 모두 늙은이 젊은이 할 것 없이 나서서 활동을 한다. 각 곳에서 중양가重陽歌의 처량한 곡조, 농부가의 웅장한 곡조가 일어나서 뫼로 반향하고 들로 퍼진다.

자농自農 밭 몇 뙈기와 뒤뜰에 터앝을 가진 엘리자베스의 오촌모의 집도 꽤 분주하였다. 자농 밭은 삯을 주어서 김을 매고 터앝만 오촌모 자기가 감자와 파 이종을 하기로 하였다.

뻔뻔 놀고 있기가 무미도 하고 갑갑도 한 고로, 엘리자베스는 아주머니를 도와서 손에 익지 않은 일을 하고 있었다.

첫 번에는 일하기가 죽게 어려웠지마는, 좀 연습된 뒤에는 땀으로 온몸이 젖고 몸이 곤하여진 뒤에 나무 그늘 아래서 상추쌈에 고추장으로 밥을 먹고 얼음과 같은 찬 우물물을 마시는 것은 참 엘리자베스에게는 위에 없는 유쾌한 일이 되었다. 첫 번에는 심심끄기*로 시작하였던 일을 마지막에는 쾌락으로 하게 되었다.

그러는 새에도 틈만 있으면 그는 집 뒤 뫼에 올라가서 서울을 바라보고 한숨을 짓고 있었다.

보얀 여름 안개로 둘러싸여서 아침 햇빛을 간접으로 받고 보얗게 반짝거리는 아침 서울, 너무 강하여 누렇게까지 보이는 여름 햇빛을 정면으로 받고 여기저기서 김을 무럭무럭 내는 낮 서울, 새빨간 저녁놀을 받고 모든 유리창은 그것을 몇십 리 밖까지 반사하여 헬 수 없는 땅 위의 해를 이루는 저녁 서울, 그 가운데 우뚝 일어서 있는 푸른 남산, 잿빛 삼각산, 먼지로 싸인 큰거리, 울깃불깃한 경복궁, 동물원, 공원, 한강, 하나도 엘리자베스에게 정답게 생각 안 나는 것이 없고, 느낌 안 주는 것이 없었다.

'아— 내 서울아, 내 사랑아

나는 너를 바라본다

---

* 심심함을 잊고 시간을 보내기 위하여 어떤 일을 함. 또는 그런 일. 심심풀이, 심심파적.

붉은 눈으로 더운 사랑으로……
아침 해와 저녁 놀, 잿빛 안개
흩어진 더움 아래서, 나는 너를
아— 나는 너를 바라본다.
천 년을 살겠냐 만 년을 살겠냐.
내 목숨 다하기까지, 내 삶 끝나기까지,
나는 너를 그리리라.'
처량한 곡조로 엘리자베스는 부르곤 하였다.

엘리자베스는 한 자리를 정하고 뫼에 올라갈 때에는 언제든지 거기 앉아 있었다. 뒤에는 큰 소나무를 지고 그 솔그늘 아래 꼭 한 사람이 앉아 있기 좋을 만한 바위가 하나 있었다. 그것이 엘리자베스의 정한 자리다.

그 바위 두어 걸음 앞에서 여남은 길 되는 절벽이 있었다.

이 절벽을 내려다볼 때마다 그의 마음속에는 한 기쁨이 움직였다.

종시 재판날이 왔다.

9

재판 전날, 엘리자베스는 오촌모와 함께 서울로 들어와서 재판소 곁 어떤 객줏집에 주인을 잡았다.

서울을 들어설 때에 엘리자베스는, 한 달밖에는 떠나 있지 않앉으되 그렇게 그리던 서울이므로 기쁨의 흥분으로 몸이 죽게 피곤하여져서 부들부들 떨면서 객줏집에 들었다.

'혜숙이나 만나지 않을까, 이환 씨나 만나지 않을까, S 혹은 부인이나 혹은 남작이나 만나지 않을까.'

그는 반가움과 무서움과 바람으로 머리를 푹 숙이고 곁눈질을 하면서 아주머니와 함께 거리들을 지나갔다. 할 수 있는 대로는 좁은 길로…….

그는 하룻밤 새도록 모기와 빈대와 흥분, 걱정 들로 말미암아 잠도 잘 못 자고, 이튿날 낮이 뚱뚱 부어서 제시간에 재판소에 들어왔다.

아주머니는 방청석으로 보내고 자기 혼자 원고석에 와 앉을 때에는, 엘리자베스는 자기도 어찌 되는지를 모르도록 마음이 뒤숭숭하였다. 염통은 한 분分 동안에 여든일곱 번이나 뛰놀고 숨도 한 분 사이에 스무 번 이상을 쉬게 되었다. 땀은 줄줄 기왓골에 빗물 흐르듯 흘러서 짠물이 자꾸 눈과 입으로 들어온다. 서울 들어오느라고 새로 갈아입은 엘리자베스의 빈사 저고리와 바지허리는 땀으로 소낙비 맞은 것보다 더 젖게 되었다.

세 분쯤 뒤에 그는 마음을 좀 진정하여 장내를 둘러보았다.

방청석에는 아주머니 혼자 낯에 근심을 띠고 눈이 둥그래져서 있었고 피고석에는 남작이 머리를 저편으로 돌리고 있었다.

남작을 볼 때에 그는 갑자기 죄송스러운 생각이 났다.

'오죽 민망할까. 이런 데 오는 것이 남작에게는 오죽 민망할까? 내가 잘못했지, 재판은 왜 일으켜? 남작은 나를 어찌 생각

할까? 또 부인은……?'

그는 이제라도 할 수만 있으면 재판을 그만두고 싶었다. 짐짓 자기가 남작에게 져주고 싶기까지 하였다.

그는 머리를 좀더 돌이켰다. 거기는 남작의 대리인인 변호사가 엄연히 앉아 있었다. 만장을 무시하는 낯으로 자기 혼자만이 재판을 좌우할 능력이 있다는 낯으로 변호사는 빈 재판석을 둘러보고 있었다.

변호사를 볼 때에 엘리자베스는 남모르게,

"아!"

하는 절망의 소리를 내었다. 자기의 변론이 어찌 변호사에게 미칠까, 그의 머리에는 똑똑히 이 생각이 떠올랐다. 남작에 대한 미움이 마음속에 솟아나왔다. 자기를 끝까지 지우려고 변호사까지 세운 남작이 어찌 아니꼽지를 않을까. 그는 외면한 남작을 흘겨보았다.

판사, 통변, 서기 들이 임석하고 재판은 시작되었다. 규정의 순서가 몇이 지나간 뒤에 원고의 변론할 차례가 이르렀다. 규정대로 사는 곳과 이름 들을 물은 뒤에 엘리자베스는 변론하여야 하게 되었다. 엘리자베스는 벌떡 일어서서 묻는 말에는 대답하였지만 변론은 나오지를 않았다. 재판소가 빙빙 도는 것 같고 낯에서는 불덩이가 나올 것 같았다. 그러다가,

'이래서는 안 되겠다. 용기를 내어야지.'

생각할 때에 얼마의 용기는 회복되었다.

그는 끊었다 끊었다 하면서 자기의 청구를 질서 없이 설명하

였다.

"더 할 말은 없냐?"

엘리자베스의 말이 끝난 뒤에 주석판사가 물었다.

"없어요."

엘리자베스는 말이 하기 싫은 고로 겨우 중얼거리고 앉았다.

'겨우 넘겼다.'

엘리자베스는 앉으면서 괴로운 숨을 내어쉬면서 생각하였다.

피고의 변론할 차례가 되었다. 변호사는 일어서서 웅장한 큰 소리로, 만장을 누르는 소리로, 장내가 웅웅 울리는 소리로 말하기 시작하였다.

원고의 말은 모두 허황하다. 그 증거가 어디 있는가? 있으면 보고 싶다. 잉태하였다 하니 거짓말인지도 모르거니와, 설혹 잉태하였다 하여도 그것이 남작의 자식인 증거가 어디 있는가? 자기 자식이니까 떨어뜨리려고 병원에 데리고 갔다 원고는 말하지만, 주인이 자기 집에 가정교사가 병원에 좀 데려다 달랄 때 데려다줄 수가 없을까? 피고가 자기 일이 나타날까 저퍼서* 원고를 내어쫓았다 원고는 말하지마는 다른 일로 내어보냈는지 어찌 아는가? 원고는 당시에는 학교에도 안 가고 가정교사의 의무도 다하지 않고 게다가 탈까지 났으니, 누구가 이런 식객을 가만두기를 좋아할까? 어떻든 원고에게는 정신이상이 있는 것을 잊어서는 안 된다.

* 싫어서. '젉다'는 '싫다'의 방언.

엘리자베스는 변호사가 '원고의 말은 허황하다' 할 때에 마음이 뜨끔하였다. '남작의 자식인지 어찌 알까' 할 때에 가슴에서 '툭' 하는 소리를 들었다. 병원 이야기가 나올 때에 머리가 어지러워지는 것을 깨달았다. 그 후에는 어찌 되는지 몰랐다. 청각은 가졌지만 듣지는 못하였다. 다만 둥둥 하는 사람의 말소리가 한 백 리 밖에서 나는 것같이 들렸을 뿐이고 아무것도 의식지를 못하였다. 유도에 목 끼운 때와 같이 온몸이 양상스러워지는 것이 구름을 타고 하늘을 떠다니는 것 같았다.

그가 바로 의식 상태로 들기 비롯한 때는 판사가 '더 할 말이 없느냐'고 물을 때이다.

판사의 묻는 말을 똑똑히 알아듣지 못하고 또 말하기도 싫은 엘리자베스는 다만,

"네."

하고 대답할 수밖에는 없었다. 그런 뒤에는 그의 눈앞에는 검은 물건이 왔다 갔다 움직움직하는 것만 보였다. 무엇인지는 똑똑히 알지 못하였다.

한참 있다가 판결은 났다. 원고의 주장은 하나도 증거가 없다. 그런 고로 원고의 청구는 기각한다.

이 말을 겨우 알아들은 엘리자베스는 가슴에서 두 번째 '툭' 하는 소리를 들었다. 그 뒤에는 정신이 아득하여지고 말았다.

몇 시간 동안을 혼미 상태로 지낸 후에 겨우 정신이 좀 드는 때는 그는 이상한 방 안에 앉아 있었다. 껌껌한 그 방은 사면 침척針尺 두 자밖에는 안 되었다. 뿐만 아니라 그 방은 들썩들썩 움

발가락이 닮았다

직인다.

'흥, 재미있구나!'

그는 생각하였다.

그렇지만 이와 같은 한가한 생각이 그의 머리에 오랫동안 머물지를 못하였다. 높이 세 치, 길이 다섯 치쯤 되는 조그만 구멍으로 자기 아주머니가 보일 때에 엘리자베스는 펄떡 정신을 차렸다. 그때야 그는 자기 있는 곳은 보교步轎 안이고, 벌써 아주머니의 집에 다 이르렀고, 아까 판결 받은 것이 생각났다.

보교는 놓였다.

엘리자베스는 우덕덕 보교에서 뛰어내리다가 꼬꾸라졌다. 발이 저린 것을 잊고 뛰어내리던 그는 엎드러질 수밖에는 없었다.

"에구머니!"

아주머니는 엘리자베스가 또다시 기절을 한 줄 알고 고함을 치며 뛰어왔다.

엘리자베스는 '죽어라' 하고 발이 저린 것을 참고 일어서서 뛰어 방 안에 들어와 꼬꾸라졌다.

그는 울음도 안 나오고 웃음도 안 나왔다. 다만,

'야단났구만, 야단났구만.'

생각만 하였다.

그렇지만 어디가 야단나고 어떻게 야단났는지는 그는 몰랐다. 다만, 어떤 큰 야단난 일이 어느 곳에 있기는 하였다.

오촌모가 들어와 흔드는 것도 그는 모른 체하고 다만 씩씩거리며 엎디어 있었다.

'야단, 야단.'

그의 눈에는 여러 가지 환상이 보인다. 네모난 사람, 개, 우물 거리는 모를 물건, 뫼보다도 크게도 보이고 주먹만 하게도 보이 는 검은 어떤 물건, 아주머니, 연필─ 이것이 모두 합하여 그에 게는 야단으로 보였다.

오촌모가 펴준 자리에 누워서도 그는 이런 그림자들만 보면 서 씩씩거리며 있었다.

10

이튿날 아침.

엘리자베스는 눈을 번쩍 뜨고 방 안을 둘러보았다. 아주머니 는 방 안에 없었다. 부엌에서 덜겅거리는 고로 거기 있나 보다 그는 생각하였다.

전에는 그리 주의하여 보지 않았던 그 방 안의 경치에서 병인 의 날카로운 눈으로 그는 새로운 맛있는 것을 여러 가지 보았다.

제일 눈에 뜨이는 것은, 담벽 사면에 붙인 당지들이다. 일본 포속布屬들에서 꺼내어 붙인 듯한 그 당지들을 엘리자베스는 흥 미의 눈으로 하나씩 하나씩 건너보았다.

그다음에 보인 것은 천장 서까래 틈에 친 거미줄들이다. 엘리 자베스는 그 가운데 하나를 자세히 보았다. 그가 보고 있는 동 안에 욍 하니 날아오던 파리가 한 마리 그 줄에 걸렸다. 거미줄은 잠깐 흔들리다가 멎고 어디 있었는지 보이지 않던 거미가 한 마리 빨리 나와서 파리를 발로 움킨다. 파리는 깃을 벌리고 도망하려 애를 쓰기 시작하였다. 거미줄은 대단히 떨렸다. 그렇지만 조금 뒤에 파리는 죽었는지 거미줄의 흔들림은 멎고 거미 혼자서 발발 파리를 두고 돌아다닌다. 엘리자베스는 바르륵 떨면서 머리를 돌이켰다.

'저 파리의 경우와…… 내 경우가, 어디가 다를까? 어디가……?'

엘리자베스가 움직일 때에 파리가 한 마리 윙 나타났다. 그 파리의 날기를 기다리고 있었던지 다른 파리들도 일제히 웅─ 날았다가 도로 각각 제자리에 앉는다…….

엘리자베스는 눈을 감았다. 상쾌한 졸음이 짜르륵 엘리자베스의 온몸에 돌았다. 엘리자베스는 승천하는 것 같은 쾌미를 누리고 있었다.

이때에 오촌모가 샛문을 벌컥 열며 들어왔다.

엘리자베스는 눈을 번쩍 떴다. 오촌모는 들어와서 물에 젖은 손을 수건에 씻은 뒤에 엘리자베스의 머리 곁에 와 앉았다.

"좀 나은 것 같으냐?"

"무엇 낫지 않아요."

"어디가 아파? 어젯밤 새도록 헛소릴 하더니……."

"헛소리까지 했어요?"

엘리자베스는 낯에 적적한 웃음을 띠고 묻는 대답을 하였다.

"그런데 어디가 아픈지는 일정하게 아픈 데가 없어요. 손목

발목이 저리저릿하는 것이 온몸이 다 쏘아요. 꼭…… 첫몸할 때……."

"왜 그런고…… 원."

"왜 그런지요……."

잠깐의 침묵이 생겼다.

"앗!"

좀 후에 엘리자베스는 작은 소리로 날카로운 부르짖음을 내었다. 낯에는 무한 괴로움이 나타났다.

"왜 그러냐!?"

오촌모는 놀라서 물었다.

"봤다는 안 되어요."

엘리자베스는 억지로 웃으면서 말했다.

"그럼 보지 않을 것이니 왜 그러냐?"

"묻지두 말구요!"

"묻지두 않을 것이니 왜 그래?"

"그럼 안 묻는 거인가요?"

"그럼 그만두자…… 그런데 미음 안 먹겠냐?"

"좀 이따 먹지요."

엘리자베스는 괴로운 낯을 하고 팔과 다리를 꼬면서 앓는 소리를 내고 있다가 참다못하여 억지로 말했다.

"아주머니 요강 좀 집어 주세요."

오촌모는 근심스러운 낯으로 물끄러미 엘리자베스를 들여다보다가 말없이 요강을 집어 주었다.

발가락이 닮았다

엘리자베스는 요강을 타고 앉았다. 나올 듯 나올 듯하면서도 나오지 않는 오줌은 그에게 큰 아픔을 주었다. 한 십 분 동안이나 낯을 무한 찡글고 있다가 내어놓을 때는 그 요강은 피오줌으로 가득 찼다.

"피가 났구나!"

오촌모는 놀란 소리로 물었다.

"……네."

"떨어지려는 것이로구나."

"그런가 봐요."

말은 끊어졌다.

엘리자베스의 마음은 무한 설렁거렸다. 그 가운데는 저픔*과 반가움이 섞여 있었다.

"깨를 어떻게 먹으면 올라붙기는 한다더라만……."

잠깐 후에 아주머니가 말을 시작했다.

"그건 올라붙어 무엇 해요."

엘리자베스는 낯을 찡글고 대답하였다.

"그래도 낙태로 죽는 사람두 있너니라……."

엘리자베스는 대답을 하려다가 말이 하기 싫은 고로 그만두었다.

말은 또 끊어졌다.

엘리자베스는 '죽어두 좋아요'라고 대답하려 하였다.

* 두려움. '저프다'는 '두렵다'의 옛말. 방언.

'죽으면 뭘 하나.'

그는 병적으로 날카롭게 된 머리로 생각하여 보았다.

'내게 이제 무엇이 있을까? 행복이 있을까? 없다. 즐거움은? 그것도 없다. 반가움은? 물론 없지. 그럼 무엇이 있을까? 먹고 깨고 자는 것뿐— 그 뒤에는? 죽음! 그 밖에 무엇이 있을까? 아무 것도 없다. 그것뿐으로도 살 가치가 있을까? 살 가치가 있을까? 아, 아! 어떨까? 없다! 그러면? 나 같은 것은 죽는 편이 나을까? 물론. 그럼 자살? 아!'

'자살? (그는 사지를 부들부들 떨었다.) 모르겠다. 살아지는 대로 살아 보자. 죽는 것도 무섭지 않고, 사는 것도 싫지도 않고— '

이때에 오촌모가 말을 시작했다.

"내가 가서 물어보고 올라."

"그만두세요."

그는 우덕덕 놀라면서 무의식히 날카롭게 말하였다.

"그래두 내 잠깐 다녀오지."

아주머니는 일어서서 밖으로 나갔다.

아주머니가 나간 뒤에 그는 또 생각하여 보았다.

내 근 이십 년 생애는 어떠하였는가? 앞일은 그만두고 지난 일로…… 근 이십 년 동안이나 살면서, 남에게, 사회에게 이익한 일을 하나라도 하였는가? 벗들에게 교과를 가르친 일— 이것뿐! 이것을 가히 사회에 이익한 일이라 부를 수가 있을까? (그는 입술을 부들부들 떨었다.)

웅! 하나 있다! '표본!' (그는 괴로운 웃음을 씩— 웃었다.) 이후 사람을 경계할 만한 내 사적! 곧 '표본!' 표본 생활 이십 년……
아……!

그러니 이것도 내가 표본이 되려서 되었나? 되기 싫어서도 되
었지. 헛데로 돌아간 이십 년, 쓸데없는 이십 년, '나'를 모르고
산 이십 년, 남에게 깔리어 산 이십 년. 그동안에 번 것은? 표본!
그동안에 한 일은? 표본!

그는 피곤하여진 고로 눈을 감았다. 더움과 추움이 그를 쏘았
다. 그는 추워서 사지를 보들보들 떨면서도 이마와 모든 틈에는
땀을 줄줄 흘리고 있었다. 아래는 수만 근 되는 추를 단 것같이
대단히 무거웠다.

괴로움과 한참 싸우다가 오촌모의 돌아옴이 너무 더딘 고로
그는 그만 잠이 들었다.

자는 동안에 여러 가지 그림자가 그의 앞에서 움직였다. 네모
난 사람이 어떤 모를 물건을 가지고 온다. 그 뒤에는 개가 따라
온다. 방성 뒷산에서 뫼보다도 큰 어떤 검은 물건이 수없이 많
이 흐늘흐늘 날아오다가, 엘리자베스의 있는 방 앞에 와서는 주
먹만 하게 되면서 그의 품속으로 뛰어 들어온다. 하나씩 하나씩
다 들어온 다음에는 도로 하나씩 하나씩 흐늘흐늘 날아 나가서
차차 커지며 뫼만 하게 되어 도로산 가운데서 쓰러져 없어진다.
다 나갔다는 도로 들어오고 다 들어왔다는 도로 나가고, 자꾸
자꾸 순환되었다. 엘리자베스는 앓는 소리를 연발로 내며 이 그
림자들을 보고 있었다.

이렇게 무서운 그림자를 한참 보고 있을 때에,

"얘 미음 먹어라."

하는 오촌모의 소리가 나는 고로 눈을 번쩍 떴다.

그는 미음 그릇을 들고 들어오는 아주머니를 관찰하기 시작하였다. '저런 큰 그릇을 원 어찌 들고 다니노? 키도 댓 자밖에는 못 되는 노파가……'

오촌모가 미음 그릇을 놓은 다음에 엘리자베스는 그것을 먹으려고 엎디었다. 아픔이 온몸에 쭉 돌았다…….

"숟갈이 커서 어찌 먹어요?"

그는 놋숟갈을 보고 오촌모에게 물었다. 그는, '숟갈이 커서 들지를 못하겠다'는 뜻으로 한 말이다.

"어제두 먹던 것이 커?"

엘리자베스는 안심하고 숟갈을 들었다. 그것은 뜻밖에 크지도 않고 무겁지도 않았다. 그는 곁에 놓인 흰 가루를 미음에 치고 먹기 시작하였다.

"아이고 짜다."

그는 한 술 먹은 뒤에 소리를 내었다.

"짜기는 왜 짜? 사탕가루를 많이 치구……"

병으로 날카롭게 된 그의 신경은 그의 자유로 되었다. 마치 최면술에 피술자被術者가 시술자施術者의 명령을 절대로 복종하여, 단 것도 시술자가 쓰다 할 때에는 쓰다 생각하는 것과 같이 그의 신경도 절대로 그의 명령을 좇았다. 흰 가루를 소금이라 생각할 때에는 짜게 보였으나 사탕가루라 생각할 때에는 꿀송이보다도 더 달았다. 그렇지만 그의 신경도 한 가지는 복종치 않았

　　　　　　　　　　　　　　　발가락이 닮았다

다. 아픔이 좀 나았으면 하는 데는 조금도 순종치를 않았다.

미음을 먹는 동안에 오촌모가 투덜거렸다.

"스무 집이나 되는 동리 가운데서 그것 아는 것이 하나두 없단 말인가 원……."

"무엇이요?"

엘리자베스는 미음을 삼키고 물었다.

"그 올라붙는 방문 말이루다. 원 깨를 어짠대든지……."

엘리자베스는 성이 나서 대답을 안 하였다.

미음을 다 마신 다음에 돌아누우려다가 그는,

"읽!"

소리를 내고 그 자리에서 꼬꾸라졌다. 어디가 아픈지 똑똑히 모를 아픔이 온몸을 쿡 쏘았다. 정신까지 어지러웠다.

"어찌? 더하냐?"

"물이 쏟아져요."

엘리자베스는 똑똑한 말로 대답하였다.

"어째?"

"바람이 부는지요?"

"얘 정신 채레라."

엘리자베스는 후덕덕 정신을 차리면서,

"내가 원 정신이 없어졌는가?"

하고 간신히 천장을 향하고 누웠다. 천장에는 소가 두 마리 풀을 뜯어 먹고 있었다. 엘리자베스는 무서워서 부들부들 떨기 시작하였다. 두 마리의 소는 싸움을 시작했다.

'떨어지면……?' 생각할 때에 한 마리는 그의 배 위에 떨어졌다. 일순간 뜨끔한 아픔 뒤에는 아무렇지도 않았다.

'앍' 소리를 내고 그는 다시 천장을 보았다. 소는 역시 두 마리지만 이번은 춤을 추고 있다.

"표본 생활 이십 년!"

그는 중얼거리고 담벽을 향하여 돌아누웠다. 거기서는 남작과 이환과 돼지와 파리가 장거리 경주를 하고 있었다.

'흥! 재미있다. 누구가 이길 터인고?'

그는 생각하였다.

조금 있다가 그는 생각난 듯이 수군거렸다.

"표본 생활 이십 년!"

11

그가 눈을 아무 데로 향하든지 어떤 그림자는 거기 벌려 있었다. 그가 자든지 깨든지 어떤 그림자는 거기서 움직였다. 이렇게 엘리자베스는 사흘을 지냈다.

그러는 동안 다함이 없는 철학이 감춰져 있는 것 같고도 아무 뜻이 없는 헛말같이도 생각되는 말구가 흔히 무의식히 그의 머리에 떠올랐다.

'표본 생활 이십 년!'

그는 이 말을 여러 번 거푸 하였다.

발가락이 닮았다

이렇게 사흘째 되는 저녁, 복거리 낮보다도 더 훈훈 타는 저녁, 등과 사지 맨끝에서 시작하여 짜르륵 온몸에 도는 추위의 쾌미를 역증逆症으로 받으면서 잠과 깸의 가운데서 돌던 엘리자베스는 오촌모의 소리에 놀라 흠칠하면서 깨었다.

　"왜 그리 앓는 소리를 하냐? (혼잣말로) 탈인지 무엇인지 낫지두 않구."

　"아— 유— 죽겠다아— 하아—"

　엘리자베스는 눈을 감은 채로 아주머니의 소리 나는 편으로 돌아누우면서 신음했다. 그렇지만 그에게는 아프리라 생각하는 데서 나온 아픔밖에는 아픔이 없었다.

　"왜 그래? 참 앓는 너보다두 보는 내가 더 속상하다. 후!"

　오촌모도 한숨을 쉰다.

　"아이구, 덥다!"

　오촌모는 빨리 부채를 집어서 엘리자베스를 부치면서 말했다.

　"내 부쳐 줄 것이니 일어나서 이 오미잣물을 마세 봐라."

　오미자라는 소리를 들은 그는 귀가 버썩하였다. 어렸을 때부터 오미자를 좋아하던 그는 이불 속에서 꿈질꿈질 먹을 준비를 시작하였다. 오늘은 그의 머리는 똑똑하여졌다. 그림자가 안 보였고 아픔도 덜어졌다.

　오촌모는 자기도 한 숟갈 떠먹어 본 뒤에 권한다.

　"아이구, 달다. 자, 먹어 봐라."

　엘리자베스는 눈을 뜨고 엎디어서 오미잣물을 마셨다. 새큼하고 단 가운데도 말할 수 없는 아름다운 냄새를 가진 오미잣물은 병인인 엘리자베스에게 위에 없는 힘을 주었다. 그는 단숨에 한 사발이나 되는 물을 다 마셔 버렸고 도로 누웠다.

"맛있지?"

"네."

"그런데 어떠냐, 아프기는?"

엘리자베스는 다만 씩 웃었다. 다 큰 것이 드러누워서 다 늙은 아주머니를 속상케 함에 대한 미안과, 크담한 것이 '읽읽' 앓은 부끄러움이 합하여 낳은 웃음을 그는 다만 감추지 않고 정직하게 웃은 것이다.

"오늘은 정신 좀 들었냐? 며칠 동안 별한 소릴, 어떤런 소릴 하던지?…… 응!…… 응! 무얼 '표분 생울 이십 년'이라던지?"

"표본 생활 이십 년!"

엘리자베스는 생각난 듯이 무의식히 소리를 내었다.

"응! 그 소리 그 소리!"

오촌모도 생각난 듯이 지껄였다.

"아이, 덥다!"

엘리자베스는 이불을 차 던지고 고함을 쳤다.

"응, 부쳐 주지."

어느덧 부채질을 멈추었던 오촌모는 다시 부치기 시작했다.

속에서 나오는 태우는 듯한 더움과 밖에서 찌르는 무르녹이는 듯한 더위와 사늘쩍한 부채 바람이 합하여, 엘리자베스의 몸에 쪼르륵 소름이 돋게 하였다. 소름 돋을 때와 부채의 시원한 바람의 쾌미는 그에게 졸음이 오게 하였다. 그는 구름 타고 하늘에 올라가는 맛으로 잠과 깸의 가운데서 떠돌고 있었다.

몇 시간 지났는지 몰랐다. 무르녹이기만 하던 날은 소낙비로 부어내린다. 그리 덥던 날도 비가 오면서는 서늘하여졌다. 방 안은 습기로 찼다. 구팡*에 내려져서 튀어나는 물방울들은 안개비와 같이 되면서 방 안으로 몰려 들어온다.

그는 눈을 번쩍 떴다. 어느덧 역한 냄새 나는 모기장이 그를 덮었고 그의 곁에는 오촌모가 번뜻 누워서 답답한 코를 구르고 있었다. 위에는 불티를 잔뜩 앉히고 그 아래서 숨찬 듯이 할락할락하는 석유 램프는 모기장 밖에서 반딧불같이 반짝거리며 할딱거리고 있었다.

'가는 목숨으로라도 살아지는 껏 살아라.'

그 램프는 소곤거리는 것 같다.

엘리자베스는 일어나서 요강을 모기장 밖에서 들여왔다.

한참 타고 앉았다가 '악' 소리를 내고 그는 엎으러졌다. 가슴은 뛰놀고 숨도 씩씩하여졌다. 마음은 무한 설렁거렸다. 맥도 푹 났다.

한참 엎디어 있다가 그는 생각난 듯이 벌떡 일어나서 요강을 내어놓고 번갯불과 같이 빨리 그 속에 손을 넣어서 주먹만 한 핏덩이를 하나 꺼내었다.

'내 것.'

그의 머리에 번갯불과 같이 이 생각이 지나갔다.

* '댓돌'의 방언. 집채의 낙숫물이 떨어지는 곳 안쪽으로 돌려 가며 놓은 돌.

그의 머리에는 모순된 두 가지 생각이 일어났다.

'내 것.'

참 자식에 대한 사랑이 그 핏덩어리에게 일어났다.

'이것 때문에……'

그는 그 핏덩이에 대하여 무한한 미움이 일어났다.

'이것도 저 아니꼬운 남작의 것, 나는 이것 때문에……'

이 두 가지 생각의 반사작용으로 그는 핏덩이를 힘껏 단단히 쥐었다. 거기는 미움이 있고 사랑이 있었다.

그는 그 핏덩이를 씹어 먹고 싶었다. 거기도 미움이 있고 사랑이 있었다.

그는 그것을 쥔 채로 드러누웠다. 맥이 나서 앉아 있을 힘이 없었다.

드러누운 그에게는 얼토당토않은 딴생각이 두어 가지 머리에 났다. 이것도 잠깐으로 끝나고 잠이 들었다.

이삼 푼의 잠이 그를 슬치고 지나간 뒤에 그는 눈을 번쩍 뜨면서 무의식히 중얼거렸다.

"표본 생활 이십 년!"

그다음 순간 그에게는 별한 생각이 머리에 떠올랐다.

'약한 자의 슬픔!'

'천하에 둘도 없는 명언이루다.'

그는 생각하였다.

그는 이 문제를 두고 논문 비슷이, 소설 비슷이 하나 지어 보고 싶은 생각이 났다. 그는 생각하여 보았다.

　　　　　　　　　　　　　발가락이 닮았다

자기의 설움은 약한 자의 슬픔에 다름없었다. 약한 자기는 누리에게 지고 사회에게 지고 '삶'에게 져서, 열패자劣敗者의 지위에 이르지 않았느냐?! 약한 자기는 이환에게 사랑을 고백지 못하고 S와 혜숙에게서 참말을 듣지 못하고 남작에게 저항치를 못하고 재판석에서 좀더 굳세게 변론치를 못하여 지금 이 지경을 이르지 않았느냐?!

'그렇지만 이것은 밖이 약한 것이다. 좀더 깊이, 안으로!'

그는 생각하였다.

자기의 아직까지 한 일 가운데서 하나라도 자기에게서 나온 것이 어디 있느냐? 반동反動 안 입고 한 일이 어디 있느냐? 남작 집에서 나온 것도 필경은 부인이 좀더 있으라는 반동에서 나온 것이 아니냐? 병원 안에 들어간 것도 필경은 집으로 돌아올 전차가 안 보임에 있지 않으냐? 병원으로 향한 것도 그렇다. 재판을 시작한 것은? 오촌모가 말리는 반동을 받았다! 모든 일이 다 그렇다!

"이십 세기 사람이 다 그렇다!"

그는 힘 있게 중얼거렸다.

"어떻든…… 응! 그렇다! 문제는 '이십 세기 사람'이라고 치고, 첫줄을 '약한 자의 슬픔'으로 시작하여 마지막 줄을 '현대 사람의 다의 약함'으로 끝내자."

그는 자기 짓던 글을 생각하고 중얼거렸다.

'표본 생활 이십 년이란 구는 꼭 넣어야겠다.'

그는 생각하였다. 그리고 글을 속으로 생각하기 시작하였다.

이리 짓고 저리 지어서, 이만하면 완전하다 생각할 때 그는 마지막 구를 소리를 내어서 읽었다.

"현대 사람 다의 약함!"

그런 다음에는 그의 머리에 한 공허가 생겼다. 그 공허가 가슴으로 퍼질 때에 그는 맥이 나고 발끝과 손끝에서 그 공허가 일어날 때에 그는 눈을 감았다. 눈이 무한 무거워졌다. 그 공허가 온몸에 퍼질 때에 그는 '후—' 숨을 내어쉬면서 잠이 들었다.

12

"저런! 원 저런!"

이튿날 아침 엘리자베스에게 어젯밤 변동을 듣고 눈이 둥그래져서 그 핏덩이를 들여다보며 오촌모는 지껄였다.

엘리자베스는 탁 그 핏덩이를 빼앗아서 이불 아래 감춘 뒤에 낯을 붉히며 이유 없이 씩 웃었다.

"어떻든 네 속은 시원하겠다. 밤낮 떨어지면 떨어지면 하더니—"

오촌모는 비웃는 듯이 입살을 주었다.

아깟번에 웃은 엘리자베스는 이번에도 웃지 않으면 안 되게 되었다. 그는 억지로 입과 눈으로만 일순간의 웃음을 웃은 뒤에 곧 낯을 도로 쭉 폈다. 그리고 미안스러운 듯이 오촌모의 낯을 들여다보았다. 오촌모의 낯에는 가련하다는 표정이 똑똑히 보였다.

발가락이 닮았다

'역시 가련한 것이루구나!'

그는 속으로 고함을 쳤다.

'그것도 내 것이 아니냐!?'

어머니가 자식에게 가지는 육친의 정다움이 엘리자베스의 마음에 일어났다. 그는 몰래 손을 더듬어서 겁적겁적하고 흐늘거리는 그 핏덩이를 만져 보았다.

'어디가 엉덩이구 어디가 머리 편인고?'

하고 그는 손가락으로 핏덩이를 두드리고 쓸어 주고 있었다. 차디찬 핏덩이에서도 엘리자베스는 다스한 맛이 올라오는 것을 깨달았다.

'사람이란 이런 것이루다.'

그는 생각하였다.

물끄러미 한참 그를 들여다보던 오촌모는 도로 전과 같은 사랑의 낯이 되며 생각난 듯이 말했다.

"잊었댔다. 오늘은 장날이 되어서 서울 잠깐 들어갔다 와야겠다. 무엇 먹고 싶은 것은 없냐? 있으면 말해라. 사다 줄 거니……."

"없어요."

엘리자베스는 팔딱 정신을 차리며 무의식히 중얼거렸다. '서울' 소리를 듣고 그는 갑자기 가슴이 뛰놀기 시작하였다.

'저런 노파가 다 서울을 다니는데 내가 어찌…….'

그는 오촌모를 쳐다보면서 생각하였다. 그러다가 갑자기 오촌모를 찾았다.

"아주머니!"

"왜?"

"서울 들어가세요?"

그의 목소리는 흥분으로 떨렸다.

"응."

엘리자베스는 비쭉하여졌다. 오촌모의 '응'이란 대답뿐은 그를 만족시키지 못하였다. '응, 들어가겠다'든지 '응, 다녀올란다'든지 좀더 친절히 똑똑히 대답 안 한 오촌모가 그에게는 밉게까지 보였다.

그렇지만 그의 정조情調는 그의 비쭉한 것을 뚫고 위에 올라오기에 넉넉하였다. 그는 좀더 힘 있게 떨리는 소리로 오촌모를 찾았다.

"아주머니!"

"왜?"

오촌모는 또 그렇게 대답하였다.

"나두 함께 가요!"

"어딜?"

"서울!"

"딴소리한다. 넌 편안히 누워 있어얀다."

오촌모의 낯에는 무한한 동정이 나타났다.

"그래두…… 가구 싶어요!"

그의 눈에는 눈물이 고였다.

"내 다 구경해다 줄 거니 잘 누워 있거라. 너 다 나은 다음에

발가락이 닮았다

한번 들어가 실컷 돌아다니자. 그래두 지금은 못 간다."

"길 다 말랐어요?"

그는 뚱딴짓소리를 물었다.

"응, 소낙비니깐 땅 위로만 흘렀지 속은 안 뺐더라."

"뒤뜰 호박두 익었지요 인제. 메칠 동안 나가 보지두 못해
서……."

그의 목소리는 자못 떨렸다.

"아까 가보니깐 아직 잘 안 익었더라."

잠깐 말은 끊어졌다. 조금 뒤에 엘리자베스는 떨리는 소리로
말했다.

"아― 서울 가보구……."

"걱정 마라. 이제 곧 가게 되지."

"아주머니!"

"왜 그러냐?"

"그 애들이 아직 날 기억할까요?!"

"그 애덜이라니?"

"함께 공부하던 애들이요."

"하하! (한숨을 쉬고) 걱정 마라. 거저 걱정 마라. 내가 있지 않
냐? 인젠 그깟것들이 무엇에 쓸 데가 있어? 나하구 이렇게 편안
히 촌에서 사는 것이 오죽 좋으냐! 아무 걱정 없이…… 지난 일
은 다 꿈이다. 꿈이야! 잊구 말어라."

'강한 자!'

엘리자베스는 속으로 고함을 쳤다.

'아주머니는 강한 자이고 나는 약한 자이고…… 그 사이에 무슨 차별이 있을꼬?!'

"내 다녀올 것이니 편안히 누워 있거라."

오촌모는 말하면서 봇짐을 들고 나간다.

"무얼 사다 줄꼬 원. 복숭아나 났으면 사다 줄까. 우리 딸을……."

엘리자베스는 자기 생각만 연속하여 하였다. 스스로 알지는 못하였으나 어떤 회전기廻轉期 위기 앞에 선 그는 산후産後의 날카로운 머리를 써서 꽤 똑똑한 해결을 얻을 수가 있었다.

'그렇다! 나도 시방은 강한 자이다. 자기의 약한 것을 자각할 그때에는 나도 한 강한 자이다. 강한 자가 아니고야 어찌 자기의 약점을 볼 수가 있으리요?! 어찌 알 수가 있으리요?! (그의 입에는 이김의 웃음이 떠올랐다.) 강한 자라야만 자기의 약한 곳을 찾을 수가 있다.

약한 자의 슬픔! (그는 생각난 듯이 중얼거렸다.) 전의 나의 설움은 내가 약한 자인 고로 생긴 것밖에는 더 없었다. 나뿐 아니라, 이 누리의 설움, 아니 설움뿐 아니라 모든 불만족, 불평 들이 모두 어디서 나왔는가? 약한 데서! 세상이 나쁜 것도 아니다! 인류가 나쁜 것도 아니다! 우리가 다만 약한 연고인밖에 또 무엇이 있으리요. 지금 세상을 죄악 세상이라 하는 것은 이 세상이, 아니! 우리 사람이 약한 연고이다! 거기는 죄악도 없고 속임도 없다. 다만 약한 것!

약함이 이 세상에 있을 동안 인류에게는 싸움이 안 그치고 죄악이 안 없어진다. 모든 죄악을 없이 하려면은 먼저 약함을 없이하여야 하고, 지상낙원을 세우려면은 먼저 약함을 없이 하여야 한다.

만일 약한 자는, 마지막에는 어찌 되노? ……이 나! 여기 표본이 있다. 표본 생활 이십 년 (그는 생각난 듯이 웃으면서 중얼거렸다.) 나는 참 약했다. 일 하나라도 내가 하고 싶어서 한 것이 어디 있는가! 세상 사람이 이렇다 하니 나도 이렇다, 이 일을 하면 남들은 나를 어찌 볼까 이런 걱정으로 두룩거리면서 지냈으니 어찌 이 지경에 이르지 않았으리요! 하고 싶은 일은 자유로 해라. 힘써서 끝까지! 거기서 우리는 사랑을 발견하고 진리를 발견하리라!

'그렇지만 강한 자가 되려면은……!'

그는 생각하여 보았다.

'내가 너희에게 새 계명을 주노니 사랑하라!' (그는 기쁨으로 눈에 빛을 내었다.) 그렇다! 강함을 배는 태胎는 사랑! 강함을 낳는 자는 사랑! 사랑은 강함을 낳고, 강함은 모든 아름다움을 낳는다. 여기, 강하여지고 싶은 자는, 아름다움을 보고 싶은 자는, 삶의 진리를 알고 싶은 자는, 인생을 맛보고 싶은 자는 다 참사랑을 알아야다.

만약 참 강한 자가 되려면은? 사랑 안에서 살아야 한다. 우주에 널려 있는 사랑, 자연에 퍼져 있는 사랑, 천진난만한 어린아이의 사랑!

'그렇다! 내 앞길의 기초는 이 사랑!'

그는 이불을 차고 벌떡 일어나 앉았다. 그의 앞에는 끝없는 넓은 세계가 벌여 있었다. 누리에 눌리어 살던 그는 지금은 그 위에 올라섰다. 그의 입에는 온 우주를 쳐누른 기쁨의 웃음이 떠올랐다.

1919년 2월-3월, 《창조》

발가락이 닮았다

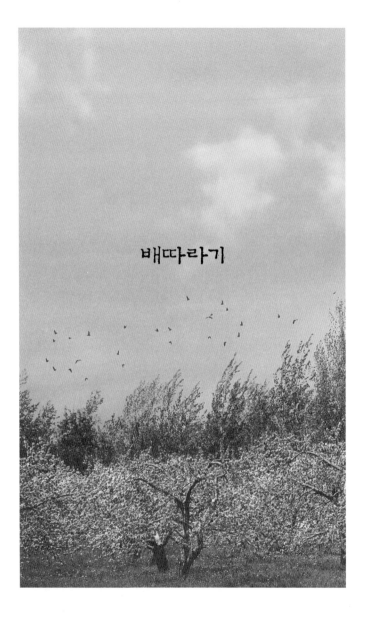

배따라기

좋은 일기이다.

좋은 일기라도, 하늘에 구름 한 점 없는— 우리 '사람'으로서는 감히 접근 못할 위엄을 가지고, 높이서 우리 조고만 '사람'을 비웃는 듯이 내려다보는, 그런 교만한 하늘은 아니고, 가장 우리 '사람'의 이해자인 듯이 낮추 뭉글뭉글 엉기는 분홍빛 구름으로서 우리와 서로 손목을 잡자는 그런 하늘이다. 사랑의 하늘이다.

나는, 잠시도 멎지 않고 푸른 물을 황해로 부어내리는 대동강을 향한, 모란봉 기슭 새파랗게 돋아나는 풀 위에 뒹굴고 있었다.

◆

이날은 삼월 삼질, 대동강에 첫 뱃놀이하는 날이다. 까맣게 내려다보이는 물 위에는, 결결이 반짝이는 물결을 푸른 놀잇배들이 타고 넘으며, 거기서는 봄 향기에 취한 형형색색의 선율이, 우단보다도 부드러운 봄 공기를 흔들면서 날아온다. 그리고 거기서 기생들의 노래와 함께 날아오는 조선 아악雅樂은 느리게, 길게, 유창하게, 부드럽게, 그리고 또 애처롭게, 모든 봄의 정다움과 끝까지 조화하지 않고는 안 두겠다는 듯이, 대동강에 흐르

발가락이 닮았다

는 시커먼 봄물, 청류벽에 돋아나는 푸르른 풀어음, 심지어 사람의 가슴속에 봄에 뛰노는 불붙는 핏줄기까지라도, 습기 많은 봄 공기를 다리 놓고 떨리지 않고는 두지 않는다.

봄이다. 봄이 왔다.

부드럽게 부는 조고만 바람이, 시커먼 조선 솔을 꿰며, 또는 돋아나는 풀을 스치고 지나갈 때의 그 음악은, 다른 데서는 듣지 못할 아름다운 음악이다.

아아, 사람을 취케 하는 푸르른 봄의 아름다움이여! 열다섯 살부터의 동경東京 생활에, 마음껏 이런 봄을 보지 못하였던 나는, 늘 이것을 보는 사람보다 곱 이상의 감명을 여기서 받지 않을 수 없다.

평양성 내에는, 겨우 툭툭 터진 땅을 헤치면 파릇파릇 돋아나는 나무새기와 돋아나려는 버들의 어음으로 봄이 온 줄 알 뿐 아직 완전히 봄이 안 이르렀지만, 이 모란봉 일대와 대동강을 넘어 보이는 가나안 옥토를 연상시키는 장림長林에는 마음껏 봄의 정다움이 이르렀다.

그리고 또 꽤 자란 밀보리들로 새파랗게 장식한 장림의 그 푸른 빛. 만족한 웃음을 띠고 그 벌에 서서 내다보는 농부의 모양은 보지 않아도 생각할 수가 있다.

구름은 자꾸 하늘을 날아다니는 모양이다. 그 밀 위에 비치었던 구름의 그림자는 그 구름과 함께 저편으로 물러가며, 거기는 세계를 아까 만들어 놓은 것 같은 새로운 녹빛이 퍼져 나간다. 바람이나 조곰 부는 때는 그 잘 자란 밀들은 물결같이 누웠다 일어났다 일록일청一綠一靑으로 춤을 춘다. 그리고 봄의 한가함을 찬송하는 솔개들은, 높은 하늘에서 동그라미를 그리면서 더욱더 아름다운 봄에 향기로운 정취를 더한다.

"다스한 봄정에 솟아나리다. 다스한 봄정에 솟아나리다."

나는 두어 번 소리 나게 읊은 뒤에 담배를 붙여 물었다. 담뱃내는 무럭무럭 하늘로 올라간다.

하늘에도 봄이 왔다.

하늘은 낮았다. 모란봉 꼭대기에 올라가면 넉넉히 만질 수가 있으리만큼 하늘은 낮다. 그리고 그 낮은 하늘보담은 오히려 더 높이 있는 듯한 분홍빛 구름은 뭉글뭉글 엉기면서 이리저리 날아다닌다.

나는 이러한 아름다운 봄 경치에 이렇게 마음껏 봄의 속삭임을 들을 때는 언제든 유토피아를 아니 생각할 수 없다. 우리가 시시각각으로 애를 쓰며 수고하는 것은, 그 목적은 무엇인가. 역시 유토피아 건설에 있지 않을까. 유토피아를 생각할 때는 언제든 그 '위대한 인격의 소유자'며 '사람의 위대함을 끝까지 즐긴' 진나라 시황秦始皇을 생각지 않을 수 없다.

우리가 어찌하면 죽지를 아니할까 하여, 소년 삼백을 배에 태워 불사약을 구하려 떠나보내며, 예술의 사치를 다하여 아방궁을 지으며, 매일 신하 몇천 명과 잔치로써 즐기며, 이리하여 여기 한 유토피아를 세우려던 시황은, 몇만의 역사가가 어떻다고 욕을 하든, 그는 참말로 인생의 향락자이며 역사 이후의 제일 큰 위인이라고 할 수가 있다. 그만한 순전한 용기 있는 사람이 있고

발가락이 닮았다

야 우리 인류의 역사는 끝이 날지라도 한 '사람'을 가졌었다고
할 수 있다.

"큰사람이었다."

하면서 나는 머리를 흔들었다.

이때다, 기자묘 근처에서 무슨 슬픈 음률이 봄 공기를 진동시
키며 날아오는 것이 들렸다.

나는 무심코 귀를 기울였다.

〈영유 배따라기〉다. 그것도 웬만한 광대나 기생은 발꿈치에도
밎지 못하리만큼, 그만큼 그 배따라기의 주인은 잘 부르는 사람
이었다.

비나이다, 비나이다.
산천후토 일월성신 하나님전 비나이다.
실낱 같은 우리 목숨 살려 달라 비나이다.
에— 야, 어그여지야.

여기까지 이르렀을 때에 저편 아래 물에서 장고長鼓 소리와 함
께 기생의 노래가 울리어 오며 배따라기는 그만 안 들리게 되었
다.

나는 이 년 전 한여름을 영유서 지내 본 일이 있다. 배따라기
의 본고장인 영유를 몇 달 있어 본 사람은 그 배따라기에 대하
여 언제든 한 속절없는 애처로움을 깨달을 것이다.

영유, 이름은 모르지만 ×산에 올라가서 내다보면 앞은 망망

한 황해이니, 그곳 저녁때의 경치는 한번 본 사람은 영구히 잊을 수가 없으리라. 불덩이 같은 커다란 시뻘건 해가 남실남실 넘치는 바다에 도로 빠질 듯 도로 솟아오를 듯 춤을 추며, 거기서 때때로 보이지 않는 배에서 〈배따라기〉만 슬프게 날아오는 것을 들을 때엔 눈물 많은 나는 때때로 눈물을 흘렸다. 이로 보아서, 어떤 원의 아내가 자기의 모든 영화를 낡은 신같이 내어던지고 뱃사람과 정처 없는 물길을 떠났다 함도 믿지 못할 말이랄 수가 없다.

영유서 돌아온 뒤에도 그 〈배따라기〉는 내 마음에 깊이 새기어져 잊으려야 잊을 수가 없었고, 언제 한번 다시 영유를 가서 그 노래를 한 번 더 들어 보고 그 경치를 다시 한 번 보고 싶은 생각이 늘 떠나지를 않았다.

◆

장고 소리와 기생의 노래는 멎고 배따라기만 구슬프게 날아온다. 결결이 부는 바람으로 말미암아 때때로는 들을 수가 없으되, 나의 기억과 곡조를 종합하여 들은 배따라기는 이 대목이다.

강변에 나왔다가
나를 보더니만
혼비백산하여
꿈인지 생시인지

와르륵 달려들어
섬섬옥수로 부여잡고
호천망극하는 말이
하늘로서 떨어지며
땅으로서 솟아났나
바람결에 묻어오고
구름길에 싸여 왔나
이리 서로 붙들고 울음 울 제
인리 제인이며
일가친척이 모두 모여

여기까지 들은 나는 마침내 참지 못하고 벌떡 일어서서 소나무 가지에 걸었던 모자를 내려 쓰고, 그곳을 찾으러 모란봉 꼭대기에 올라섰다. 꼭대기는 좀더 노랫소리가 잘 들린다. 그는, 배따라기의 맨 마지막, 여기를 부른다.

밥을 빌어서
죽을 쑬지라도
제발 덕분에
뱃놈 노릇은 하지 마라
에— 야 어그여지야

그의 소리로써 방향을 찾으려던 나는 그만 그 자리에 섰다.

"어딘가? 기자묘? 혹은 을밀대乙密臺?"

그러나 나는 오래 서 있을 수가 없었다. 어떻든 찾아보자 하고, 현무문으로 가서 문 밖에 썩 나섰다. 기자묘의 깊은 솔밭은 눈앞에 쫙 퍼진다.

"어딘가?"

나는 또 물어보았다.

이때에 그는 또다시 배따라기를 시초부터 부른다. 그 소리는 왼편에서 온다.

왼편이구나 하면서, 소리 나는 곳을 더듬어서 소나무 틈으로 한참 돌다가, 겨우, 기자묘치고는 그중 하늘이 넓고 밝은 곳에 혼자서 뒹굴고 있는 그를 찾아내었다. 나의 생각한 바와 같은 얼굴이다. 얼굴, 코, 입, 눈, 몸집이 모두 네모나고 그의 이마의 굵은 주름살과 시커먼 눈썹은 고생 많이 함과 순진한 성격을 나타낸다.

그는 어떤 신사가 자기를 들여다보는 것을 보고 노래를 그치고 일어나 앉는다.

"왜? 그냥 하지요."

하면서 나는 그의 곁에 가 앉았다.

"머……."

할 뿐 그는 눈을 들어서 터진 하늘을 쳐다본다.

좋은 눈이었다. 바다의 넓고 큼이 유감없이 그의 눈에 나타나 있다. 그는 뱃사람이라 나는 짐작하였다.

"고향이 영유요?"

"예, 머, 영유서 나기는 했디만 한 이십 년 영윤 가보디두 않았시요."

"왜, 이십 년씩 고향엘 안 가요?"

"사람의 일이라니 마음대로 됩데까?"

그는, 왜 그러는지, 한숨을 짓는다.

"거저, 운명이 데일 힘셉디다."

운명의 힘이 제일 세다는 그의 소리는 삭이지 못할 원한과 뉘우침이 섞여 있다.

"그래요?"

나는 다만 그를 건너다볼 뿐이다.

한참 잠잠하니 있다가 나는 다시 말하였다.

"자, 노형의 경험담이나 한번 들어 봅시다. 감출 일이 아니면 한번 이야기해 보소."

"머, 감출 일은……."

"그럼, 어디 들어 봅시다그려."

그는 다시 하늘을 쳐다보았다. 그러나 좀 있다가,

"하디요."

하면서 내가 담배를 붙이는 것을 보고 자기도 담배를 붙여 물고 이야기를 꺼낸다.

" 히디두 않는 십구 년 전 팔월 열하룻날 일인데요."

하면서 그가 이야기한 바는 대략 이와 같은 것이다.

◆

그의 살던 마을은 영유 고을서 한 이십 리 떠나 있는, 바다를 향한 조고만 어촌이다. 그의 살던 조고만 마을(서른 집쯤 되는)에서는 그는 꽤 유명한 사람이었다.

그의 부모는 모두 열댓 세 났을 때 돌아갔고, 남은 사람이라고는 곁집에 딴살림하는 그의 아우 부처와 그 자기 부처뿐이었다. 그들 형제가 그 마을에서 제일 부자이고 또 제일 고기잡이를 잘하였고 그중 글이 있었고 배따라기도 그 마을에서 빼나게 그 형제가 잘 불렀다. 말하자면 그 형제가 그 동네의 대표적 사람이었다.

팔월 보름은 추석 명절이다. 팔월 열하룻날 그는 명절에 쓸 장도 볼 겸, 그의 아내가 늘 부러워하는 거울도 하나 사올 겸, 장으로 향하였다.

"당손네 집에 있는 것보다 큰 것이요. 더 말구요."

그의 아내는 길까지 따라나오면서 잊지 않도록 부탁하였다.

"안 닛어."

하면서 그는 떠오르는 새빨간 햇빛을 앞으로 받으면서 자기 마을을 나섰다.

그는 아내를 (이렇게 말하기는 우습지만) 고와했다. 그의 아내는 촌에는 드물도록 연연하고도 예쁘게 생겼다. (그는 나에게 이렇게 말하였다.)

"성내(평양) 덴줏골(갈보촌)을 가두 그만한 거 쉽디 않갔시요."

그러니까 촌에서는, 그리고 그 당시에는 남에게 우습게 보이도록 그 내외의 새는 좋았다. 늙은이들은 계집에게 혹하지 말라

발가락이 닮았다

고 흔히 그에게 권고하였다.

부처의 새는 좋았지만— 아니 오히려 좋으므로 그는 아내에게 샘을 많이 하였다. 그리고 그의 아내는 시기를 받을 일을 많이 하였다. 품행이 나쁘다는 것이 아니라, 그의 아내는 대단히 천진스럽고 쾌활한 성질로서 아무에게나 말 잘하고 애교를 잘 부렸다.

그 동네에서는 무슨 명절이나 되면, 집이 그중 정결함을 핑계 삼아 젊은이들은 모두 그의 집에 모이고 하였다. 그 젊은이들은 모두 그의 아내에게 '아즈마니'라 부르고, 그의 아내는 '아즈바니 아즈바니' 하며 그들과 지껄이고 즐기며, 그 웃기 잘하는 입에는 늘 웃음을 흘리고 있었다. 그럴 때마다 그는 한편 구석에서 눈만 힐근거리며 있다가 젊은이들이 돌아간 뒤에는 불문곡직하고 아내에게 덤벼들어 발길로 차고 때리며, 이전에 사다 주었던 것을 모두 걷어 올린다. 싸움을 할 때에는 언제든 곁집에 있는 아우 부처가 말리러 오며, 그렇게 되면 언제든 그는 아우 부처까지 때려 주었다.

그가 아우에게 그렇게 구는 데는 이유가 있었다. 그의 아우는, 시골 사람에게는 쉽지 않도록 늠름한 위엄이 있었고, 맨날 바닷바람을 쏘였지만 얼굴이 희었다. 이것뿐으로도 시기가 된다 하면 되지만, 특별히 아내가 그의 아우에게 친절히 하는 데는, 그는 속이 끓어 못 견디었다.

그가 영유를 떠나기 반 년 전쯤— 다시 말하자면 그가 거울을 사러 장에 갈 때부터 반 년 전쯤 그의 생일날이었다. 그의 집에서는 음식을 차려서 잘 먹었는데, 그에게는 괴상한 버릇이 있었으니, 맛있는 음식은 남겨 두었다가 좀 있다 먹고 하는 것이 습관이었다. 그의 아내도 이 버릇은 잘 알 터인데 그의 아우가 점심때쯤 오니까, 아까 그가 아껴서 남겨 두었던 그 음식을 아우에게 주려 하였다. 그는 눈을 부릅뜨고 '못 주리라'고 암호하였지만 아내는 그것을 보았는지 못 보았는지 그의 아우에게 주어 버렸다. 그는 마음속이 자못 편치 못하였다. '트집만 있으면 이년을……' 그는 마음먹었다.

그의 아내는 시아우에게 상을 준 뒤에 물러오다가 그만 그의 발을 조금 밟았다.

"이년!"

그는 힘껏 발을 들어서 아내를 냅다 찼다. 그의 아내는 상 위에 거꾸러졌다가 일어난다.

"이년, 사나이 발을 짓밟는 년이 어디 있어!"

"거 좀 밟아서 발이 부러졌쉐까?"

아내는 낯이 새빨개져서 울음 섞인 소리로 고함친다.

"이년! 말대답이……."

그는 일어서서 아내의 머리채를 휘어잡았다.

"형님! 왜 이리십니까."

아우가 일어서면서 그를 붙잡았다.

"가만 있거라, 이놈의 자식."

하며 그는 아우를 밀친 뒤에 아내를 되는대로 내리찧었다.

"죽일 년, 이년! 나가거라!"

"죽에라, 죽에라! 난, 죽어도 이 집에선 못 나가!"

"못 나가?"

"못 나가디 않구. 뉘 집이게……."

이때다. 그의 마음에는 그 '못 나가겠다'는 아내의 마음이 푹 들이 박혔다. 그 이상 때리기가 싫었다. 우두커니 눈만 흘기고 있다가 그는,

"망할 년, 그럼 내가 나갈라."

하고 그만 문 밖으로 뛰어나와서,

"형님, 어디 갑니까."

하는 아우의 말에는 대답도 안 하고, 곁동네 탁줏집으로 뒤도 안 돌아보고 가서, 거기 있는 술 파는 계집과 술상 앞에 마주 앉았다.

그날 저녁 얼근히 취한 그는 아내를 위하여 떡을 한 돈어치 사 가지고 집으로 돌아왔다.

이리하여 또 서너 달은 평화가 이르렀다. 그러나 이 평화가 언제까지든 계속될 수가 없었다. 그의 아우로 말미암아 또 평화는 쪼개져 나갔다.

오월 초승부터 영유 고을 출입이 잦던 그의 아우는, 오월 그믐께부터는 고을서 며칠씩 묵어 오는 일이 많았다. 함께, 고을에 첩을 얻어두었다는 소문이 퍼졌다. 이 소문이 있은 뒤는 아내는 그의 아우가 고을 들어가는 것을 벌레보다도 더 싫어하고, 며칠 묵어나 오는 때면 곧 아우의 집으로 가서 그와 담판을 하며 심지어 동서 되는 아우의 처에게까지 못 가게 하지 않는다고 싸우

는 일이 있었다. 칠월 초승께 그의 아우는 고을에 들어가서 열흘쯤 묵어 온 일이 있었다. 이때도 전과 같이 그의 아내는 그의 아우며 제수와 싸우다 못하여, 마침내 그에게까지 와서 아우가 그런 못된 데를 다니는 것을 그냥 둔다고, 해보자 한다. 그 꼴을 곱게 보지 않았던 그는 첫마디로 고함을 쳤다.

"네게 상관이 무에가? 듣기 싫다."

"못난둥이. 아우가 그런 델 댕기는 걸 말리디두 못하구!"

분김에 이렇게 그의 아내는 고함쳤다.

"이년, 무얼?"

그는 벌떡 일어섰다.

"못난둥이!"

그 말이 채 끝나기 전에 그의 아내는 악 소리와 함께 그 자리에 거꾸러졌다.

"이년! 사나이에게 그따윗 말버릇 어디서 배완!"

"에미네 때리는 건 어디서 배왔노! 못난둥이."

그의 아내는 울음소리로 부르짖었다.

"샹년 그냥? 나갈, 우리 집에 있디 말구 나갈."

그는 내리찧으면서 부르짖었다. 그리고 아내를 문을 열고 밀쳤다.

"나가디 않으리!"

하고 그의 아내는 울면서 뛰어나갔다.

"망할 년!"

토하는 듯이 중얼거리고 그는 그 자리에 주저앉았다.

그의 아내는 해가 져서 어두워져도 돌아오지 않았다. 일단 내쫓기는 하였지만 그는 아내의 돌아옴을 기다리고 있었다. 어두워져서도 그는 불도 안 켜고 성이 나서 우들우들 떨면서 아내의 돌아오기를 기다렸다. 그러나 그의 아내의 참 기쁜 듯이 웃는 소리가 그의 아우의 집에서 밤새도록 울리었다. 그는 움쩍도 안 하고 그 자리에 앉아서 밤을 새운 뒤에, 새벽 동터 올 때 아내와 아우를 죽이려고 부엌에 가서 식칼을 가지고 들어와서 문을 벌컥 열었다.

그의 아내로서 만약 근심스러운 얼굴을 하고 그 문 밖에 우두커니 서서 문을 들여다보고 있지 않았다면, 그는 아내와 아우를 죽이고야 말았으리라.

그는 아내를 보는 순간 마음에 가득 차는 사랑을 깨달으면서, 칼을 내던지고 뛰어나가서 아내의 머리채를 휘어잡고, 이년 하면서 들어와서 뺨을 물어뜯으면서 함께 이리저리 자빠져서 딩굴었다.

그런 이야기를 다 하려면 끝이 없으되 다만 '그' '그의 아내' '그의 아우' 세 사람의 삼각관계는 대략 이와 같았다.

각설—

거울은 마침 장에 마음에 맞는 것이 있었다. 지금 것과 대보면 어떤 때는 코도 크게 보이고 입이 작게도 보이는 것이지만, 그 당시에는, 그리고 그런 촌에서는 둘도 없는 귀물이었다.

거울을 사 가지고 장을 본 뒤에 그는 이 거울을 아내에게 주면 그 기뻐할 모양을 생각하며, 새빨간 저녁 햇빛을 받는 넘치는 듯한 바다를 안고, 자기 집으로, 늘 들러 오던 탁줏집에도 안 들러서 돌아왔다.

그러나 그가 그의 집 방 안에 들어설 때에는 뜻도 안 하였던 광경이 그의 눈에 벌어어 있었다.

방 가운데는 떡상이 있고, 그의 아우는 수건이 벗어져서 목 뒤로 늘어지고 저고리 고름이 모두 풀어져 가지고 한편 모퉁이에 서 있고, 아내도 머리채가 모두 뒤로 늘어지고 치마가 배꼽 아래 늘어지도록 되어 있으며, 그의 아내와 아우는 그를 보고 어찌할 줄을 모르는 듯이 움쩍도 안 하고 서 있었다.

세 사람은 한참 동안 어이가 없어서 서 있었다. 그러나 좀 있다가 마침내 그의 아우가 겨우 말했다.

"그놈의 쥐 어디 갔나?"

"흥! 쥐? 훌륭한 쥐 잡댔구나!"

그는 말을 끝내지도 않고 짐을 벗어 던지고 뛰어가서 아우의 멱살을 그러잡았다.

"형님! 정말 쥐가—"

"쥐? 이놈! 형수하고 그런 쥐 잡는 놈이 어디 있니?"

그는 아우를 따귀를 몇 대 때린 뒤에 등을 밀어서 문밖에 내어던졌다. 그런 뒤에 이제 자기에게 이를 매를 생각하고 우들우들 떨면서 아랫목에 서 있는 아내에게 달려들었다.

"이년! 시아우와 그런 쥐 잡는 년이 어디 있어!"

그는 아내를 거꾸러뜨리고 함부로 내리찧었다.

"정말 쥐가…… 아이 죽겠다."

발가락이 닮았다

"이년! 너두 쥐? 죽어라!"

그의 팔다리는 함부로 아내의 몸 위에 오르내렸다.

"아이, 죽갔다. 정말 아까 적으니(시아우)가 왔기에 떡 먹으라 구 내놓았더니—"

"듣기 싫다! 시아우 붙은 년이, 무슨 잔소릴……."

"아이, 아이, 정말이야요. 쥐가 한 마리 나……."

"그냥 쥐?"

"쥐 잡을래다가……."

"샹년! 죽어라! 물에래두 빠데 죽얼!"

그는 실컷 때린 뒤에, 아내도 아우처럼 등을 밀어 내쫓았다. 그 뒤에 그의 등으로,

"고기 배때기에 장사해라!"

하고 토하였다.

분풀이는 실컷 하였지만, 그래도 마음속이 자못 편치 못하였다. 그는 아랫목으로 가서 바람벽을 의지하고 실신한 사람같이 우두커니 서서 떡상만 들여다보고 있었다.

한 시간…… 두 시간…….

서편으로 바다를 향한 마을이라 다른 곳보다는 늦게 어둡지만, 그래도 술시戌時쯤 되어서는 깜깜하니 어두웠다. 그는 불을 켜려고 바람벽에서 떠나서 성냥을 찾으러 돌아갔다.

성냥은 늘 있던 자리에 있지 않았다. 그래서 여기저기 뒤적이 노라니까, 어떤 낡은 옷뭉치를 들칠 때에 문득 쥐 소리가 나면서 무엇이 후덕덕 뛰어나온다. 그리하여 저편으로 기어서 도망한다.

"역시 쥐댔구나."

그는 조그만 소리로 부르짖었다. 그리고 그만 그 자리에 맥없이 덜썩 주저앉았다.

아까 그가 보지 못한 때의 광경이 활동사진과 같이 그의 머리에 지나갔다.

아우가 집에를 온다. 아우에게 친절한 아내는 떡을 먹으라고 아우에게 떡상을 내놓는다. 그때에 어디선가 쥐가 한 마리 뛰어나온다. 둘(아우와 아내)이서는 쥐를 잡노라고 돌아간다. 한참 성화시키던 쥐는 어느 구석에 숨어 버린다. 그들은 쥐를 찾느라고 뒤룩거린다. 그럴 때에 그가 집에 들어선 것이다.

"상년, 좀 있으믄 안 들어오리……"

그는 억지로 마음먹고 그 자리에 드러누웠다.

그러나 아내는 밤이 가고 날이 밝기는커녕 해가 중천에 올라도 돌아오지를 않았다. 그는 차차 걱정이 나서 찾아보러 나섰다.

아우의 집에도 없었다. 동네를 모두 찾아보아도 본 사람도 없다 한다.

그리하여, 낮쯤 한 삼사 리 내려가서 바닷가에서 겨우 아내를 찾기는 찾았지만 그 아내는 이전 같은 생기로 찬 산 아내가 아니요, 몸은 물에 불어서 곱이나 크게 되고, 이전에 늘 웃음을 흘리던 예쁜 입에는 거품을 잔뜩 문, 죽은 아내였다.

그는 아내를 업고 집으로 돌아오기까지 정신이 없었다.

이튿날 간단하게 장사를 하였다. 뒤에 따라오는 아우의 얼굴에는,

발가락이 닮았다

"형님, 이게 웬일이오니까."

하는 듯한 원망이 있었다.

장사를 지낸 이튿날부터 아우는 그 조그만 마을에서 없어졌다. 하루 이틀은 심상히 지냈지만, 닷새 엿새가 지나도 아우는 돌아오지 않았다. 그래서 알아보니까, 꼭 그의 아우같이 생긴 사람이 오륙 일 전에 멧산자 보따리를 하여 진 뒤에 시뻘건 저녁 해를 등으로 받고 더벅더벅 동쪽으로 가더라 한다. 그리하여 열흘이 지나고 스무 날이 지났지만 한번 떠난 그의 아우는 돌아올 길이 없고, 혼자 남은 아우의 아내는 매일 한숨으로 세월을 보내게 되었다.

그도 이것을 잠자코 보고 있을 수가 없었다. 그 불행의 모든 죄는 죄 그에게 있었다.

그도 마침내 뱃사람이 되어, 적으나마 아내를 삼킨 바다와 늘 접근하며 가는 곳마다 아우의 소식을 알아보려고, 어떤 배를 얻어 타고 물길을 나섰다.

그는 가는 곳마다 아우의 이름과 모습을 말하여 물었으나, 아우의 소식은 알 수가 없었다.

이리하여 꿈결같이 십 년을 지내서 구 년 전 가을, 탁탁히 낀 안개를 꿰며 연안延安 바다를 지나가던 그의 배는, 몹시 부는 바람으로 말미암아 파선을 하여, 벗 몇 사람은 죽고, 그는 정신을 잃고 물 위에 떠돌고 있었다.

그가 겨우 정신을 차린 때는 밤이었다. 그리고 어느덧 그는 물 위에 올라와 있었고 그를 말리느라고 새빨갛게 피워 놓은 불빛으로 자기를 간호하는 아우를 보았다.

그는 이상히도 놀라지도 않고 천연하게 물었다.

"너, 어떻게 여기 완?"

아우는 잠자코 한참 있다가 겨우 대답하였다.

"형님, 거저 다 운명이외다."

따뜻한 불기운에 깜빡 잠이 들려다가 그는 화닥닥 깨면서 또 말했다.

"십 년 동안에 되게 파랬구나."

"형님, 나두 변했거니와 형님두 몹시 늙으셨쉐다."

이 말을 꿈결같이 들으면서 그는 또 혼혼히 잠이 들었다. 그리하여 두어 시간, 꿀보다도 단 잠을 잔 뒤에 깨어 보니, 아까같이 새빨간 불은 피어 있지만 아우는 어디로 갔는지 없어졌다. 곁엣사람에게 물어보니까, 아우는 형의 얼굴을 물끄러미 한참 들여다보고 있다가 새빨간 불빛을 등으로 받으면서 터벅터벅 아무 말 없이 어둠 가운데로 스러졌다 한다.

이튿날 아무리 알아보아야 그의 아우는 종적이 없어지고 알 수 없으므로 그는 하릴없이 다른 배를 얻어 타고 또 물길을 떠났다. 그리하여 그의 배가 해주에 이르렀을 때, 그는 해주 장에 들어가서 무엇을 사려다가 저편 맞은편 가게에 걸핏 그의 아우 같은 사람이 있으므로 뛰어가서 보니 그는 벌써 없어졌다. 배가 해주에는 오래 머물지 않으므로 그의 마음은 해주에 남겨 두고 또다시 바닷길을 떠났다.

그 뒤 삼 년을 이리저리 돌아다녔어도 아우는 다시 볼 수가

발가락이 닮았다

없었다.

그리하여 삼 년을 지내서 지금부터 육 년 전에, 그의 탄 배가 강화도를 지날 때에, 바다를 향한 가파로운 뫼켠에서 바다를 향하여 날아오는 〈배따라기〉를 들었다. 그것도 어떤 구절과 곡조는 그의 아우 특식으로 변경된, 그의 아우가 아니면 부를 사람이 없는, 그 〈배따라기〉이다.

배가 강화도에는 머무르지 않아서 그저 지나갔으나, 인천서 열흘쯤 머무르게 되었으므로, 그는 곧 내려서 강화도로 건너가 보았다. 거기서 이리저리 찾아다니다가 어떤 조그만 객줏집에서 물어보니, 이름도 그의 아우요 생긴 모습도 그의 아우인 사람이 묵어 있기는 하였으나, 사나흘 전에 도로 인천으로 갔다 한다. 그는 곧 돌아서서, 인천으로 건너와서 찾아보았지만, 그 조그만 인천서도 그의 아우를 찾을 바가 없었다.

그 뒤에 눈 오고 비 오며 육 년이 지났지만, 그는 다시 아우를 만나 보지 못하고 아우의 생사까지도 알 수가 없다.

◆

말을 끝낸 그의 눈에는 저녁 해에 반사하여 몇 방울의 눈물이 반득인다.

나는 한참 있다가 겨우 물었다.

"노형 계수는?"

"모르디요. 이십 년을 영유는 안 가봤으니깐요."

"노형은 이제 어디루 갈 테요?"

"것두 모르디요. 덩처가 있나요? 바람 부는 대로 몰려댕기디요."

그는 다시 한 번 나를 위하여 배따라기를 불렀다. 아아, 그 속에 잠겨 있는 삭이지 못할 뉘우침, 바다에 대한 애처로운 그리움.

노래를 끝낸 다음에 그는 일어서서 시뻘건 저녁 해를 잔뜩 등으로 받고 을밀대로 향하여 더벅더벅 걸어간다. 나는 그를 말릴 힘이 없어서 멀거니 그의 등만 바라보고 앉아 있었다.

그날 밤, 집에 돌아와서도 그 배따라기와 그의 숙명적 경험담이 귀에 쟁쟁히 울리어서 잠을 못 이루고, 이튿날 아침 깨어서 조반도 안 먹고 기자묘로 뛰어가서 또다시 그를 찾아보았다. 그가 어제 깔고 앉았던, 풀은 모두 한편으로 누워서 그가 다녀감을 기념하되, 그는 그 근처에 보이지 않았다. 그러나, 그러나 배따라기는 어디선가 쟁쟁히 울리어서 모든 소나무들을 떨리지 않고는 안 두겠다는 듯이 날아온다.

"모란봉이다. 모란봉에 있다."

하고 나는 한숨에 모란봉으로 뛰어갔다. 모란봉에는 사람이 하나도 없다. 부벽루浮壁樓에도 없다.

"을밀대다."

하고 나는 다시 을밀대로 갔다. 을밀대에서 부벽루를 연한, 지옥까지 연한 듯한 골짜기에 물 한 방울을 안 새이리라고 빽빽히 난 소나무의 그 모든 잎잎은 떨리는 배따라기를 부르고 있지만,

발가락이 닮았다

그는 여기도 있지 않다. 기자묘의, 하늘을 향하여 퍼져 나간 그 모든 소나무의 천만의 잎잎도, 그 아래쪽 퍼진 천만의 풀들도, 모두 그 배따라기를 슬프게 부르고 있지만, 그는 이 조고만 모란봉 일대에서 찾을 수가 없었다.

강가에 나가서 알아보니 그의 배는 오늘 새벽에 떠났다 한다.

그 뒤에 여름과 가을이 가고 일 년이 지나서 다시 봄이 이르렀으되, 잠깐 평양을 다녀간 그는 그 숙명적 경험담과 슬픈 배따라기를 남겨 두었을 뿐, 다시 조고만 모란봉에 나타나지 않는다.

모란봉과 기자묘에 다시 봄이 이르러서, 작년에 그가 깔고 앉아서 부러졌던 풀들도 다시 곧게 대가 나서 자줏빛 꽃이 피려 하지만, 끝없는 뉘우침을 다만 한낱 〈배따라기〉로 하소연하는 그는, 이 조고만 모란봉과 기자묘에서 다시 볼 수가 없었다. 다만 그가 남기고 간 〈배따라기〉만 추억하는 듯이 기념하는 듯이 모든 잎잎이 속삭이고 있을 따름이다.

1921년 5월, 《창조》

태형

—옥중기獄中記의 일절一節

"기쇼오(기상)!"

잠은 깊이 들었지만 조급하게 설렁거리는 마음에, 이 소리가 조그맣게 들린다. 나는 한순간 화닥닥 놀래 깨었다가 또다시 잠이 들었다.

"여보, '기쇼'야. 일어나오."

곁엣사람이 나를 흔든다. 나는 돌아누웠다. 이리하여 한 초, 두 초, 꿀보다도 단 잠을 즐길 적에 그 사람은 또 나를 흔든다.

"잠 깨구 일어나소."

"누굴 찾소?"

이렇게 나는 물었다. 머리는 또다시 나락奈落의 밑으로 미끄러져 들어간다.

"그러디 말구 일어나요. 지금 오五방 뎅껑(점검)합넨다……."

"여보, 십 분 동안만 제발 더 자게 해주."

"그거야 내가 알갔소? 간수한테 들키믄 당신 혼나갔게 말이디."

"에이! 누가 남을 잠두 못 자게 해! 난 잠들은 데 두 시간두 못 됐구레. 제발 조꼼만 더……."

이 말이 맺기 전에 나의 넓은 침실과 그 머리맡에 담배를 걸

발가락이 닮았다

핏 보면서 나는 또다시 혼혼히 잠이 들었다. 그때에 문득 내게 담배를 한 고치 주는 사람이 있으므로 그 담배를 먹으려 할 때에, 아까 그 사람(나를 흔들던 사람)은 또다시 나를 흔든다.

"기쇼 불렀소. 뎅껭꺼정 해요. 일어나래두⋯⋯."

"여보! 이제 남 겨우 또 잠들었는데 깨우긴 왜⋯⋯."

"뎅껭해요."

나는 벌컥 역정을 내었다.

"뎅껭이면 어떻단 말이요! 그래 노형 상관있소?"

"그만둡시다. 그러나 일어나 나오."

"남 이제 국수 먹고 담배 먹는 꿈 꾸랬는데⋯⋯."

이 말을 하려던 나는 생각만 할 뿐 또다시 잠이 들었다. 또 한 초, 두 초, 단꿈에 빠지려던 나는 곁방에서 들리는 제걱거리는 칼 소리와 문을 덜컥덜컥 여는 소리에 펄덕 놀라서 일어나 앉았다. 그러나 온몸을 취케 하던 졸음은 또다시 머리를 덮는다. 나는 무릎을 안고 머리를 묻은 뒤에 또다시 잠이 들었다. 또 한 초, 두 초, 시간은 흐른다. 덜컥! 마침내 우리 방문을 여는 소리가 났다. 나는 갑자기 굴복을 하고 머리를 들었다. 이미 잘 아는 바이거니와 한 초 전에 무거운 잠에 취하였던 사람이라고는 생각 안 되도록 긴장된다.

덜컥 하는 소리와 함께 문이 열리며 간수가 서넛 들어섰다.

"뎅껭."

다섯 평이 좀 못 되는 방에는 너무 크지 않나 생각되는 우렁 찬 소리가 울리며, 경험으로 말미암아 숙련된 흐르는 듯한 (우리

의 대명사인) 번호가 불리운다. 몇 호, 몇 호, 이렇게 흐르는 듯이
불러 오던 간수부장은 한 번호에 머물렀다.

"나나햐쿠나나주욘고(칠백칠십사) 호."

아무 대답이 없다.

"나나햐쿠나나주욘고 호."

자기의 대명사—더구나 일본말로 부르는 것을 알아듣지 못한
칠백칠십사 호의 영감(곧 내 뒤에 앉은)은 역시 대답이 없었다. 나
는 참다못해 그를 꾹 찔렀다. 놀래서 덤비는 대답이 그때야 겨우
들렸다.

"예, 하이!"

"난고 하야쿠 헨지오 시나이(왜 빨리 대답을 아니 해)? 이리 와!"

이렇게 부장은 고함쳤다. 그러나 영감은 가만있었다. 고요한
가운데 소리 하나 없다.

"이리 오너라!"

두 번째 소리가 날 때에 영감은 허리를 구부리고 그의 앞에
갔다. 한순간 공기를 헤치는 날카로운 소리와 함께, 이것 역시
경험 때문에 손익게 된 솜씨인, 드는 손 보이지 않는 채찍은 영
감의 등에 내려 맞았다.

영감은 가만있었다. 그러나 눈에는 눈물이 있었다.

칠백칠십사 호 뒤엣번호들이 불린 뒤에 정신 차리라는 책망
과 함께 영감은 자기 자리에 돌아오고, 감방 문은 다시 닫혔다.

이상한 일이거니와 한 사람이 벌을 받으면 방 안의 전체가 떨
린다. (공분이라든가 동정이라든가는 결코 아니다.) 몸만 떨릴 뿐 아

니라 염통까지 떨린다. 이 떨림을 처음 경험한 것은 경찰서에서 세 시간을 연하여 맞은 뒤에 구류실에 들어가서 두 시간 동안을 사시나무 떨듯 떨던 때였다. 죽지나 않나까지 생각하였다. (지금은 매일 두세 번씩 당하는 현상이거니와……)

방은 죽음의 방같이 소리 하나 없다. 숨도 크게 못 쉰다. 누구나 곁을 보면 거기는 악마라도 있는 것처럼 보려도 안 한다. 그들에게 과연 목숨이 남아 있는지?

좀 있다가 점검이 끝났는지 간수들의 발소리가 도로 우리 방 앞을 지나갔다. 그때 아까 그 영감의 조그만 소리가 겨우 침묵을 깨뜨렸다.

"집엔, 그 녀석(간수)보담 나이 많은 아들이 두 녀석이나 있쉐다가레……"

◆

덥다.

몇 도인지 백십 도 혹은 그 이상인지도 모르겠다.

매일 아침 경험하는 바와 같이 동쪽 하늘에 떠오르는 해를, '저 해가 이제 곧 무르녹일 테지' 생각하면 그 예언을 맞추려는 듯이 해는 어느덧 방 안을 무르녹인다.

다섯 평이 좀 못 되는 이 방에, 처음에는 스무 사람이 있었지만, 몇 방을 합칠 때에 스물여덟 사람이 되었다. 그때에 이를 어찌하노 하였다. 진남포 감옥에서 공소로 넘어온 사람까지 하여

서른네 사람이 되었을 때에 우리는 한숨을 쉬었다. 그러나 신의주와 해주 감옥에서 넘어온 사람까지 하여 마흔한 사람이 된 때에 우리는 한숨도 못 쉬었다. 혀를 채였다.

곧 처마 끝에 걸린 듯한 뜨거운 해는 그침 없이 더위를 보낸다. 몸속에 어디 그리 물이 많았던지 아침부터 그침 없이 흘린 땀은 그냥 멎지 않고 흐른다. 한참 동안 땀에 힘없이 앉아 있던 나는 마지막 힘을 내어 담벽을 기대고 흐늘흐늘 일어섰다. 지옥이었다. 빽빽히 앉은 사람들은 모두들 힘없이 머리를 늘이고 입을 송장같이 벌리고, 흐르는 침과 땀을 씻을 생각도 안 하고 먹먹히 앉아 있다. 둥그렇게 구부러진 허리, 맥없이 무릎 위에 놓인 팔, 뚱뚱 부은 짓퍼런 얼굴에 힘없이 벌려진 입, 정기 없는 눈, 흩어진 머리와 수염, 모든 것은 죽은 사람이었다. 이것이 과연 아침에 세면소까지 뛰어갔으며 두 시간 전에 점심 먹느라고 움직인 사람들인가. 나의 곤하여 둔하게 된 감각에도 눈이 쓰린 역한 냄새가 쏜다.

그들은 무얼 하여 여기 왔나. 바람 불고 잘 자리 있고 담배 있는 저 세상에서 무얼 하러 여기 왔나. 사랑스러운 손주가 있는 사람도 있겠지. 예쁜 아내가 있는 사람도 있겠지. 제가 벌어 먹이지 않으면 굶어 죽을 어머니가 있는 사람도 있겠지. 그리고 그들은 자유로 먹고 마시고 자유로 바람을 쏘이고 자유로 자고 있었을 테다. 그러면 그들이 어떤 요구로 여기를 왔나.

그러나 지금의 그들의 머리에는, 독립도 없고 자결도 없고 자유도 없고 사랑스러운 아내나 아들이며 부모도 없고 또는 더위

발가락이 닮았다

를 깨달을 만한 새로운 신경도 없다. 무거운 공기와 더위에게 괴로움받고 학대받아서 조그맣게 두개골 속에 웅크리고 있는 그들의 피곤한 뇌에 다만 한 가지의 바람이 있다 하면, 그것은 냉수 한 모금이었다. 나라를 팔고 고향을 팔고 친척을 팔고 또는 뒤에 이를 모든 행복을 희생하여서라도 바꿀 값이 있는 것은 냉수 한 모금밖에는 없었다.

즉 그때에 눈에 걸핏 떠오른 것은 (때때로 당하는 현상이거니와) 쫄쫄 쫄쫄 흐르는 샘물과 표주박이었다.

"한 잔만 먹여다고, 제발……"

나는 누구에게 비는지 모르게 빌었다. 그리고 힘없는 눈을 또다시, 몸과 몸이 서로 닿아서 썩어서 몸에는 종기투성이요 전 인원의 십 분의 칠은 옴쟁이인 무리로 향하였다. 침묵의 끝없는 시간은 그냥 흐른다.

나는 도로 힘없이 앉았다.

"에, 더워 죽겠다!"

마지막 '죽겠다'는 말은 똑똑히 들리지 않도록 누가 토하는 듯이 말하였다. 그러나 아무도 거기에 대꾸할 용기가 없는지 또 끝없는 침묵이 연속된다.

머리나 몸 가운데 어느 것이든 노동하지 않고는 사람은 못 사는 것이다. 그 사람들이 몇 달 동안을 머리를 쓸 재료가 없이 몸을 움직일 틈이 없이 지내 왔으니 어찌 견딜 수가 있을까. 그것도 이 더위에……

더위는 저녁이 되어 가며 차차 더하여진다. 모든 세포는 개개의 목숨을 가진 것같이, 더위에 팽창한 몸의 한 부분이라고는 생각할 수가 없었다. 무겁고 뜨거운 공기가 허파에 들어갔다가 나올 때마다 더위는 더하여진다. 이러고야 어찌 열병 환자가 안 날까?

닷새 전에 한 사람 병감으로 나가고. 그저께 또 한 사람 나가고. 오늘 또 두 사람이 앓고 있다.

우리는 간수가 와서 병인을 병감으로 데리고 나갈 때마다, 부러운 눈으로 그들을 보았다. 거기는 한 방에 여남은 사람밖에는 두지 않았다. 그리고 그들에게는 '물'약을 주었다. 뿐만 아니라, 그들은 맑은 공기를 마실 기회가 있었다.

◆

"오늘이 일요일이지요?"

나는 변기 위에 올라앉아서 어두운 전등 빛에 이를 잡으면서 곁에 서 있는 사람에게 물었다. (우리는 하룻밤을 삼분하고, 사람을 삼분하여 번갈아 잠을 자고, 남은 사람은 서서 기다리기로 하였다.)

"내니 압네까? 좋은 팁네다만, 삼일날인지 주일날인디……."

그러나 종소리는 그냥 땡—땡— 고요한 밤하늘에 울리어 온다. 그것은 마치, '여기는 자유로 냉수를 마시고 넓은 자리에서 잘 수 있는 사람이 있다'는 것처럼…….

발가락이 닮았다

"사람의 얼굴이 좀 보구 싶어서……."

"그래요. 정 사람의 얼굴이 보구파요."

"종소리 나는 저 세상엔 물두 있을 테지. 넓은 자리두 있을 테지. 바람두, 바람두, 불 테지……."

이렇게 나는 중얼거렸다.

"물? 물? 여보, 말 마오. 나두 밖에 있을 땐 목마르면 물두 먹구 넓은 자리에서 잔 사람이외다."

그는 성가신 듯이 외면을 한다.

그 말을 듣고 보니 나도 밖에 있을 때는 자유로 물을 먹었다. 자유로 버드렁거리며 잤다. 그러나 그것은 지나간 옛적의 꿈과 같이 머리에 남아 있을 뿐이다.

"아이스크림두 있구."

이번은 이편의 젊은 사람이 나를 꾹 찔렀다.

"아이스크림? 그것만? 여보, 그것만? 내겐 마누라두 있소. 뜰의 유월도두 거반 익어 갈 때요!"

나는 이렇게 말하였다. 즉 아까 영감이 성가신 듯이 도로 나를 보며 말한다.

"마누라? 여보, 젊은 사람이 왜 그런 철없는 소리만 하오? 난 아들이 둘씩이나 있었소. 삼월 야드렛날 뫼골짜기에서 만세 부를 때 집안이 통 떨테나서 불렀소구레. 그르누래는데 툭탁툭탁 총소리가 나더니 데켄 앞에 있던 맏이가 꼬꾸러딥데다가레. 그래서 그리구 가볼래는데 이번은 넢에 있던 둘째두 또 꼬꾸러디디요. 한꺼번에 아들 둘을 잡아먹구…… 그래서 정신없이 덤비"

누래니긴…… 음! 그런데 노형은 마누라? 마누라가 대테 무어이요."

"그래서 어찌 됐소?"

나는 그냥 이를 잡으면서 물었다.

"내가 알갔소? 난 곧 잽헤 왔으니긴. 밥두 차입 안 하구 우티두 안 보내는 걸 보느긴 죽었나 붸다."

"난 어디카구."

이번은 한 서너 사람 격하여 있는 마흔아믄 난 사람이 말을 시작하였다.

"그날 자꾸 부르구 있누래니끼, 그 헌병놈들이 따라옵데다. 그래서 도망덜 해서, 멧기슭에꺼정은 갔는데 뒤를 보아야 더 뛸 데가 없습데다가레. 궁한 쥐, 괭이게 달려든다구 할 수 있습데까? 맞받아 나갔디요. 그르닝긴 총을 놓기 시작하는데 그러구 여게서 하나 더게서 하나 푹푹 된장독 넘어디덧 꼬꾸라디는데……"

그는 여기서 잠깐 말을 멈추고 그때 일을 생각하는 듯하더니 다시 말을 시작한다.

"그르누래는데 우리 아우가 맞아 넘어딥데다가레. 그래서 뒤집어 업구 도망할래는데 옆틴 데 덮틴다구 그만 나꺼정 맞아 넘어뎄디요. 정신을 차리니긴 발세 밤인데 들이 춥기만 해요. 움쪽을 못 하갔는 걸 게와 벌벌 기어서 좀 가누라니긴 웅성웅성하는 사람 소리가 나요. 아, 사람의 소릴 들으니긴 폭 맥이 풀리는데 고만 쓰러데서 움쪽을 못 하갔시요. 그래서 헐떡거리구 가만 있누래는데 발자국 소리가 가까워 오더니 '여게두 죽은 놈 하나 있

발가락이 닮았다

다' 하더니 발루 툭 찹데다가레. 그래서 앓는 소릴 하니긴 죽디 않았다구 것에다가 담는데, 그때 보느긴 헌병덜이요. 사람이 막다른 골에 들믄 죽디 않게 났습데다. 약질두 안 하구 그대루 내버레둔 것이 이진 다 나아시요."

하며 그가 피투성이의 저구릿자락을 들치니까 거기는 다 나은 흐무러진 총알 자리가 있다.

"난 우리 아바진 (난 맹산서 왔지요) 우리 아바진 헌병대 구류장에서 총 맞아 없어시요. 오십 인이 나를 구류장에 몰아 구 기관총으루…… 도죽놈들!"

그러나 우리들(자지 않고 서서 기다리기로 한) 가운데도 벌써 잠이 든 사람이 꽤 많았다. 서서 자는 사람도 있다. 변기 위 내 곁에 앉았던 사람도 그덕그덕 졸다가 툭 변기에서 떨어졌다. 그리고 떨어진 그대로 잔다. 아래 깔린 사람도 송장이 아닌 증거로는 한두 번 다리를 버둥거릴 뿐 그냥 잔다.

나도 어느덧 잠이 들었는지 모르겠다. 가슴이 답답하여 깨니까 (매일 밤 여러 번씩 당하는 현상이거니와) 내 가슴과 머리는 온통 남의 다리(수십 개의) 아래 깔려 있다. 그것들을 우므적우므적 겨우 뚫고 일어나서 그냥 어깨에 걸려 있는 몇 개의 남의 다리를 치워 버리고 무거운 김을 배알았다.

다리 진열장이었다. 머리와 몸집은 다 어디 갔는지 방 안에 하나도 안 보이고, 다리만 몇 겹씩 포개이고 포개이고 하여 있다. 저편 끝에서 다리가 하나 버드렁거리는가 하면 이편 끝에서는 두 다리가 움질움질하고…… 그것도 송장의 것과 같은 시퍼런 다리를. 이, 사람의 세계를 멀리 떠난 그들에게도 사람과 같이 꿈이 꾸어지는지(냉수 마시는 꿈이라도 꾸는지 모르겠다) 때때로 다리들 틈에서 꿈 소리가 나온다.

아아, 그들도 집에 돌아만 가면 빈약하나마 제나 잘 자리는 넉넉할 것을……

저편 끝에서 다리가 일여덟 개 들석들석하더니 그 틈으로 머리가 하나 쑥 나오다가 긴 숨을 내어쉬고 도로 다리 속으로 스러진다.

이것을 어렴풋이 본 뒤에 나도 자려고 맥난* 몸을 남의 다리에 기대었다.

◆

아침 세수를 할 때마다 깨닫는 것은, 나는 결코 파래지 않았다는 것이었다. 부었는지 살졌는지는 모르지만, 하루 종일 더위에 녹고 밤새도록 졸음과 땀에게 괴로움받은 얼굴을 상쾌한 찬물로 씻을 때마다 깨닫는 바가 이것이다. 거울이 없으니 내 얼굴은 알 수 없고 남의 얼굴은 점진적이니 모르지만 미끄러운 땀을 씻고 보둥보둥한 뺨을 만져 볼 때마다 나는 결코 파래지 않았다는 것을 깨닫는다. 그리고 이 세수 뒤의 두세 시간이 우리의 살

* 맥나다 : 힘이나 긴장이 빠지거나 의욕이 떨어지다.

발가락이 닮았다

림 가운데는 그중 값이 있는 살림이며 그중 사람 비슷한 살림이었다. 이때뿐이 눈에는 빛이 있고 얼굴에는 산 사람의 기운이 있었다. 심지어는 머리도 얼마간 동작하며 혹은 농담을 하는 사람까지 생기게 된다. 좀(단 몇 시간만) 지나면 모든 신경은 마비되고 머리를 늘이고 떠도 보지를 못하는 눈을 지리 감고 끓는 기름과 같이 숨을 헐떡거릴 사람과 이 사람들 새에는 너무 간격이 있었다.

"이따는 또 더워질 테지요?"

나는 곁엣사람에게 이렇게 말하였다.

"더워요? 덥긴 왜 더워? 이것 보구려. 오히려 추운 편인데……"

그는 엄청스럽게 몸을 떨어 본 뒤에 웃는다.

아직 아침은 서늘할 유월 중순이었다. 캘린더가 없으니 날짜는 똑똑히 모르되 음력 단오를 좀 지난 때였었다. 하루 종일 받은 더위를 모두 방산한 아침은 얼마간 서늘하였다.

"노형, 어제 공판 갔댔디요?"

이렇게 나는 그 사람에게 물었다.

"예."

"바깥 형편이 어떻습디까?"

"형편꺼정이야 알겠소? 거저 포플러두 새파랗구, 구름도 세차게 날아다니구, 다 산 것 같습디다. 땅바닥꺼정 움직이는 것 같구. 사람들두 모두 상판이 시커먼 것이 우리 보기에는 도둑놈 관상입디다."

"그것을 한번 봤으면……"

나는 한숨을 쉬었다. 삼월 그믐 아직 두꺼운 솜옷을 입고야 지낼 때에 여기를 들어온 나는 포플러가 푸른빛이었는지 녹빛이었는지 똑똑히 모른다.

"노형두 수일 공판 가겠디요."

"글쎄 언제 한번은 갈 테지요. 그런데 좋은 소식은 못 들었소?"

"글쎄, 어제 이야기한 거같이 쉬 독립된답디다."

"쉬?"

"한 열흘 있으면 된답디다."

나는 거기에 대꾸를 하려 할 때에 곁방에서 담벽 두드리는 소리가 들렸다. 그것은 ㄱㄴㄷ과 ㅏㅑㅓㅕ를 수로 한 우리의 암호 신보暗號信報였다.

"무, 엇, 이, 오."

이렇게 두드렸다.

"좋, 은, 소, 식, 있, 소, 독, 립, 은, 다, 되, 었, 다, 오."

"어, 디, 서, 들, 었, 소."

"오, 늘, 아, 침, 차, 입, 밥, 에, 편, ㅈ."

여기까지 오던 신호는 뚝 끊어졌다.

"보구려. 내 말이 옳지 않나……"

아까 사람이 자랑스러운 듯이 수군거렸다.

"곁방에서 공판 갈 사람 불러낸다. 오늘은……"

"노형, 꼭, 가디."

발가락이 닮았다

"글쎄, 꼭 가야겠는데. 사람두 보구, 시퍼런 나무들두 보구, 넓은 데를……"

그러나 우리 방에서는 어제 간수부장에게 매 맞은 그 영감과 그 밖에 영원 맹산 등지 사람 두셋이 불리어 나갈 뿐, 나는 역시 그 축에서 빠졌다.

'언제든, 한번 간다.'

나는 맛없고 골이 나서 속으로 중얼거렸다. 그러나 그 '언제든'이 과연 언제일까. 오늘은 꼭 오늘은 꼭 이리하여 석 달을 밀려 온 나였다. '영구'와 같이 생각되는 석 달을 매일 아침마다 공판 가기를 기다리면서 지내 온 나였었다. '언제 한때'란 과연 언제일까? 이런 석 달이 열 번 거듭하면 서른 달일 것이다.

"노형은 또 빠뎄구려."

"싫으면 그만두라지. 도죽놈들!"

"이제 한번 안 가리까?"

"이제? 이제가 대체 언제란 말이오? 십 년을 기다려두 그뿐, 이십 년을 기다려두 그뿐……"

"그래두 한 번이야 안 가리까?"

"나 죽은 뒤에 말이오?"

나는 그에게까지 성을 내었다.

좀 뒤에 아침밥을 먹을 때까지도 나의 마음은 자못 편치 못하였다. 그것은 바깥 구경할 기회를 빨리 지어 주지 않는 관리에게 대함이람보다. 오히려 공판에 불리어 나가게 된 행복된 사람들에게 대한 무거운 시기에 가까운 것이었다.

점심을 먹고, 비린내 나는 냉수를 한 대접 다 마신 뒤에 매일 간수의 눈을 기어가면서 장난하는 바와 같이, 밥그릇을 당기어서 거기에 아직 붙어 있는 밥알을 모두 뜯어서 이기기 시작하였다. 갑갑하고 답답하고 서로 이야기하는 것을 허락지 않고 공상을 하자 하여도 인전 벌써 재료가 없어진 우리가 가질 수 있는, 다만 하나의 오락이 이것이었다. 때가 묻어서 새까맣게 될 때는 그 밥알은 한 덩어리의 떡으로 변한다. 그 떡은, 혹은 개, 혹은 도야지, 때때로는 간수의 모양으로 빚어져서 마지막에는 변기 속으로 들어간다…….

　　한참 내 손 속에서 움직이던 떡덩이는, 뿔은 좀 크게 되었지만 한 마리의 얌전한 소가 되어 내 무릎 위에 섰다. 나는 머리를 들었다.

　　아직 장난에 취하여 몰랐지만 해는 어느덧 또 무르녹이기 시작하였다. 빈대 죽인 피가 여기저기 묻은 양회담 벽에는 철창 그림자가 똑똑히 그려져 있다. 사르는 듯한 더위는 등지고 있는 창밖에서 등을 탁 치고, 안고 있는 담벽에서 반사하여 가슴을 탁 치고, 곁에 빽빽히 있는 사람의 열기로 온몸을 썩인다. 게다가 똥오줌 무르녹은 냄새와, 살 썩은 냄새와 옴약내에, 매일 수없이 흐르는 땀 썩은 냄새를 합하여, 일종의 독가스를 이룬 무거운 기체는 방에 가라앉아서 환기까지 되지 않는다. 우리의 피곤하여 둔하게 된 감각으로도, 넉넉히 깨달을 수 있는 역한 냄새였다.

　　　　　　　　　　　　　　　　　발가락이 닮았다

간수가 가까이 와서 들여다보지 않는 것도 당연한 일이었다.

그러고 보니 생각나거니와 나뿐 아니라 온 사람의 몸에는 종기투성이였다. 가득 차고 일변 증발하는 변기 위에 올라앉아서 뒤를 볼 때마다 역정 나는 독한 습기가 엉덩이에 묻어서, 거기서 생긴 종기를 이와 빈대가 온몸에 퍼져서 종기투성이 아닌 사람이 없었다.

땀은 온몸에 뚝뚝―이라는 것보다, 좔좔 흐른다.

"에― 땀."

나는 힘없이 중얼거렸다. 이상한 수수께끼와 같은 일이 있었다. 밥 먹은 뒤에 냉수를 벌컥벌컥 마시면 이삼십 분 뒤에는 그물이 모두 땀으로 되어 땀구멍으로 솟는다. 폭포와 같다 하여도 좋을 땀이 목과 가슴에서 흘러서, 온몸에 벌레 기어다니는 것같이 그 불쾌함은 말할 수 없다.

그러나 땀을 씻는 사람은 하나도 없다. 손가락 하나라도 움직이면 초열지옥焦熱地獄에라도 떨어질 것같이, 흐르는 땀을 씻으려는 사람도 없다.

'얼핏 진찰감診察監에 보내어다고.'

나의 피곤한 머리는 이렇게 빌었다. 아침에 종기를 핑계 삼아 겨우 빌어서 진찰하러 갈 사람 축에 든 나는, 지금 그것밖에는 바랄 것이 없었다. 시원한 공기와 넓은 자리를 (다만 일이십 분 동안이라도) 맛보는 것은 여간한 돈이나 명예와는 바꿀 수 없는 귀중한 것이었다. 그것뿐 아니라, 입감 이래로 안부는커녕 어느 감방에 있는지도 모르는 아우의 소식도 알는지도 모르겠다.

즉 뜻하지 않게 눈에 떠오른 것은 집엣일이었다. 희다 못하여 노랗게까지 보이는 햇빛에 반사하는 양회담 벽에 먼저 담배와 냉수가 떠오르고 나의 넓은 자리가 (처음 순간에는 어렴풋하였지만) 똑똑히 나타났다. (어찌하여 고런 조그만 일까지 똑똑히 보였던지 아직껏 이상하게 생각하거니와) 파리만 한 마리, 성냥갑에서 담뱃갑으로 도로 성냥갑으로 왔다 갔다 한다.

"쌍!"

나는 뜨거운 기운을 배앝았다.

"파리까지 자유로 날아다닌다."

성내려야 성낼 용기까지 없어진 머리로 억지로 성을 내고, 눈에서 그 그림자를 지워 버리려 하였다. 그러나 담배와 냉수는 곧 없어졌지만 성가신 파리는 끝끝내 떨어지지를 않았다.

나는 손을 들어서 (마치 그 파리를 날리려는 것같이) 두어 번 얼굴을 부친 뒤에 맥없이 아까 만든 소를 쥐었다.

◆

공기의 맛이 달다고는, 참으로 경험해 보지 못한 사람은 뜻도 못 할 일일 것이다. 역한 냄새 나는 뜨거운 기운을 배앝고 달고 맑은 새 공기를 들이마시는 처음 순간에는, 기절할 듯이 기뻤다.

서늘한 좋은 일기였다. 아까는 참말로 더웠는지 더웠으면 그 더위는 어디로 갔는지, 진찰감으로 가는 동안 오히려 춥다 하여도 좋을 만치 서늘하였다.

발가락이 닮았다

그러나 그보다도 더 기쁜 것은 거기서 아우를 만난 일이 있었다.

"어느 방에 있니?"

나는 머리를 간수에게 향한 대로 조그만 소리로 물었다.

"사四감 이二방에."

나는 좀 있다가 또 물었다.

"몇 사람씩이나 있니? 덥지?"

"모두덜 살이 뚱뚱 부었어……."

"도죽놈들. 우리 방엔 사십여 인이 있다. 몸뚱이가 모두 썩는다. 집에 오히려 널거서 걱정인 자리가 있건만, 너 그새 앓지나 않었니?"

"감옥에선 앓을래야 병이 안 나. 더워서 골치만 쏘다……."

"어떻게 여기(진찰감) 나왔니?"

"배 아프다구 거짓부리하구……."

"난 종처투성이다. 이것 봐라."

하면서 나는 바지를 걷고 푸릿푸릿한 종기를 내어놓았다.

"그런데 너희 방에 옴쟁이는 없니?"

"왜 없어……."

그는, 누구도 옴쟁이고 누구도 옴쟁이고, 알 이름 모를 이름 하여 한 일여덟 사람 부른다.

"그런데 집에서 면회는 왜 안 오는디……."

"글쎄 말이다. 모두들 죽었는지……."

문득 아직껏 생각도 하여 보지 않은 일이 머리에 떠오른다.

석 달 동안을 바깥 사람이라고는 간수들밖에는 보지 못한 우리에게는 바깥이 어떤 형편인지는 모를 지경이었다. 간혹 재판소에 갔다 오는 사람도 있기는 하지만, 거기 다니는 길은 야외라, 성 안은 아직 우리가 여기 들어올 때와 같이 음음한 기운이 시가를 두르고 상점은 모두 철전撤廛을 하고 있는지, 혹은 전과 같이 거리에는 흥정이 있고 집 안에는 웃음소리가 터지며 예배당에는 결혼하는 패도 있으며 사람들은 석 달 전에 일어난 그 사건을 거반 잊고 있는지 보기는커녕 알지도 못할 일이었다. 일가나 친척의 소소한 일은 더구나 모를 일이었다.

"다 무슨 변이 생겼나 보다."

"그래두 어제 공판 갔던 사람이 재판소 앞에서 만형을 봤다는데……."

아우는 근심스러운 얼굴로 이렇게 말하였다. 그러나 그 아우의 마지막 '봤다는데'라는 말과 함께,

"천십칠 호!"

하고 고함치는 소리가 귀에 울리었다. 그것은 내 번호였다.

"네!"

"딘찰."

나는 빨리 일어서서 의사의 앞으로 갔다.

"오데가 아파?"

"여기요."

하고 나는 바지를 벗었다. 의사는 내가 내려놓은 엉덩이와 넓적다리를 얼핏 들여다보고, 요만 것을…… 하는 듯한 얼굴로 말

발가락이 닮았다

없이 간호수에게 내어맡긴다. 거기서 껍진껍진한 고약을 받아서 되는 대로 쥐어바르고 이번은 진찰 끝난 사람 축에 앉았다.

이때에 아우는 자기 곁에 앉은 사람과 (나 앉은 데까지 들리도록) 무슨 이야기를 둥둥 하고 있었다.

나는 깜짝 놀라서 간수를 보았다. 간수는 아우를 주목하는 모양이었다.

나는 기지개를 하는 듯이 손을 들었다. 아우는 못 보았다. 이번은 크게 기침을 하였다. 그러나 그는 못 들은 모양이었다. 가슴이 떨리기 시작하였다.

'알귀야* 할 터인데.'

몸을 움즉움즉하여 보았지만 그는 이야기에 정신이 팔려서 그냥 그치지 않고 하다가 간수가 두어 걸음 자기에게 가까이 올 때야 처음으로 정신을 차리고 시치미를 떼었다. 그러나 간수는 용서하지 않았다.

채찍의 날카로운 소리가 한번 나는 순간 아우는 어깨에 손을 대고 쓰러졌다.

피와 열이 한꺼번에 솟아올라 나는 눈이 아득하여졌다.

좀 있다가 감방으로 돌아올 때에 빨리 곁눈으로 아우를 보니, 나를 보내는 그의 눈에는 눈물이 가득하여 있었다. 무엇이 어리고 순결한 그의 눈에 눈물을 고이게 하였나?

나는 바라고 또 바라던 달고 맑은 공기를 맛보기는 맛보았지

* 알귀다 : '알리다'의 평북, 함경 방언.

만, 이를 맛보기 전보다 더 어둡고 무거운 머리를 가지고 감방으로 돌아오게 되었다.

◆

저녁을 먹은 뒤에 더위에 쓰러져 있던 나는 아직 내어가지 않은 밥그릇에서 젓가락을 꺼내어 손수건 좌우편 끝을 조금씩 감아서 부채와 같이 만들어서 부쳐 보았다. 훈훈하고 냄새 나는 바람이 땀 위를 살짝 스쳐서, 그래도 조금의 서늘함을 맛볼 수가 있었다. 이만 지혜가 어찌하여 아직 안 났던고. 나는 정신 잃은 사람같이 팔을 둘렀다. 이 감방 안에서는 처음의, 냄새는 나지만 약간의 바람이 벌레 기어다니는 것같이 흐르던 가슴의 땀을 증발시키느라고 꿀 같은 냉미를 준다. 천장에 딱 붙은 전등이 켜졌다. 그러나 더위는 줄지 않았다. 손수건의 부채는 온 방 안이 흉내 내어 나의 뒤엣사람으로 말미암아 등도 부쳐졌다. 썩어진 공기가 움직인다.

그러나 우리들의 부채질은 재판소에서 돌아오는 사람들 때문에 중지되지 않을 수가 없었다. 우리 방에서 나갔던 서너 사람도 돌아왔다. 영원 영감도 송장 같은 얼굴로 돌아왔다.

나는 간수가 돌아간 뒤에 머리는 앞으로 향한 대로 손으로 영감을 찾았다.

"형편 어떻습디까?"

"모르갔소."

"판결은 어찌 되었소?"

영감은 대답이 없었다. 그의 입은 바늘로 호라매지나* 않았나? 그러나 한참 뒤에 그는 겨우 대답하였다. 그의 목소리는 대단히 떨렸다.

"태형笞刑 구십 도랍니다."

"거 잘됐구려! 이제 사흘 뒤에는, 담배두 먹구, 바람두 쏘이구…… 난 언제나……."

"여보! 잘돼시요? 무어이 잘된단 말이요? 나이 칠십 줄에 들어서서 태 맞으면— 말하기두 싫소. 난 아직 죽긴 싫어! 공소했쉐다!"

그는 벌컥 성을 내어 내게 달려들었다. 그러나 그의 말을 들은 뒤의 내 성도 그에게 지지를 않았다.

"여보! 시끄럽소. 노망했소? 당신은 당신이 죽겠다구 걱정하지만, 그래 당신만 사람이란 말이오? 이 방 사십여 인이 당신 하나 나가면 그만큼 자리가 넓어지는 건 생각지 않소? 아들 둘 다 총맞아 죽은 다음에 뒤상** 하나 살아 있으면 무얼 해? 여보!"

나는 곁에 있는 다른 사람들에게 향하였다.

"여게 태형 언도를 공소한 사람이 있답니다."

나는 이상한 소리로 껄껄 웃었다.

다른 사람들도 영감을 용서치 않았다. 노망하였다. 바보로다. 제 몸만 생각한다. 내어쫓아라. 여러 가지의 폄이 일어났다.

---

* 호라매다 : 여러 겹으로 겹쳐서 성기게 꿰매어 느슨해지지 않도록 단단히 묶다.
** '늙은이'의 황해 방언.

영감은 대답이 없었다. 길게 쉬이는 한숨만 우리의 귀에 들렸다. 우리들도 한참 비웃은 뒤에는 기진하여 잠잠하였다. 무겁고 괴로운 침묵만 흘렀다.

바깥은 어느덧 어두워졌다. 대동강 빛과 같은 하늘은 온 세상을 덮었다. 그 밑에서 더위와 목마름에 미칠 듯한 우리들은 아무 말 없이 앉아 있었다. 우리들의 입은 모두 바늘로 호라매우지나 않았나.

그러나 한참 뒤에 마침내 영감이 나를 찾는 소리가 겨우 침묵을 깨뜨렸다.

"여보."

"왜 그러오?"

"그럼 어떡하란 말이요?"

"이제라두 공소를 취하해야지!"

영감은 또 먹먹하였다. 그러나 좀 뒤에 그는 다시 나를 찾았다.

"노형 말이 옳소. 내 아들 두 놈은 정녕코 다 죽었쉐다. 난 나 혼자 이제 살아서 무얼 하겠소? 취하하게 해주소."

"진작 그럴 게지. 그럼 간수 부릅니다."

"그래 주소."

영감은 떨리는 소리로 말하였다.

나는 패통을 쳤다. 간수는 왔다. 내가 통역을 서서 그의 뜻(이라는 것보다 우리의 뜻)을 말하매 간수는 시끄러운 듯이 영감을 끄을어내 갔다.

자리에 돌아올 때에 방 안 사람들의 얼굴을 보니, 그들의 얼

발가락이 닮았다

굴에는 자리가 좀 넓어졌다는 기쁨이 빛나고 있었다.

◆

모깡,* 이것은 우리가 십여 일 만에 한 번씩 가질 수 있는 우리의 가장 큰 행복이다.

"모깡!"

간수의 호령이 들릴 때에 우리들은 줄을 지어서 뛰어나갔다.

뜨거운 해에 쪼인 시멘트 길은 석 달 동안을 쉰 우리의 발에는 무섭게 뜨거웠다. 그러나 그것은 우리의 즐거움의 하나였었다. 우리는 그 길을 건너서 목욕통 있는 데로 가서 옷을 벗어 던지고, 반고형半固形이라 하여도 좋을 꺼룩한 목욕물에 뛰어 들어갔다.

무엇이라고 형용할 수 없는 즐거움이었다. 곧 곁에는 수도가 있다. 거기서는 어쨌든 맑은 물이 나온다. 그것은 우리들의 머리에서 한때도 떠나 보지 못한 '달콤한 냉수'였다. 잠깐 목욕통 속에서 덤빈 나는 수도로 나와서 코끼리와 같이 물을 먹었다.

바깥에는 여러 복역수들이 일을 하고 있었다. 그것도 (갑갑함에 겨운) 우리들에게는 부러움의 푯대였다. 그들은 마음대로 바람을 쏘일 수가 있었다. 목마르면 간수의 허락을 듣고 물을 먹을 수가 있다. 뿐만 아니라, 그들에게는 갑갑함이 없었다.

* '목욕'의 방언.

즉, 어느덧 그치라는 간수의 호령이 울렸다. 우리의 이십 초 동안의 목욕은 이에 끝났다. 우리는 (매를 맞지 않으려고) 시간을 유여치 않고 빨리 옷을 입은 뒤에 간수를 따라서 감방으로 돌아왔다.

꼭 가장 더울 시각이었다. 문을 닫는 다음 순간, 우리는 벌써 더위 속에 파묻혔다. 더위는 즐거움 뒤의 복수라는 듯이 용서 없이 우리를 내려쪼인다.

"벌써 덥다!"

나는 혼자말로 중얼거렸다.

"매를 맞구라두 좀더 있을걸……."

누가 이렇게 말한다. 서너 사람의 웃음 비슷한 소리가 들렸다. 그러나 그 뒤에는 먹먹하였다. 몇 시간 동안의 침묵이 연속되었다.

우리는 무서운 소리에 화닥닥 놀랐다. 그것은 단말마의 부르짖음이었다.

"히도쓰(하나), 후다쓰(둘)."

간수의 헤어 나가는 소리와 함께,

"아이구 죽겠다, 아이구, 아이구!"

부르짖는 소리가 우리의 더위에 마비된 귀를 찔렀다. 우리는 더위를 잊고 모두들 머리를 들었다. 우리의 몸은 한결같이 떨렸다. 그것은 태 맞는 사람의 부르짖음이었다.

서른까지 헨 뒤에 간수의 소리는 없어지고 태 맞은 사람의 앓

발가락이 닮았다

는 소리만 처량히 우리의 귀에 들렸다.

둘째 사람이 태형대에 올라간 모양이다.

"히도쓰."

하는 간수의 소리에 연한 것은,

"아유!"

하는 기운 없는 외마디의 부르짖음이었다.

"후다쓰."

"아유!"

"미쓰(셋)."

"아유!"

우리는 그 소리의 주인을 알았다. 그것은 어젯밤 우리가 내어
쫓은 그 영원 영감이었다. 쓰린 매를 맞으면서도 우렁찬 신음을
할 기운도 없이 '아유!' 외마디의 소리로 부르짖는 것은 우리가
억지로 매를 맞게 한, 그 영감이었다.

"요쓰(넷)."

"아유!"

"이쓰쓰(다섯)."

"후—"

나는 저절로 목이 늘어지는 것을 깨달았다. 나의 머리에는 어
젯밤 그가 이 방에서 끌려 나갈 때의 꼴이 떠올랐다.

"칠십 줄에 든 늙은이가 태 맞구 살길 바라갔소? 난 아무캐
되든 노형들이나……."

그는 이 말을 채 맺지 못하고 초연히 간수에게 끌려 나갔다.

그리고 그를 내어쫓은 장본인은 이 나였었다.

　나의 머리는 더욱 숙여졌다. 멀거니 뜬 눈에서는 눈물이 나오려 하였다. 나는 그것을 막으려고 눈을 힘껏 감았다. 힘 있게 닫긴 눈은 떨렸다.

1922년 12월–1923년 4월, 《동명》

　　　　　　　　　　　　　　발가락이 닮았다

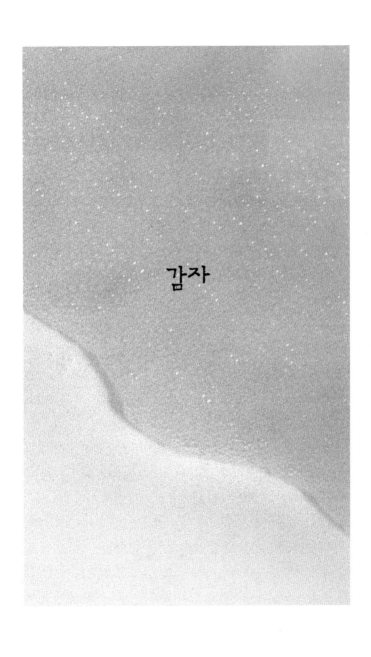

감자

싸움, 간통, 살인, 도적, 구걸, 징역 이 세상의 모든 비극과 활극의 근원지인, 칠성문 밖 빈민굴로 오기 전까지는, 복녀의 부처夫妻는 (사농공상의 제2위에 드는) 농민이었다.

복녀는, 원래 가난은 하나마 정직한 농가에서 규칙 있게 자라난 처녀였었다. 이전 선비의 엄한 규율은 농민으로 떨어지자부터 없어졌다 하나, 그러나 어딘지는 모르지만 딴 농민보다는 좀 똑똑하고 엄한 가율이 그의 집에 그냥 남아 있었다. 그 가운데서 자라난 복녀는 물론 다른 집 처녀들과 같이 여름에는 벌거벗고 개울에서 멱 감고, 바지 바람으로 동리를 돌아다니는 것을 예사로 알기는 알았지만, 그러나 그의 마음속에는 막연하나마 도덕이라는 것에 대한 저픔을 가지고 있었다.

그는 열다섯 살 나는 해에 동리 홀아비에게 팔십 원에 팔려서 시집이라는 것을 갔다. 그의 새서방(영감이라는 편이 적당할까)이라는 사람은 그보다 이십 년이나 위로서, 원래 아버지의 시대에는 상당한 농군으로서 밭도 몇 마지기가 있었으나, 그의 대로 내려오면서는 하나 둘 줄기 시작하여서 마지막에 복녀를 산 팔십 원이 그의 마지막 재산이었다. 그는 극도로 게으른 사람이었다. 동리 노인들의 주선으로 소작 밭깨나 얻어 주면, 종자만 뿌

발가락이 닮았다

려 둔 뒤에는 후치*질도 안 하고 김도 안 매고 그냥 내버려 두었다가는, 가을에 가서는 되는대로 거두어서 '금년은 흉년이네' 하고 전주田主집에는 가져도 안 가고 자기 혼자 먹어 버리고 하였다. 그러니까 그는 한 밭을 이태를 연하여 부쳐 본 일이 없었다. 이리하여 몇 해를 지내는 동안 그는 그 동리에서는 밭을 못 얻으리만큼 인심을 잃고 말았다.

복녀가 시집을 간 뒤 한 삼사 년은 장인의 덕택으로 이렁저렁 지나갔으나, 이전 선비의 꼬리인 장인은 차차 사위를 밉게 보기 시작하였다. 그들은 처가에까지 신용을 잃게 되었다.

그들 부처는 여러 가지로 의논하다가 하릴없이 평양성 안으로 막벌이로 들어왔다. 그러나 게으른 그에게는 막벌이나마 역시 되지 않았다. 하루 종일 지게를 지고 연광정에 가서 대동강만 내려다보고 있으니, 어찌 막벌이인들 될까. 한 서너 달 막벌이를 하다가, 그들은 요행 어떤 집 막간살이로 들어가게 되었다.

그러나 그 집에서도 얼마 안 하여 쫓겨 나왔다. 복녀는 부지런히 주인집 일을 보았지만 남편의 게으름은 어찌할 수가 없었다. 매일 복녀는 눈에 칼을 세워 가지고 남편을 채근하였지만, 그의 게으른 버릇은 개를 줄 수는 없었다.

"볏섬 좀 치워 달라우요."

"남 졸음 오는데. 님자 치우시관."

"내가 치우나요?"

* '극쟁이'의 방언. 땅을 가는 데 쓰는 농기구.

"이십 년이나 밥 먹구 그걸 못 치워!"

"에이구, 칵 죽구나 말디."

"이년, 뭘."

이러한 싸움이 그치지 않다가, 마침내 그 집에서도 쫓겨 나왔다.

이젠 어디로 가나? 그들은 하릴없이 칠성문 밖 빈민굴로 밀리어 나오게 되었다.

칠성문 밖을 한 부락으로 삼고 그곳에 모여 있는 모든 사람들의 정업은 거러지요, 부업으로는 도적질과 (자기네끼리의) 매음, 그 밖에 이 세상의 모든 무섭고 더러운 죄악이었다. 복녀도 그 정업으로 나섰다.

◆

그러나 열아홉 살의 한창 좋은 나이의 여편네에게 누가 밥인들 잘 줄까.

"젊은 거이 거랑질*은 왜."

그런 소리를 들을 때마다 그는 여러 가지 말로, 남편이 병으로 죽어 가거니 어쩌거니 핑계는 대었지만, 그런 핑계에는 단련된 평양 시민의 동정은 역시 살 수가 없었다. 그들은 이 칠성문 밖에서도 가장 가난한 사람 가운데 드는 편이었다. 그 가운데

* 동냥질. 돈이나 물건 따위를 거저 달라고 비는 일.

　　　　　　　　　　　　　　발가락이 닮았다

서 잘 수입되는 사람은 하루에 오 리짜리 돈뿐으로 일 원 칠팔십 전의 현금을 쥐고 돌아오는 사람까지 있었다. 극단으로 나가서는 밤에 돈벌이 나갔던 사람은 그날 밤 사백여 원을 벌어 가지고 와서 그 근처에서 담배 장사를 시작한 사람까지 있었다.

복녀는 열아홉 살이었다. 얼굴도 그만하면 빤빤하였다. 그 동리 여인들의 보통 하는 일을 본받아서 그도 돈벌이 좀 잘하는 사람의 집에라도 간간 찾아가면 매일 오륙십 전은 벌 수가 있었지만, 선비의 집안에서 자라난 그는 그런 일은 할 수가 없었다.

그들 부처는 역시 가난하게 지냈다. 굶는 일도 흔히 있었다.

◆

기자묘 솔밭에 송충이가 끓었다. 그때, 평양'부府'에서는 그 송충이를 잡는 데 (은혜를 베푸는 뜻으로) 칠성문 밖 빈민굴의 여인들을 인부로 쓰게 되었다.

빈민굴 여인들은 모두 다 지원을 하였다. 그러나 뽑힌 것은 겨우 오십 명쯤이었다. 복녀도 그 뽑힌 사람 가운데 한 사람이었다.

복녀는 열심으로 송충이를 잡았다. 소나무에 사다리를 놓고 올라가서는, 송충이를 집게로 집어서 약물에 잡아 넣고 잡아 넣고, 그의 통은 잠깐 새에 차고 하였다. 하루에 삼십이 전씩의 공전이 그의 손에 들어왔다.

그러나 대엿새 하는 동안에 그는 이상한 현상을 하나 발견하였다. 그것은 다른 것이 아니라, 젊은 여인부 한 여남은 사람은 언제나 송충이는 안 잡고 아래서 지절거리며 웃고 날뛰기만 하고 있는 것이었다. 뿐만 아니라, 그 놀고 있는 인부의 공전은 일하는 사람의 공전보다 팔 전이나 더 많이 내어주는 것이다.

감독은 한 사람뿐이지만 감독도 그들의 놀고 있는 것을 묵인할 뿐 아니라, 때때로는 자기까지 섞여서 놀고 있었다.

어떤 날 송충이를 잡다가 점심때가 되어서, 나무에서 내려와서 점심을 먹고 다시 올라가려 할 때에 감독이 그를 찾았다.

"복네. 애 복네."

"왜 그릅네까?"

그는 약통과 집게를 놓은 뒤에 돌아섰다.

"좀 오나라."

그는 말없이 감독 앞에 갔다.

"애, 너, 음…… 데 뒤 좀 가보디 않갔니?"

"뭘 하레요?"

"글쎄, 가야……."

"가디요, 형님."

그는 돌아서면서 인부들 모여 있는 데로 고함쳤다.

"형님두 갑세다가레."

"싫다 애. 둘이서 재미나게 가는데, 내가 무슨 맛에 가갔니?"

복녀는 얼굴이 새빨갛게 되면서 감독에게로 돌아섰다.

"가보자."

감독은 저편으로 갔다. 복녀는 머리를 수그리고 따라갔다.

"복네 좋갔구나."

발가락이 닮았다

뒤에서 이러한 고함 소리가 들렸다. 복녀의 숙인 얼굴은 더욱 발갛게 되었다.

그날부터 복녀도 '일 안 하고 공전 많이 받는 인부'의 한 사람으로 되었다.

◆

복녀의 도덕관 내지 인생관은 그때부터 변하였다.

그는 아직껏 딴 사내와 관계를 한다는 것을 생각하여 본 일도 없었다. 그것은 사람의 일이 아니요 짐승의 하는 짓으로만 알고 있었다. 혹은 그런 일을 하면 탁 죽어지는지도 모를 일로 알았다.

그러나 이런 이상한 일이 어디 다시 있을까. 사람인 자기도 그런 일을 한 것을 보면, 그것은 결코 사람으로 못 할 일이 아니었다. 게다가 일 안 하고도 돈 더 받고, 긴장된 유쾌가 있고, 빌어먹는 것보다 점잖고……

일본말로 하자면 '삼박자三拍子' 같은 좋은 일은 이것뿐이었다. 이것이야말로 삶의 비결이 아닐까. 뿐만 아니라, 이 일이 있은 뒤부터, 그는 처음으로 한 개 사람이 된 것 같은 자신까지 얻었다.

그 뒤부터는, 그의 얼굴에는 조금씩 분도 바르게 되었다.

◆

일 년이 지났다.

그의 처세의 비결은 더욱더 순탄히 진척되었다. 그의 부처는 이제는 그리 궁하게 지내지는 않게 되었다.

그의 남편은 이것이 결국 좋은 일이라는 듯이 아랫목에 누워서 벌신벌신 웃고 있었다.

복녀의 얼굴은 더욱 이뻐졌다.

"여보, 아즈바니, 오늘은 얼마나 벌었소?"

복녀는 돈 좀 많이 번 듯한 거러지를 보면 이렇게 찾는다.

"오늘은 많이 못 벌었쉐다."

"얼마?"

"도무지 열서너 냥."

"많이 벌었쉐다가레, 한 댓 냥 꿰주소고래."

"오늘은 내가……."

어쩌고어쩌고 하면, 복녀는 곧 뛰어가서 그의 팔에 늘어진다.

"나한테 들킨 댐에는 뀌구야 말아요."

"난 원 이 아즈마니 만나문 야단이더라. 자, 꿰주디. 그 대신 응? 알아 있디?"

"난 몰라요, 해해해해."

"모르문, 안 줄 테야."

"글쎄, 알았대두 그른다."

그의 성격은 이만큼까지 진보되었다.

◆

　　　　　　　　　　　　　　　　　　발가락이 닮았다

가을이 되었다.

칠성문 밖 빈민굴의 여인들은 가을이 되면 칠성문 밖에 있는 중국인의 채마밭에 감자(고구마)며 배추를 도적질하러 밤에 바구니를 가지고 간다. 복녀도 감자깨나 잘 도적질하여 왔다.

어떤 날 밤, 그는 감자를 한 바구니 잘 도적질하여 가지고, 이젠 돌아오려고 일어설 때에, 그의 뒤에 시꺼먼 그림자가 서서 그를 꽉 붙들었다. 보니, 그것은 그 밭의 소작인인 중국인 왕서방이었다. 복녀는 말도 못 하고 멀진멀진 발아래만 내려다보고 있었다.

"우리집에 가."

왕서방은 이렇게 말하였다.

"가재문 가디. 훤, 것두 못 갈까."

복녀는 엉덩이를 한번 홱 두른 뒤에 머리를 젖히고 바구니를 저으면서 왕서방을 따라갔다.

한 시간쯤 뒤에 그는 왕서방의 집에서 나왔다. 그가 밭고랑에서 길로 들어서려 할 때에, 문득 뒤에서 누가 그를 찾았다.

"복네 아니야?"

복녀는 홱 돌아서서 보았다. 거기는 자기 곁집 여편네가 바구니를 끼고 어두운 밭고랑을 더듬더듬 나오고 있었다.

"형님이댔쉐까? 형님두 들어갔댔쉐까?"

"님자두 들어갔댔나?"

"형님은 뉘 집에?"

"나? 눅서방네 집에. 님자는?"

"난 왕서방네…… 형님 얼마 받았소?"

"눅서방네 그 깍쟁이놈, 배추 세 폐기……."

"난 삼 원 받았디."

복녀는 자랑스러운 듯이 대답하였다.

십 분쯤 뒤에 그는 자기 남편과, 그 앞에 돈 삼 원을 내어놓은 뒤에, 아까 그 왕서방의 이야기를 하면서 웃고 있었다.

◆

그 뒤부터 왕서방은 무시로 복녀를 찾아왔다.

한참 왕서방이 눈만 멀진멀진 앉아 있으면, 복녀의 남편은 눈치를 채고 밖으로 나간다. 왕서방이 돌아간 뒤에는 그들 부처는, 일 원 혹은 이 원을 가운데 놓고 기뻐하고 하였다.

복녀는 차차 동리 거지들한테 애교를 파는 것을 중지하였다. 왕서방이 분주하여 못 올 때가 있으면 복녀는 스스로 왕서방의 집까지 찾아갈 때도 있었다.

복녀의 부처는 이제 이 빈민굴의 한 부자였다.

◆

그 겨울도 가고 봄이 이르렀다.

그때 왕서방은 돈 백 원으로 어떤 처녀를 하나 마누라로 사오

발가락이 닮았다

게 되었다.

"흥."

복녀는 다만 코웃음만 쳤다.

"복녀, 강짜*하갔구만."

동리 여편네들이 이런 말을 하면, 복녀는 흥 하고 코웃음을 웃고 하였다.

내가 강짜를 해? 그는 늘 힘 있게 부인하고 하였다. 그러나 그의 마음에 생기는 검은 그림자는 어찌할 수가 없었다.

"이놈 왕서방, 네 두고 보자."

왕서방의 색시를 데려오는 날이 가까웠다. 왕서방은 아직껏 자랑하던 기다란 머리를 깎았다. 동시에 그것은 새색시의 의견이라는 소문이 쫙 퍼졌다.

"흥."

복녀는 역시 코웃음만 쳤다.

마침내 색시가 오는 날이 이르렀다. 칠보단장에 사인교를 탄 색시가, 칠성문 밖 채마밭 가운데 있는 왕서방의 집에 이르렀다.

밤이 깊도록, 왕서방의 집에는 중국인들이 모여서 별한 악기를 뜯으며 별한 곡조로 노래하며 야단하였다.

복녀는 집 모퉁이에 숨어 서서 눈에 살기를 띠고 방 안의 동정을 듣고 있었다.

다른 중국인들은 새벽 두 시쯤 하여 돌아갔다. 그 돌아가는

* '강샘'을 속되게 이르는 말. 질투.

것을 보면서 복녀는 왕서방의 집 안에 들어갔다. 복녀의 얼굴에는 분이 하얗게 발리어 있었다.

　신랑신부는 놀라서 그를 쳐다보았다. 그것을 무서운 눈으로 흘겨보면서, 그는 왕서방에게 가서 팔을 잡고 늘어졌다. 그의 입에서는 이상한 웃음이 흘렀다.

　"자, 우리집으로 가요."

　왕서방은 아무 말도 못 하였다. 눈만 정처 없이 두룩두룩하였다. 복녀는 다시 한번 왕서방을 흔들었다.

　"자, 어서."

　"우리, 오늘 밤 일이 있어 못 가."

　"일은 밤중에 무슨 일."

　"그래두, 우리 일이……."

　복녀의 입에 아직껏 떠돌던 이상한 웃음은 문득 없어졌다.

　"이까짓 것."

　그는 발을 들어서 치장한 신부의 머리를 찼다.

　"자, 가자우 가자우."

　왕서방은 와들와들 떨었다. 왕서방은 복녀의 손을 뿌리쳤다.

　복녀는 쓰러졌다. 그러나 곧 다시 일어섰다. 그가 다시 일어설 때는, 그의 손에는 얼른얼른하는 낫이 한 자루 들리어 있었다.

　"이 되놈, 죽어라, 죽어라, 이놈, 나 때렸디! 이놈아, 아이구, 사람 죽이누나."

　그는 목을 놓고 처울면서 낫을 휘둘렀다. 칠성문 밖 외딴 밭 가운데 홀로 서 있는 왕서방의 집에서는 일장의 활극이 일어났다. 그러나 그 활극도 곧 잠잠하게 되었다. 복녀의 손에 들리어 있던 낫은 어느덧 왕서방의 손으로 넘어가고, 복녀는 목으로 피를 쏟으면서 그 자리에 고꾸라져 있었다.

◆

복녀의 송장은 사흘이 지나도록 무덤으로 못 갔다. 왕서방은 몇 번을 복녀의 남편을 찾아갔다. 복녀의 남편도 때때로 왕서방을 찾아갔다. 둘의 새에는 무슨 교섭하는 일이 있었다. 사흘이 지났다.

밤중에 복녀의 시체는 왕서방의 집에서 남편의 집으로 옮겼다.

그리고 그 시체에는 세 사람이 둘러앉았다. 한 사람은 복녀의 남편, 한 사람은 왕서방, 또 한 사람은 어떤 한방 의사. 왕서방은 말없이 돈주머니를 꺼내어, 십 원짜리 지폐 석 장을 복녀의 남편에게 주었다. 한방의의 손에도 십 원짜리 두 장이 갔다.

이튿날 복녀는 뇌일혈로 죽었다는 한방의의 진단으로 공동묘지로 가져갔다.

1925년 1월, 《조선문단》

K 박사의 연구

"자네 선생은 이즈음 뭘 하나?"

나는 어떤 날 K 박사의 조수로 있는 C를 만나서 말끝에 이런 말을 물어보았다.

"노신다네."

"왜?"

"왜라니?"

"그새 뭘 연구하고 있었지?"

"벌써 그만뒀지."

"왜 그만둬?"

"말하자면 장난이라네. 하기야 성공했지. 그렇지만 먹어 주질 않으니 어쩌나."

"먹다니?"

"글쎄. 이 사람아, 똥을 누가 먹어."

"똥?"

"자네 시식회에 안 왔었나?"

"시식회?"

C의 말은 전부 '?'였다.

"시식회까지 모를 적에는 자네는 모르는 모양일세그려. 그럼 내 이야기해 줄게 웃지 말고 듣게."

이러한 말끝에 C는 K 박사의 연구며 그 성공에서 실패까지의
이야기를 들려주었다.

맬서스라나…… '사람은 기하학급으로 늘어나고 먹을 것은
수학급으로밖에는 늘지 못한다'고 이런 말을 한 사람이 있지 않
나. 박사의 연구도 이 말을 근본 삼아 가지고 시작되었다네.

어떤 날(여름일세) 박사는 책을 보고 있고 나는 다른 생각을
하면서 같이 앉았노라는데 박사가 머리를 번듯이 들더니,

"자네, 똥 좀 퍼 오게."

하데그려. 이게 무슨 말인지 알 수 있겠나. 그래서 똥이란 대
변이냐고 물었더니, 대변 아닌 똥도 있느냐고 그래. 그래서 무슨
검사라도 할 일이 있는가 하고,

"뉘 변을 말씀이외까?"

했더니 벌컥 성을 내면서 뉘 똥이든 퍼오라데그려. 너무 어망
처망하여* 가만있었지. 글쎄(의사는 아니지만) 검사라도 할 양이
면 뉘 변이든 지적을 해야 하지 않는가. 그래서 박사의 얼굴만
바라보고 있노라니깐 채근도 없어. 홍, 잊었구나 하고 다시 앉으
려 하니까,

"퍼 왔나?"

하면서 일어서데그려. 자, 이렇게 채근까지 하는 것을 보면 농

* 어망처망하다 : 너무도 어이가 없다. 너무도 어마어마하고 끔찍하다.

담도 아니야. 할 수 없이 변소에 가서 냄새나는 것을 조금 퍼다가 박사께 드렸네그려. 그것을 힐끗 보더니 조금만 퍼 왔다고 또 성을 내거든. 나도 슬그머니 결이 나데그려.* 그래서 다시 가서 한 바가지 수북이 퍼 왔지. 그러니깐 만족하다는 듯이 웃더니 실험옷의 팔을 걷으면서 나도 연구실로 가자고 그래.

자네도 알다시피 내야 이학상理學上 지식이야 어디 조금이라도 있나.

단지 박사의 서기로 들어가 있는 사람이니깐 좌우간 알든 모르든 따라 들어갔지. 박사는 똥을 떠가지고 현미경으로 시험관에 넣어서 끓이며 세척하며 전기로 분해하며 별별 짓을 다 해보더니 그래도 마음대로 되지 않는지 저녁까지 굶어 가면서 밤새도록 가지고 그러데그려. 아무리 전기 환기 장치를 했다 해도 그 냄새는 참 죽겠데. 코가 저리고 눈이 쓰리고.

나는 참다못해 슬그머니 나와 버렸네그려. 그랬더니 새벽 두 시쯤 찾아.

그래서 가보니깐,

"이게 새 똥이냐, 낡은 똥이냐?"

또 묻데그려. 내니 어찌 알겠나. 변소에서 퍼 온뿐이지. 변의 신구新舊야 알 리가 있겠나. 그래서 모르겠다고 그러니깐,

"낡은 겐 모양이군. 다 썩었어. 낡은 게야."

혼자서 중얼중얼하더니 나더러 새 똥 좀 누라데그려. 나도 성

미가 그다지 곱지 못한 사람이라 마렵지 않노라고 해버리니깐 박사는 근심스레 머리를 기웃기웃하더니,

"나두 그리 매렵지 않는걸."

하면서 그릇을 가지고 저편 방에 가더니 마렵지 않다던 사람이 웬걸 그다지 누었는지 한 그릇 무더기 담긴 것을 가지고 들어오데그려. 아, 우습기도 하고 잠 못 자는 것이 일변 성도 나고 그래서 '밤참으로는 넉넉하겠습니다'고 쏘아주려다가 그래도 박사가 '마지메(진지)'하게 들여다보고 있는 것을 보니깐 그러지도 못하겠어.

그래서,

"전 먼저 자겠습니다."

하고 나와서 내 방으로 가서 자버렸지.

그 이튿날부터는 박사는 꼭 연구실에 틀어박혔는데 음식까지 그 냄새나는 방에서 먹고 하는데 오히려 불쌍하데. 땀을 뻘뻘 흘리면서 더러운 물건을 이리 주무르고 저리 주무르는 양은 우습기도 하거니와 한쪽으로 생각하면 그 사치하게 길러나고, 아무 고생이며 더러움을 체험해 보지 못한 박사가 연구 때문에 얼굴을 찌푸리고 냄새나는 방에서 음식까지 먹으며 밤잠까지 못 자며 돌아가는 것은 어떻게 엄숙해 보이기도 하고 존경할 생각도 나데.

이러구러 몇 달이 지났네. 무얼 하는지는 모르지만 대변을 분석해 가지고 무슨 유효 성분을 얻어 보려는 것을 알겠데. 좌우간 낡은 똥은 쓸 수가 없다 해서 그 뒤부터는 집안 하인의 변까지

죄 그릇에 누어서 박사의 연구실로 들어가게 되었네그려. 그러니깐 변소는 늘 소변밖에는 아무것도 없었지.

집안사람들이라야 박사와 나와 행랑식구 세 사람과 식모 하나 침모 하나와 사환 애 둘이었는데, 때때로는 그 아홉 사람의 것으로 부족될 때가 있어.

그런 때는 박사는 가족이 20인이며 30인이며 하는 사람들을 슬며시 부러워하는 기색까지 보이는데 연구 재료가 부족해서 박사가 안타까워하며 발을 동동 구를 때는 너무 미안스러워서 될 수만 있으면 서너 동이씩 만들어 보고 싶데.

그러는 동안에 시골 계신 할머님이 세상을 떠나서 나는 시골 내려가서 한 달쯤 있다가 가을에야 다시 올라왔네그려. 그래서 곧 박사네 집으로 가서 짐을 푼 뒤에 복동이(사환 애)에게 물으니깐 박사는 역시 연구실에 있다 하기에 들어가서 인사를 드렸네. 박사는 무엇을 먹고 있었는데 몹시 반겨 하면서 와서 같이 먹자고 그래. 오래간만에 맡으니깐 냄새는 꽤 지독하데.

연구실 한편 모퉁이에 조그마한 책상을 놓고 거기서 박사는 점심을 먹고 있는데, 나도 오라기에 교자를 하나 끌고 그리로 갔지. 점심조차 떡 비슷한 것인데 맛은 '고깃국물을 조금 넣고 만든 밥'이랄까 좌우간 그 비슷한 맛이 나는 아직껏 먹어 보지 못한 물건이야. 그래서 혹은 양식인가 하고 두어 덩이 소금을 찍어 먹으니깐,

"맛 좋지?"

하고 묻데그려. 그래서 괜찮다고 하니깐,

"똥내도 모르겠지?"

하고 또 웃데그려.

"?"

아닌 게 아니라 냄새가 좀 나기는 하는 것을 이 방 안의 공기 탓이라고 하고 그냥 먹었네그려.

그렇지만 박사의 그 말을 듣고 나니깐 혀 아래서 맑은 침이 핑그르 돌더니 걷잡을 사이 없이 구역이 나겠지. 그래서 변소로 가려고 일어서려다가 그만 그 자리에 욱 하니 토해 버렸네.

"왜 그러나? 왜 그래. 야 복동아, 수남아."

하면서 박사는 일어서서 나를 붙들어다가 소파에 뉘려는데그려. 아, 결도 나고 성도 나고 그래서 괜찮다고 하고 박사를 밀쳐버리고 '대체 그 먹은 것이 무엇인가'고 물었네.

둔감한 박사는 내가 토한 원인을 그때야 처음으로 안 모양이데그려.

"먹은 것? 응, 그것 말인가? 그것 때문에 토했나? 난 또 차멀미로 알았군. 그건 순전한 자양분일세, 하하하하하(박사는 웃을 경우에는 웃을 줄을 모르고, 웃지 않을 경우에는 잘 웃는 사람이라네)! 건락乾酪, 전분, 지방 등 순전한 양소화물良消化物로 만든 최신최량원식품最新最良原食品."

"원료는…… 그……."

"그렇지, 자네도 알다시피 그……."

나는 그 말을 채 듣지도 않고 다시 일어서면서 토했지. 좀 메스껍기도 하고 성도 나는 김에 박사의 얼굴을 향하여 토했네그려, 박사도 놀란 모양이야.

"아, 이 사람두. 야, 수남아…… 복동아……."

그때 결나는 것을 보아서는 박사를 한 대 쥐어박고 싶기는 하지만 꿀꺽 참고 내 방으로 돌아와서 이불을 쓰고 눕고 말았지. 그 뒤 사흘 동안을 음식 하나 못 먹고 앓았네. 글쎄, 구역에 음식을 어찌 먹겠나. 아무것이라도 뱃속에 들어만 가면 잠시를 머물러 있지 않고 도로 입으로 나오데그려. 아무것을 먹어도 그 냄새가 나는 것 같아.

박사는 미안한지 진토제鎭吐劑를 주면서 잠시도 내 곁을 떠나지 않고 몸소 간호하겠지. 그러면서 연거푸 자양분만 뽑아서 정제한 것이니깐 아무 불쾌할 리가 없다고 설명해 주네그려. 아닌 게 아니라 그리고 보니깐 나도 미안한데. 무슨 악의로써 내게다가 그것을 먹인 바도 아니요, 박사 자기도 먹으면서 내게도 좀 준 것이니 말하자면 원망할 것도 없어. 박사의 말마따나 무슨 부정한 것이 섞인 바도 아니요, 과학의 힘으로써 가장 정밀히 만든 것이겠으매 웬만한 음식점의 음식들보다는 훨씬 깨끗할 것일세. 그저 내 비위에 맞지 않는다는 것뿐이지…… 그것을 책임 관념상 박사가 그렇게 미안해하는 것을 보니깐 오히려 내가 미안해 오데그려. 그래서 사흘째 되는 날 일어났지.

"그 음식이 더럽다는 것이 아니라 내 비위에 맞지 않는 것뿐이니깐 그 마음상만 고치면 되겠지요."

그리고 일어나서 먹기 싫은 음식을 억지로 먹으면서 연구실에 드나들기 시작하였네그려. 처음에는 참 역하데. 박사는 점심은 역시 손수 만든 음식을 먹는데 그것을 보기만 해도 구역이 탁탁 가슴에 치받치는데 참 못 견디겠어. 박사는 먹기는 먹으면서도 미안한지,

"이게 어떻담, 하하하하하."

하면서 먹고 해.

그러는 가운데도 박사는 실험을 거듭하여 몇 가지 조미료를 더 넣을 때마다 자기가 몸소 맛본 뒤에는 연대 감정인으로 차마 내게는 먹어 보래지 못하고 복동아, 수남아, 해가지고는 애들에게 먹어 보래지. 그 애들이야말로 아리가타메이와쿠(달갑지 않다) 야, 얼굴이 벌게지면서 주인의 명령이라 거역치는 못하고 입에 조금 넣는 것처럼 한 뒤에는 삼키지도 않고,

"먼젓번 것보담도 더 좋은걸요."

하고는 달아나고 하는 양은 가련해. 그럴 때마다 정직한 박사는 득의만면해 가지고 그러려니 하면서 상금으로서 그 애들에게 50전씩 준다네, '감정료'지. 박사의 말에 의지하건대 똥에는 음식의 불능 소화물, 즉 섬유며 결체조직이며 각물질角物質이며 장관내腸管內 분비물의 불요분不要分, 즉 코라고산酸, 피스린 '담즙 점액소'들 밖에 부패 산물인 스카톨이며 인돌이며 지방산들과 함께 아직 많은 건락과 전분과 지방이 남아 있는데, 그것은 사람 사람에 따라서 혹은 시간에 따라 각각 다르지만 그 양소화물이 3할에서 내지 7할까지는 그냥 남아서 항문으로 나온다네그려. 그리고 그 대변 가운데 그냥 남아 있는 자양분은 아무도 돌아보는 사람이 없이 헛되이 썩어 버리는데 그것을 어떤 방식으로 추

출할 수만 있다 하면은 그야말로 식료품 문제에 위협받는 인류의 큰 복음이 아닌가. 그래서 연구해 그 방식을 발견했대나. 말하자면 석탄의 완전 연소와 마찬가지로 자양분의 완전 소화를 계획하여 성공한 셈이지. 즉 대변을 분석해서 그 가운데 아직 3할 혹은 7할이나 남아 있는 자양분을 자아내어 그것을 다시 먹자는 말일세그려.

그러니까 사람이 하루에 세 끼씩 먹는 가운데 두 끼는 보통 음식을 먹고, 한 끼분은 그 새로운 주식품을 먹으면 이 지구상의 식료 원품이 3할 이상 늘어가는 셈 아닌가. 이 지구에 지금보다 인구가 3할쯤, 한 5천만 명쯤은 더 많아져도 박사의 연구가 실현만 되면 걱정이 없는 셈일세그려. 맬서스도 이후에 이런 천재가 나타날 줄은 몰랐기에 그런 걱정을 했지.

좌우간 그러는 동안에 조미調味에 대한 연구까지 끝나지 않았겠나. 나는 첫번 모르고 한번 먹은 뿐 그 뒤에는 절대로 입에 대지도 않았고 박사도 내게는 권하지도 않았으니깐 모르지만 냄새는 마지막에는 꽤 좋은 냄새가 나데 스키야키 비슷하고도 더 침이 도는 냄새야. 냄새뿐으로는 구미도 들데. 그만큼 되었으니깐 이제 남은 것은 '발표'라 하는 과정일세그려. 박사는 어림도 없이 발명 경로를 신문에 발표한 뒤에 시식회를 열겠다고 그래. 그것을 내가 우쩍 말렸지. 나는 먹어도 못 보았지만 짐작건대 맛은 괜찮은 모양인데……

그러니깐 그 맛있는 것을 먼저 먹여 놓은 뒤에 이것의 원료를 발표해야지. 먼저 원료를 발표하면 시식회에는 한 사람도 나오지

발가락이 닮았다

도 않을 것일세그려. 그렇지 않나. 그래서 말렸더니 박사도 그럴 듯한지 내 의견대로 하자고 그러더먼. 그리고 박사와 내가 의논한 결과 그 발명품의 이름은 박사의 이름을 따라 ○○병餅이라 하기로 하고 그 ○○병에 대한 성명서를 박사가 초草하였네. 지금 똑똑히 기억치는 못하지만 대략 이런 뜻이야.

생어M.Sanger라 하는 폭녀가 나타나서 산아 제한을 주장한 것을 일부 인도주의자는 눈살을 찌푸렸지만 거기도 상당한 근거가 있는 것을 어찌하랴. 위생관념이 많아가면서 연년이 사람의 죽는 율은 주는데 그에 반하여 이 지구는 더 커지지 않으니까 여기 사람의 나아갈 세 가지의 길이 생겼으니 하나는 '도로 옛날로 돌아가서 이 세상에서 위생이라 하는 것을 없이 하고 살인 기관으로 전쟁을 많이 하여 사람의 수효를 도태하는 것'이요, 또 하나는 '사람의 출세出世를 적게 하는 것'이요, 나머지는 '아직껏 돌아보지 않던 데에서 식원료를 발견하는 것'이다. 여인인 생어는 이미 있는 인명을 없이 하자 할 용기는 못 가졌었다. 여인인 생거는 신국면 발견이라 하는 천재적 두뇌도 못 가졌었다. 그는 마지막으로 고식적 구제책을 발견하였으니 그것이 '산아 제한론'이다.

그러나 독창력과 발명력을 가진 오인吾人은 그러한 고식책으로서는 만족하지 못할지니 오인의 연구는 여기서 비롯하였다. 오인의 매일 배설하는 대변에는 아직 많은 자양분이 남아 있으니 그 전 분량의 3할 내지 7할, 평균 잡아서 5할 약이나 되는 자양분은 헛되이 땅속에서 썩어 버린다(그리고 대변에 대한 분석표며 그 밖 숫자가 있지만 그것은 약해 버리세).

이것을 헛되이 썩혀 버릴 필요는 없다. 이것을 자아낼 수만 있다하면 자아내어 가지고 오인의 식탁에 올리는 것이 오인의 가장 정당한 행위라 아니할 수 없다. 각가지로 각 방면에서 일어나는 온갖 고식적 문제도 그 근본을 캐자면 인류의 식료품 결핍이라는 무서운 예감 때문에 생겨난 신경과민적 부르짖음이라 할 수 있으니 인류의 생활이 유족해지면 온갖 문제와 그 문제의 근본까지 저절로 사라질 것이다. 오인의 연구는 여기서 출발하였다(그리고 연구의 경로도 약해 버리지).

이러한 동기 아래서 이러한 경로를 밟아서 생겨난 이 ○○병을 귀하의 식탁에 바치노니 고평高評을 바란다, 운운…….

이것을 인쇄소에 보내서 썩 맵시 나게 인쇄를 해왔겠지. 그리고 크리스마스를 기회로 박사 댁에서 시식회를 열기로 각 방면에 초대장을 보냈네그려. 그 초대장에는 그저 ○○병이라 할 뿐, 원료며 그 동기에 대해서는 찍소리도 없는 것은 다시 말할 필요는 없겠지.

크리스마스 한 사나흘 전부터는 꽤 분주한데. 겨울이라 대변의 자양분이 썩을 염려는 없어. 그래서 소제부에게 부탁해서 열 통을 사들였네그려. 그리고 그것을 분석하고 처리하고 하느라고 사나흘 동안은 박사, 나, 수남이, 복동이, 임시 조수 두 사람, 모두 다 똥 속에서 살았네그려. 더럽기가 짝이 있겠나, 에이 구역

발가락이 닮았다

나, 생각만 해도 구역이 나서 못 견디겠네.

박사도 미안하긴 한 모양이야. 누가 청하지도 않는데 연방 조선 호텔 한턱 쓰지 하면서 복동아, 수남아, 하면서 돌아가데그려. 크리스마스 전날은 밤까지 새워 가면서 모두 만들어 놓은 뒤에 당일 아침에는 집을 씻느라고 또 야단이지. 글쎄, 이 방 저 방 할 것 없이 모두 똥내가 배어든 것을 어찌하나. 아닌 게 아니라 독한 놈의 냄새가 배어든 다음에는 빠지질 않아. 물론 약품으로 씻다 못해서 마지막에는 향수를 막 뿌려서 냄새를 감추도록 해 버렸다네.

오후 한 시쯤 손님들이 왔네. 원래 착하고 교제성이 없는 박사는 정신을 못 차려 이리 왔다, 저리 갔다 하며 일변 웃으며 연거푸 복동아 수남아를 찾으며 조수들을 꾸짖으며 어리둥둥한 모양이야.

신사 숙녀 한 오십 명쯤 초대한 사람이 거진 모인 뒤에 두 시에 식당은 열렸네. 박사의 취지 설명이 있은 뒤에 I신문사 주필 W씨의 답례로써 시식회가 시작되었어. 그런데 시작되자마자 어떤 신문기자 한 사람이 박사를 찾데그려.

"K 박사."

"네?"

"이 ○○병에서 향기롭지 못한 냄새가 좀 납니다그려."

"?"

이때에 박사의 얼굴의 변화는 내 일생에 잊지 못하겠네. 문득 하얘지더니 웃음 비슷한 울음 비슷한 변한 얼굴을 하더니 별한 신음을 하면서 벌떡 일어서서 연구실로 가. 그래서 나도 따라가려니까 박사는 가던 발을 다시 돌이키며 나를 붙잡더니 내 귀에다 대고 작은 소리라고 하기는 하지만 그리 작은 소리도 아니야. 그런 소리로써,

"야단났네그려. 스카톨이나 인돌의 반응은 없었지?"

내야 인돌이 뭔지 스카톨이 뭔지 아나. 박사가 시키는 대로할 뿐이지. 더구나 반응인지야 알 리도 없잖아.

그래도 박사의 그 표정을 보니깐 모른다고 그러지도 못하겠데그려. 그래서,

"확실히 없었습니다."

고 그랬네. 그러하니깐 그래도 아직 미안미안한지,

"야단났네. 큰일 났네."

하면서 어쩔 줄을 모르데그려.

"아, 선생님 걱정하실 게 뭡니까? 지금 모두들 맛있게 잡숫는데……."

사실 말이지, 한 사람이 그런 질문을 하기는 했네. 하지만 다른 사람들은 모두 맛있게 먹고 있어. 내 말을 듣고 그 양을 보더니 그제야 박사는 마음이 놓이는지 숨을 내쉬며,

"좌우간 반응은 없었것다. 확실히 없었어. 여보게 C군, 그 성명서 돌리게."

하데그려.

문제는 이게 문제일세. 한창 맛있게들 먹는 판에 당신네들이 먹고 있는 것이 똥이외다고 알게 해놓으면 무사할는지 이게 의

문이야. 그러나 안 돌릴 수도 없고 그래서 그 인쇄물을 갖다가 복동이와 수남이를 시켜서 돌렸네그려. 그러니깐 어떤 사람은 받아서 주머니에 넣고, 어떤 사람은 식탁 위에 놓고, 어떤 사람은 읽어 보는데 나는 슬며시 빠져서 다른 방으로 가버렸지.

달아는 났지만 그래도 마음이 놓이지 않아서 귀를 기울이고 있노라니깐 무엇이 왝왝하며 콰당콰당해, 뛰어가 보았지. 하니깐 부인 손님 두 사람과 신사 한 사람이 입에 손수건을 대고 게워내는데, 그리고 몇 사람은 저편으로 변소 변소 하면서 달아나고, 다른 사람들은 영문을 모르고 중독되었다고 의사를 청하라고 야단인 가운데 박사는 방 한편 모퉁이에 눈만 멀찐멀찐하면서 서 있데그려. 이게 무슨 꼬락서닌가. 망신이데그려. 그래서 박사에게 가서 웬 셈입니까고 물었더니 박사는 우들우들 떨면서,

"야단났네, 망신이야, 큰일 났어…… 야, 수남아!"

하더니, 우물쭈물 저편 방으로 달아나 버리고 말데그려. 그래서 하는 수 있나. 그래도 이런 일이 생기지나 않을까 해서 내가 몰래 진토제를 준비해 두었던 것이 있기에 내다가 임시 조수며 복동이 수남이를 시켜서(초대받았던 의사 몇 사람까지 협력해서) 간호들을 한 뒤에 박사는 몸이 편하지 않아서 못 나온다고 하고 사과를 한 뒤에 손님들을 보내 버렸지.

시식회는 이렇게 흐지부지 끝이 났네그려.

그런 뒤에 박사의 침실에 들어가 보았더니 박사는 몸에 신열까지 나고 헛소리를 탕탕 하고 있지 않겠나. 나도 미안스럽기도

하거니와 딱하데. 그래서 얼음을 갖다가 박사의 머리를 식히면서 한참 간호하니깐 정신을 좀 차려. 그리고 연하여 야단이다, 망신이다, 어쩌나를 연발하는데 거북살스럽데. 한참 정신없이 눈을 한 군데만을 향하고 있다가는,

"여보게 C군, 이 일을 어쩌나? 야단났네그려. 이런 괴변이 어디 있겠나?"

하는데 난들 뭐라고 대답하겠나.

"뭘 하리까?"

이런 대답은 하지만 참 거북살스럽기가 짝이 없데. 소위 사회의 일류라는 사람들을 초대해 놓고 똥을 먹여 놓았으니 이런 괴변이 어디 있겠나. 세상사에 어두운 박사는 이렇게까지 될 줄은 뜻도 안 했겠지만 나 역시 뜻밖일세그려. 아니, 나는 이런 일이 있지 않을까 예감은 있었지만 박사의 그 걱정하는 태도를 보니깐 예상외로 나도 겁이 나데그려. 내 생각으로는 대상인 피해자(?)를 개인 개인으로 여겼지 그것이 합한 '사회'라는 것을 생각 안 했네그려. 그러니 이제 사회의 명사 숙녀들을 똥을 먹여 놓았으니 말썽이 안 생기겠나.

그러는 동안에도 연하여 신문기자가 찾아오며 전화가 오는 것을 복동이를 시켜서 모두 거절해 버린 뒤에 그날 오후 종일과 밤을 새워가지고 협의한 결과 말썽이 좀 삭아지기까지 박사와 나는 어떤 시골에 한두 달 숨어 있기로 작정을 하였네. 그리고 목적지는 박사의 토지가 몇백 정보町步 있는 T군의 박사의 사음舍音의 집으로 작정하였네그려. 그리고 이튿날 아침 첫차로 그리로 뺑소

발가락이 닮았다

닐 쳤지.

그런데 우리의 생각으로는 신문에서 깨나 와자지껄할 줄 알았더니 비교적 말이 없데그려. I신문 잡보란에 조그맣게 '○○떡 시식회'라는 제목 아래 간단히 기사가 난 것뿐, 그 굉장한 사건이며 ○○병의 원료에 대해서는 한 마디도 없어. 아마 신문사에서도 창피스럽던 모양이야. K역에서 내려서 T군에 가는 자동차를 기다리기 위해서 어떤 여관에서 묵은 뒤에 이튿날 아침에야 우리는 그 신문 기사를 보았는데 이 기사를 보더니 박사는 적이 안심이 되는지 처음으로 조금 웃데그려. 그러더니 갑자기 T군은 그만두고 그 역에서 멀지 않은 Y온천장으로 가자데그려. 내야 이의가 있을 리가 있나. 온정으로 갔지. 온정에서도 박사는 생각만 나면 그 이야기만 하자네그려.

"C군, 스카톨 반응은 확실히 없었지? 혹은 좀 있었던가? 왜들 토해. C군, 반응은 확실히 없었나? 아무래도 있은 모양이야."

"반응은 있었는지 모르겠지만 혹은 없었다 해두 게우는 게 당연하지요. 누가……."

"C군!"

박사는 이런 때는 꼭 역증을 내데그려. 그러나 이렇게 되면 내 성미도 그리 곱지는 못하니까 막 쏘아 주지.

"똥 먹구 구역 안 나는 사람이 어디 있어요!"

"똥?"

한 뒤에는 일어서서 뒷짐을 지고 한참 서성거리데그려. 그러다가,

"자네 오핼세. 과학의 힘으로 부정한 놈은 죄 없애 버린 게 왜 똥이야. 오핼세."

한 뒤에는 또 이유도 없이 하하하하 웃지.

"선생님, 그렇지 않아요. 분석해 보면 아무리 정한 게라 해두 똥으로 만든 것을 먹고야 왜 구역을 안 해요? 세상사는 그렇게 공식대로 되는 것이 아니니깐요."

"공식? 아무리 생각해두 자네 오해야. 그렇진 않으리."

"그럼 왜들 게웠어요?"

"글쎄, 반응은 없었는데, 혹은 있었던가……."

단순한 박사는 아직껏 손님들이 게운 이유를 스카톨이나 인돌이 좀 남아서 대변 특유의 냄새가 난 데 있는 줄만 알데그려.

한인은 연정戀情을 '오매불망'이라고 형용했지만 박사와 ○○병의 사이야말로 오매불망인 모양이야. 우두커니 앉았다가도 문득 스카톨이 있었나 하고는 한숨을 쉬고 하네. 자다가도 세척이 부족한 모양이야 하면서 벌떡 일어나네그려. 곁에서 보는 내가 참 미안하고 딱하데. 너무 민망스러워서.

"선생님, 인젠 그 생각은 잊어버리시구려."

하면,

"잊지 않자니 헐 수 있나?"

하고는 또 한숨을 쉬시네. 여간 민망스럽지 않데. 사실 말이지 귀한 발견이야 귀한 발견이 아닌가. 아무도 돌아보지 않고 헛되이 땅속에서 썩어 버리는 폐물 가운데서 평균 5할 약의 귀중한 자양분을 얻어낸다는 것은 인류 경제 문제의 얼마나 큰 발견

발가락이 닮았다

인가. 우리의 인습 때문에 비위가 받지를 않으니 말이지 그것을 만약 어떤 사람이 원료를 비밀히 해가지고 대량으로 만들어서 판다면 우리 인류에게 얼마나 큰 공헌인가. 그래서 어떤 날 저녁을 먹다가 박사에게 그 떡을 학문광學問狂의 나라 독일 학계에 발표해 보면 어떠냐고 물어보았지. 하니깐 대답도 없어. 그리고 나도 그 말만 한 뿐 잊어버리고 말았는데 박사는 잊지 않았던 모양이야.

그날 밤 한잠 들었다가 목이 너무 말라서 깨어서 물을 먹으려는데 박사가 그냥 안 잤댔는지,

"독일도 틀렸어."

하데그려. 나야 자다 주먹이라 무슨 뜻인지를 알겠나. 그래서 그저 네네 하면서 물을 먹고 다시 누우니까,

"○○떡은 독일도 재미가 없어."

하고 다시 주를 놓데그려. 그 소릴 들으니까 펄떡 졸음이 천리 밖으로 달아나는데 그렇잖아도 이즈음 늘 민망스럽던 판에 박사가 밤에 잠도 안 자고 그 생각을 하고 있었나 하니깐 막 눈물이 나오려데 그려. 그래서 왜 그렇느냐고 물으니까,

"독일서는 공기에서 식품을 잡는 것은 연구해서 거진 성공했다니까 이것은 그다지 센세이션을 일으킬 것이 못 될 것 같어."

하면서 또 한숨을 쉬시데그려. 나도 할 말이 없어서 그것도 그렇겠습니다, 하고 다시 먹먹히 있노라니깐 또 찾지 않겠나.

"C군 자나?"

"네?"

"안 자나?"

"네."

"일본은 어떨까? 나라는 좁고 백성은 많은……."

"말씀 마십쇼. 일인에게는 소위 결백이라는 게 있지 않습니까?

쿠소쿠라에(똥이나 먹어라)라는 것이 욕이 아닙니까. 어림도 없습니다."

"그래도 일인들은 더러운 목간물을 벌컥벌컥 들이마시지 않나?"

"그거야…… 그래두 ○○떡은 안 먹습니다."

"안 먹을까……."

"안 먹지 않구요."

박사는 또 한숨을 쉬시데.

"선생님, 그것을 미국에다 발표해 보면 어떻습니까?"

"미국 놈은 먹어 줄까?"

"먹을 건 모르지만 그놈들은 아무것이든 신기한 것과 과학이라는 데에는 머리를 싸매고 덤벼드는 놈이니깐 혹은 좋다 할지도 모르지요."

"글쎄……."

이러한 말을 주고받고 하다가 아무런 해결도 얻지 못하고 자고 말았네.

온정에는 한 달 남짓 묵었는데 박사의 ○○떡에 대한 집착은 조금도 줄지 않데그려. 그 지독한 집착심이야…… 이러구러 한

발가락이 닮았다

달 남짓 지난 뒤에 이제는 돌아가자고 온정을 출발해서 K역까지 왔다가 여기까지 온 이상에는 박사의 토지도 돌아볼 겸 C군까지 다녀가자는 의논이 생겨서 우리는 C군으로 갔었네그려.

양력 2월 초승인데 혹혹 쏘는 바람을 안고 자동차로 두 시간이나 흔들리면서 C군까지 가니간 정신이 다 없어지데. 눈이 보이지를 않고 다리가 뻣뻣하며 코가 굳어진 것 같고 몸의 혈액순환까지 멎은 것 같아. 그것을 겨우 자동차에서 내려서(면장 노릇하는) 박사의 사음의 집을 찾아갔지. 머리가 횡한 게 정신이 없는 것을 그 집을 찾아 들어가니간 반갑게 맞으면서 자기네들은 모두 건넌방으로 건너가며 큰방을 우리에게 내주어. 그래서 우리는 들어가서 다짜고짜로 자리를 펴고 누웠지.

방을 절절 끓여 놓고 두어 시간 자고 나니간 정신이 좀 들데. 박사도 그제야 정신이 드는지 부스스 일어나더니 토지를 돌아보러 나가자데그려. 세수들을 하고 옷을 든든히 차린 뒤에 사음의 아들을 불러서 앞세우고 그 집을 나서려는데 개가 한 마리 변소에서 뛰쳐나오면서 컹컹 짖겠지. 보니간 변소에서 똥을 먹고 있던 모양이라 입에 잔뜩 발라 가지고 그 더러운 입을 쩍쩍 벌리며 따라오데그려. 사음의 아들은 개를 쫓아 버리느라고 야단인데, 나는 박사에게 개도 ○○떡을 먹다가 온다고 그러니간 박사는 눈살을 잔뜩 찌푸리더니,

"에, 더러워! C군, 실험실과는 다르네. 이놈의 개, 오지 마라, 가!"

하며 슬슬 피하며 나가는 모양은 요절하겠데.

박사의 토지라는 것은 꽤 크데. 200 몇십 정보라는데 말은 쉽지만 눈으로 덮인 무연한 벌판인데 어디까지가 경계인지 좀체 모르겠데.

그것을 한번 다 돌아보고 사음의 집까지 돌아오니깐 벌써 저녁때가 되었어. 몸도 녹일 틈이 없이 저녁상을 들여왔데그려. 시장하던 김이라 상을 움켜안고 먹었지. 더구나 내가 좋아하는 개고기가 있데그려. 그래서 밥은 제쳐 놓고 개고기만 뜯어 먹고 있었지.

박사도 괜찮은 모양이야.

글쎄 한 달 남짓을 일본 여관에 묵느라고 고기는 맛까지 거의 잊게 되었네그려. 그런 판이니까 오래간만에 맛 나는 고기라 박사도 한참 고기만 뜯더니,

"C군."

하고 찾데그려.

"왜 그러십니까?"

"이런 시굴서도 암소를 잡는 모양이야."

"……?"

"고기 맛이 썩 부드러운데 암소 고기야."

"선생님 개고기올시다."

"개?"

"아까 그 짖던 개요. 돌아올 때는 안 보이지 않습디까?"

"아까 그, 그? 똥 먹던?"

"그럼요."

　　　　　　　　　발가락이 닮았다

박사는 덜컥 젓가락을 놓데그려. 그러더니 얼굴이 차차 하얘지더니 얼른 저편으로 돌아앉겠지. 그리고 흑흑 두어 번 숨을 들이쉬더니 왝 하고 모두 토해 버리데그려.

왜 그러십니까고 나도 먹던 것을 집어치우고 박사에게로 가서 잔등을 쓸어 주니까 가만있게, 가만있게 하면서 연하여 왝왝 소리를 내데그려. 그것을 한 십 분 동안이나 쓸어 주니간 좀 진정되는지,

"안됐네. 이것 주인 몰래 치우세."

하면서 손수 걸레로 모두 훔쳐서 문밖에 내놓기에 나는 그것을 집어다가 대문 밖에 멀리 내버리고 도로 들어오니간 박사는,

"에, 속이 편찮어. 야, 수남…… 야, 상 치워라."

하더니 베개를 내리고 벌떡 눕고 말데그려. 상을 치운 뒤에 사음이 불을 켜가지고 들어왔는데 박사는 돌아누운 대로 그냥 모른 체하기에 몸이 곤하신 모양이라고 사음을 내보내고 나도 베개를 내려서 드러누웠더니 한참 있다가 박사는 돌아누운 대로 찾아.

"C군."

"네?"

"개고기하고 돼지고기하고 어느 편이 더 더러울까?"

"글쎄 돼지가 더 더러울걸요."

"그럴까. 둘 다 마찬가지겠지. 마찬가지야, 소고기두 마찬가지구."

혼잣말같이 이렇게 중얼거리더니 또 잠잠해 버려. 나도 곤하

던 김이라 어느 틈에 잠이 들었는지 모르지. 좌우간 나는 입은 채로 잠이 들고 말았는데 아마 박사가 그렇게 한 게야. 자리를 모두 펴고 옷을 벗겨서 이불 속에 집어넣데그려. 내야 알 리가 있나. 이튿날 아침에 깨어서야 처음 알았지.

이튿날 아침 눈을 부스스 뜨니까 박사는 언제 깼는지 벌써 깨어 있다가 내가 눈을 뜨는 것을 보고, C군, 하데그려. 그래서 대답을 하니까,

"일인도 안 먹을 게야."

또 자다 주먹일세그려.

"네?"

"○○병은 일인도 안 먹을 게야. 목간물은 벌컥벌컥 먹어두."

"네, 아마……."

"돼지고긴 좋아두 개고긴 못 먹겠거든. 자네 개고기 잘 먹나?"

"육중문왕肉中文王입니다."

"그럴 게야."

하더니 한숨을 내쉬어.

그때부터 박사의 입에서는 ○○병의 문제는 없어졌네그려.

그 뒤에 집에 돌아와서도 박사는 ○○병의 문제는 집어치우고 전자와 원자의 관계의 연구를 쌓는 중이니깐 이제 언제 거기에 대한 무슨 발명이나 발견이 나올 테지. 그리고 이번 것은 그 ○○병과 같이 실패로 안 돌아가기를 나는 진심으로 바라네.

발가락이 닮았다

이것이 C가 들려준 바 K 박사의 연구의 성공에서 실패로 또다시 일전—轉하여 회개까지의 경로였다.

1929년 12월, 《신소설》

광염 소나타

독자는 이제 내가 쓰려는 이야기를, 유럽의 어떤 곳에 생긴 일이라고 생각하여도 좋다. 혹은 사십 오십 년 뒤에 조선을 무대로 생겨날 이야기라고 생각하여도 좋다. 다만, 이 지구상의 어떠한 곳에 이러한 일이 있었는지도 모르겠다. 있는지도 모르겠다. 혹은 있을지도 모르겠다. 가능성뿐은 있다―이만치 알아두면 그만이다.

그런지라, 내가 여기 쓰려는 이야기의 주인공 되는 백성수白性洙를 혹은 알벨트라 생각하여도 좋을 것이요 짐이라 생각하여도 좋을 것이요 또는 호모胡某나 기무라모木村某로 생각하여도 괜찮다. 다만 사람이라 하는 동물을 주인공 삼아 가지고 사람의 세상에서 생겨난 일인 줄만 알면…….

이러한 전제로써, 자 그러면 내 이야기를 시작하자.

◆

"기회(찬스)라 하는 것이 사람을 망하게도 하고 흥하게도 하는 것을 아시오?"

"네, 새삼스러이 연구할 문제도 아닐걸요."

"자, 여기 어떤 상점이 있다 합시다. 그런데 마침 주인도 없고 사환도 없고 온통 비었을 적에 우연히 그 앞을 지나가던 신사가—그 신사는 재산도 있고 명망도 있는 점잖은 사람인데— 그 신사가 빈 상점을 들여다보고 혹은 이렇게 생각할 수도 있지 않아요? 통 비었으니깐 도적놈이라도 넉넉히 들어갈 게다, 들어가서 훔치면 아무도 모를 테다. 집을 왜 이렇게 비워 둔담…… 이런 생각 끝에 혹은 그 그 뭐랄까 그 돌발적 변태 심리로써 조그만 물건 하나(변변치도 않고 욕심도 안 나는)를 집어서 주머니에 넣는 경우가 있을지도 모르지 않겠습니까?"

"글쎄요."

"있습니다, 있어요."

어떤 여름날 저녁이었다. 도회를 떠난 교외 어떤 강변에 두 노인이 앉아서 이런 이야기를 하고 있었다. 그 기회론을 주장하는 사람은 유명한 음악비평가 K씨였다. 듣는 사람은 사회 교화자의 모씨였다.

"글쎄 있을까요?"

"있어요. 좌우간 있다 가정하고 그러한 경우에는 그 책임은 어디 있습니까?"

"동양 속담말에 외밭서는 신끈도 다시 매지 말랬으니 그 신사가 책임을 질까요?"

"그래 버리면 그뿐이지만 그 신사는 점잖은 사람으로서 그런 절대적 기묘한 찬스만 아니더라면 그런 마음은커녕 염도 내지도 않을 사람이라 생각하면 어찌 됩니까?"

"……."

"말하자면 죄는 '기회'에 있는데 '기회'라는 무형물은 벌은 할수가 없으니깐 그 신사를 가해자로 인정할 수밖에는 지금은 없지요."

"그렇습니다."

"또 한 가지─사람의 천재라 하는 것도 경우에 따라서는 어떤 '기회'가 없으면 영구히 안 나타나고 마는 일이 있는데, 그 '기회'란 것이 어떤 사람에게서 그 사람의 '천재'와 '범죄 본능'을 한꺼번에 끌어내었다면 우리는 그 '기회'를 저주하여야겠습니까 축복하여야겠습니까?"

"글쎄요."

"선생은 백성수라는 사람을 아시오?"

"백성수? 자, 기억이 없는데요."

"작곡가로서 그─"

"네, 생각납니다. 유명한 '광염狂炎 소나타'의 작가 말씀이지요?"

"네, 그 사람이 지금 어디 있는지 아십니까?"

"모릅니다. 뭐 발광했단 말이 있었는데─"

"네, 지금 ××정신병원에 감금돼 있는데 그 사람의 일대기를 이야기할게 들으시고 사회 교화자로서의 의견을 말씀해 주십쇼."

◆

발가락이 닮았다

내가 이제 이야기하려는 백성수의 아버지도 또한 천분 많은 음악가였습니다. 나와는 동창생이었는데 학생 시대부터 벌써 그의 천분은 넉넉히 볼 수가 있었습니다. 그는 작곡과를 전공하였는데 때때로 스스로 작곡을 하여서는 밤중에 혼자서 피아노를 두드리고 하여서 우리들로 하여금 뜻하지 않고 일어나게 하고 하였습니다. 그리고 우리는 그 밤중에 울리어 오는 야성적 선율에 몸을 소스라치고 하였습니다.

그는 야인野人이었습니다. 광포스러운 야성은 때때로 비위에 틀리면 선생을 두들기기가 예사이며 우리 학교 근처의 술집이며 모든 상점 주인들은 그에게 매깨나 안 얻어맞은 사람이 없었습니다. 그러한 야성은 그의 음악 속에 풍부히 잠겨 있어서 오히려 그 야성적 힘이 그의 예술을 더 빛나게 하는 것이었습니다.

그러나 그가 학교를 졸업하고 난 뒤에는 그 야성은 다른 곳으로 발전되고 말았습니다. 술! 술! 무서운 술이었습니다. 아침부터 저녁까지, 저녁부터 아침까지, 술잔이 그의 입에서 떠나지를 않았습니다. 그리고 술을 먹고는 여편네들에게 행패를 하고, 경찰서에 구류를 당하고, 나와서는 또 같은 일을 하고…….

작품? 작품이 다 무엇이외까. 술을 먹은 뒤에 취흥에 겨워 때때로 피아노에 앉아서 즉흥으로 탄주를 하고 하였는데 지금 생각하면 그 귀기鬼氣가 사람을 엄습하는 힘과 야성(베토벤 이래로 근대 음악가에서 발견할 수 없던) 그런 보물이라 하여도 좋을 것이 많았지만 우리들은 각각 제 길 닦기에 바쁜 사람이라 주정꾼의 즉흥악을 일일이 베껴 둔다든가 그런 일은 꿈에도 생각하지 않았습니다.

우리들은 그의 장래를 생각하여 때때로 술을 삼가기를 권고하였지만 그런 야인에게 친구의 권고가 무슨 소용이 있겠습니까.

"술? 술은 음악이다!"

하고는 하하하하 웃어 버리고 다시 술집으로 달아나고 합니다.

그러한 지 칠팔 년이 지난 뒤에 그는 아주 폐인이 되고 말았습니다. 술이 안 들어가면 그의 손은 떨렸습니다. 눈에는 눈곱이 꼈습니다. 그리고 술이 들어가면, 술이 들어가면 그는 그 광포성을 발휘하였습니다. 누구를 물론하고 붙잡고는 입에 술을 부어 넣어 주었습니다. 그러다가는 장소를 불문하고 아무 데나 누워서 잡니다.

사실 아까운 천재였습니다. 우리들 새에는 때때로 그의 천분을 생각하고 아깝게 여기는 한숨이 있었지만 세상에서는 그 '장래가 무서운 한 천재'가 있었다는 것은 몰랐었습니다.

그러는 동안에는 그는 어떤 양가의 처녀를 어떻게 관계를 맺어서 애까지 뱄습니다. 그러나 그 애의 출생을 보지 못하고 아깝게도 심장마비로 죽어 버리고 말았습니다.

그 유복자로 세상에 나온 것이 백성수였습니다.

그러나 우리는 백성수가 세상에 출생되었다는 풍문만 들었지, 그 애 아버지가 죽은 뒤부터는 그 애의 소식이며 그 애 어머니의 소식은 일절 몰랐습니다. 아니, 몰랐다는 것보다, 그 집안의 일은 우리의 머리에서 온전히 잊어버리고 말았습니다.

◆

　삼십 년이라는 세월이 흘렀습니다.

　십 년이면 산천도 변한다 하는데 삼십 년 새의 변천을 어찌
이루 다 말하겠습니까. 좌우간 그동안에 나는 내 이름을 닦아
놓았습니다. 아시다시피 지금 K라 하면 이 나라에서 첫 손가락
을 꼽는 음악비평가가 아닙니까. 견실한 지도적 비평가 K라면
이 나라의 음악계의 권위이며, 이 나의 한마디는 음악가의 가치
를 결정하는 판결문이라 하여도 옳을 만치 되었습니다. 많은 음
악가가 내 손 아래서 자랐으며 많은 음악가가 내 지도로써 이름
을 날렸습니다.

◆

　재작년 이른 봄 어떤 날이었습니다.

　그때 나는 조용한 밤중의 몇 시간씩을 ○○예배당에 가서 명
상으로 시간을 보내는 것이 습관이 되어 있었습니다. 언덕 위에
홀로 서 있는 집으로서 조용한 밤중에 혼자 앉아 있노라면 때때
로 들보에서 놀라 깬 비둘기의 날개 소리와 간간이 기둥에서 뚝
뚝 하는 소리밖에는 아무 소리도 들리지 않는, 말하자면 나 같
은 괴상한 성미를 가진 사람이 아니면 돈을 주면서 들어가래도

들어가지 않을 음침한 집이었습니다. 그러나 나 같은 명상을 즐기는 사람에게는 다른 데서 구하기 힘들도록 온갖 것을 가진 집이었습니다. 외따로고 조용하고 음침하며 간간이 알지 못할 신비한 소리까지 들리며 멀리서는 때때로 놀란 듯한 기적汽笛 소리도 들리는…… 이것뿐으로도 상당한데, 게다가 이 예배당에는 피아노도 한 대 있었습니다. 예배당에는 오르간은 있을지나 피아노가 있는 곳은 쉽지 않은 것으로서 무슨 흥이나 날 때에는 피아노에 가서 한 곡조 두드리는 재미도 또한 괜찮았습니다.

그날 밤도 (아마 두 시는 지났을걸요) 그 예배당에서 혼자서 눈을 감고 조용한 맛을 즐기고 있노라는데, 갑자기 저편 아래에서 재재 하는 소리가 납디다. 그래서 눈을 번쩍 뜨니까 화광이 충천하였는데, 내다보니까 언덕 아래 어떤 집이 불이 붙으며 사람들이 왔다 갔다 야단이었습니다.

이렇게 말하면 어떨지 모르지만 그다지 멀지 않은 곳에서 불붙는 것을 바라보는 맛도 괜찮은 것이었습니다. 일어서는 불길이며 퍼져 나가는 연기, 불씨의 날아나는 양, 그 가운데 거뭇거뭇 보이는 기둥, 집의 송장, 재재거리는 사람의 무리, 이런 것은 어떻게 생각하면 과연 시도 될지며 음악도 될 것이었습니다. 옛날에 네로가 로마의 불붙는 것을 바라보면서, 자기는 비파를 들고 노래를 하였다는 것도 음악가의 견지로 보면 그다지 나무랄 것이 아니었습니다.

나도 그때에 그 불을 보고 차차 흥이 났습니다.

……네로를 본받아서 나도 즉흥으로 한 곡조 두드려 볼까. 어

렴풋이 이런 생각을 하며 나는 그 불을 정신없이 바라보고 있었습니다.

그때였습니다. 갑자기 덜컥덜컥 하는 소리가 들리더니 예배당 문이 열리며 웬 젊은 사람이 하나 낭패한 듯이 뛰어 들어왔습니다. 그리고 무엇에 놀란 사람같이 두리번두리번 사면을 살피더니 그래도 내가 있는 것은 못 보았는지 저편에 있는 창 안에 가서 숨어 서서 아래서 붙는 불을 내다봅니다.

나도 꼼짝을 못 하였습니다. 좌우간 심상스러운 사람은 아니요 방화범이나 도적으로밖에는 인정할 수 없지 않겠습니까? 그래서 꼼짝을 못 하고 서 있노라니까 그 사람은 한숨을 쉽니다. 그리고 맥없이 두 팔을 늘이고 도로 나가려고 발을 떼려다가 자기 곁에 피아노가 놓인 것을 보더니 교의를 끌어다 놓고 피아노 앞에 주저앉고 말겠지요. 나도 거기는 그만 직업적 흥미에 끌렸습니다. 그래서 무엇을 하나 보자 하고 있노라니까 뚜껑을 열더니 한 번 뚱 하고 시험을 해보아요. 그리고 조금 있더니 다시 뚱 뚱 하고 시험을 해보겠지요.

이때부터 그의 숨소리가 차차 높아 가기 시작했습니다. 씩씩거리며 몹시 흥분된 사람같이 몸을 떨다가 벼락같이 양 손을 키 위에 갖다가 덮었습니다. 그다음 순간으로 C샤프 단음계의 알레그로가 시작되었습니다.

처음에는 다만 흥미로써 그의 모양을 엿보고 있던 나는 그 알레그로가 울리어 나오는 순간 마음은 끝까지 긴장되고 흥분되었습니다.

그것은 순진한 야성적 음향이었습니다. 음악이라 하기에는 너무 힘 있고 무기교無技巧였습니다. 그러나 음악이 아니라기에는 거기는 너무 괴롭고도 무겁고 힘 있는 '감정'이 들어 있었습니다. 그것은 마치 야반의 종소리와도 같이 사람의 마음을 무겁고 음침하게 하는 음향인 동시에 맹수의 부르짖음과 같이 사람으로 하여금 소름 돋치게 하는 무서운 감정의 발현이었습니다. 아아 그 야성적 힘과 남성적 부르짖음, 그 아래 감추어 있는 침통한 주림과 아픔, 순박하고도 아무 기교가 없는 그 표현!

나는 덜석 그 자리에 주저앉고 말았습니다. 그리고 음악가의 본능으로써 뜻하지 않고 주머니에서 오선지와 연필을 꺼내었습니다. 피아노의 울리어 나아가는 소리에 따라서 나의 연필은 오선지 위에서 뛰놀았습니다.

좀 급속도로 시작된 빈곤, 거기 연하여 주림, 꺼져 가는 불꽃과 같은 목숨, 그러한 것을 지나서 한참 연속되는 완서조緩徐調의 압축된 감정, 갑자기 튀어져 나오는 광포, 거기 연한 쾌미快味 홍소哄笑— 이리하여 주화조主和調로서 탄주는 끝이 났습니다. 더구나 그 속에 나타나 있는 압축된 감정이며 주림 또는 맹렬한 불길 등이 사람의 마음에 주는 그 처참함이며 광포성은 나로 하여금 아직 '문명'이라 하는 것의 은택에 목욕하여 보지 못한 야인을 연상케 하였습니다.

탄주가 다 끝이 난 뒤에도 나는 정신을 못 차리고 망연히 앉아 있었습니다. 물론 조금이라도 음악의 소양이 있는 사람일 것 같으면 이제 그 소나타를 음악에 대하여 정통으로 아무러한 수

발가락이 닮았다

양도 받지 못한 사람이 다만 자기의 천재적 즉흥뿐으로 탄주한 것임을 알 것입니다. 해결이 없이 감칠도화현減七度和絃이며 증육도화현增六度和絃을 범벅으로 섞어 놓았으며 금칙禁則인 병행오팔도並行五八度까지 집어넣은 것으로서, 더구나 스케르초는 온전히 뽑아 먹은, 대담하다면 대담하고 무식하다면 무식하달 수도 있는 방분 자유한 소나타였습니다.

이때에 문득 내 머리에 떠오른 것은 삼십 년 전에 심장마비로 죽은 백○○였습니다. 그의 음악으로서 만약 정통적 훈련만 뽑고 거기다가 야성을 더 집어넣으면 지금 내 눈앞에 있는 그 음악가의 것과 같은 것이 될 것이었습니다. 귀기가 사람을 엄습하는 듯한 그 힘과 방분스러운 표현과 야성—이것은 근대 음악가에게 구하기 힘든 보물이었습니다.

그 소나타에 취하여 한참 정신이 어리둥절히 앉았던 나는 고즈넉이 일어서서, 그 피아노 앞에 가서 그의 어깨에 가만히 손을 얹었습니다. 한 곡조를 타고 나서 아주 곤한 듯이 정신이 없이 앉아 있던 그는 펄떡 놀라며 일어서서 내 얼굴을 보았습니다.

"자네 몇 살 났나?"

나는 그에게 이렇게 첫말을 물었습니다. 가슴이 답답한 나로서는 이런 말밖에는 갑자기 다른 말이 생각 안 났습니다. 그는 높은 창에서 들어오는 달빛을 받고 있는 내 얼굴을 한순간 쳐다보고 머리를 돌이키고 말았습니다.

"배고프나?"

나는 두 번째 그에게 물었습니다.

그는 시끄러운 듯이 벌떡 일어섰습니다. 그리고 달빛이 비친 내 얼굴을 정면으로 바라보다가,

"아, K선생님 아니세요?"

하면서 나를 붙들었습니다. 그래서 그렇노라고 하니깐,

"사진으로는 늘 봤습니다마는……."

하면서 다시 맥없이 나를 놓으며 머리를 돌렸습니다.

그 순간, 그가 머리를 돌이키는 순간 달빛에 얼핏, 나는 그의 얼굴을 처음으로 보았습니다. 그리고 나는 거기서 뜻밖에 삼십 년 전에 죽은 벗 백○○의 모습을 발견하였습니다.

"자, 자네 이름이 뭔가?"

"백성수……."

"백성수? 그 백○○의 아들이 아닌가. 삼십 년 전에, 자네가 나오기 전에 세상 떠난……."

그는 머리를 번쩍 들었습니다.

"네? 선생님 어떻게 아세요?"

"백○○의 아들인가? 같이두 생겼다. 내가 자네의 아버지와 동창이네. 아아, 역시 그 애비의 아들이다."

그는 한숨을 길게 쉬며 머리를 수그려 버렸습니다.

◆

나는 그날 밤 그 백성수를 데리고 집으로 돌아왔습니다. 그리고 비록 작곡상 온갖 법칙에는 어그러진다 하나 그만치 힘과 정

　　　　　　　　　　　　발가락이 닮았다

열과 야성으로 찬 소나타를 거저 버리기가 아까워서 다시 한번 피아노에 올라앉기를 명하였습니다. 아까 예배당에서 내가 베긴 것은 알레그로가 거의 끝난 곳부터였으므로 그 전 것을 베끼기 위해서였습니다.

그는 피아노를 향하여 앉아서 머리를 기울였습니다. 몇 번 손으로 키를 두드려 보다가는 다시 머리를 기울이고 생각하고 하였습니다. 그러나 다섯 번 여섯 번을 다시 하여 보았으나 아무 효과도 없었습니다. 피아노에서 울려 나오는 음향은 규칙 없고 되지 않은 한낱 소음騷音에 지나지 못하였습니다. 야성? 힘? 귀기? 그런 것은 없었습니다. 감정의 재뿐이 있었습니다.

"선생님, 잘 안 됩니다."

그는 부끄러운 듯이 연하여 고개를 기울이며 이렇게 말하였습니다.

"두 시간도 못 되어서 벌써 잊어버린담?"

나는 그를 밀어 놓고 내가 대신하여 피아노 앞에 앉아서 아까 베긴 그 음보를 펴놓았습니다. 그리고 내가 베긴 곳부터 다시 시작하였습니다.

화염! 화염! 빈곤, 주림, 야성적 힘, 기괴한 감금당한 감정! 음보를 보면서 타던 나는 스스로 흥분이 되었습니다. 미상불 그때는 내 눈은 미친 사람같이 번득였으며 얼굴은 흥분으로 새빨갛게 되었을 것이었습니다.

즉 그때에 그가 갑자기 달려들더니 나를 떠밀쳐 버렸습니다. 그리고 자기가 대신하여 앉았습니다.

의자에서 떨어진 나는 너무 흥분되어 다시 일어날 힘도 없이 그 자리에 앉은 대로 그의 양을 쳐다보았습니다. 그는 나를 밀쳐 버린 다음에 그 음보를 들고서 읽기 시작하였습니다. 아아 그의 얼굴! 그의 숨소리가 차차 높아지면서 눈은 미친 사람과 같이 빛을 내기 시작하였습니다. 그러더니 그 음보를 홱 내어던지며 문득 벼락같이 그의 두 손은 피아노 위에 덧엎혔습니다.

'C샤프 단음계'의 광포스러운 '소나타'는 다시 시작되었습니다. 폭풍우같이 또는 무서운 물결같이 사람으로 하여금 숨 막히게 하는 그 힘, 그것은 베토벤 이래로 근대 음악가에서 보지 못하던 광포스러운 야성이었습니다. 무섭고도 참담스러운 주림, 빈곤, 압축된 감정, 거기서 튀어져 나온 맹염猛炎, 공포, 홍소— 아아 나는 너무 숨이 답답하여 뜻하지 않고 두 손을 홰홰 내저었습니다.

◆

그날 밤이 새도록, 그는 흥분이 되어서 자기의 과거를 일일이 다 이야기하였습니다. 그 이야기에 의지하면 대략 그의 경력이 이러하였습니다.

그의 어머니는 그를 밴 뒤에 곧 자기의 친정에서 쫓겨 나왔습니다.

그때부터 그의 가난함은 시작되었습니다.

그러나 교양이 있고 어진 그의 어머니는 품팔이를 할지언정

성수는 곱게 길렀습니다. 변변치는 않으나마 오르간 하나를 준비하여 두고, 그가 잠자렬 때에는 슈베르트의 〈자장가〉로써 그의 잠을 도왔으며 아침에 깰 때는 하루 종일 유쾌히 지내게 하기 위하여 도 랜드의 〈세컨드 왈츠〉로써 그의 원기를 돋우었습니다.

그는 세 살 났을 적에 어머니의 품에 안겨서 오르간을 장난하여 보았습니다. 이 오르간을 장난하는 것을 본 어머니는 근근이 돈을 모아서 그가 여섯 살 나는 해에 피아노를 하나 샀습니다.

아침에는 새소리, 바람에 버석거리는 포플러잎, 어머니의 사랑, 부엌에서 국 끓는 소리, 이러한 모든 것이 이 소년에게는 신비스럽고도 다정스러워 그는 피아노에 향하여 앉아서 생각나는 대로 키를 두드리고 하였습니다.

이러한 가운데 고이 소학과 중학도 마치었습니다. 그러는 동안에 음악에 대한 동경은 그의 가슴에 터질 듯이 쌓였습니다.

중학을 졸업한 뒤에는 인젠 어머니를 위하여 그는 학업을 중지하지 않을 수가 없었습니다. 그는 어떤 공장의 직공이 되었습니다. 그러나 어진 어머니의 교육 아래서 길러난 그는 비록 직공은 되었다 하나 아주 온량한 사람이었습니다.

그리고 음악에 대한 집착은 조금도 줄지 않았습니다. 비록 돈이 없어서 정식으로 음악 교육은 못 받을망정 거리에서 손님을 끄느라고 틀어 놓은 유성기 앞이며 또는 일요일날 예배당에서 찬양대의 노래에 젊은 가슴을 뛰놀리던 그였습니다. 집에서는 피아노 앞을 떠나 본 일이 없었습니다.

때때로 비상한 감흥으로 오선지를 내어놓고 음보를 그려 본 적도 한두 번이 아니었습니다. 그러나 이상한 것은 그만치 뛰놀던 열정과 터질 듯한 감격도 음보로 그려 놓으면 아무 긴장도 없는 싱거운 음계가 되어 버리고 하였습니다. 왜? 그만치 천분이 있고 그만치 열정이 있던 그에게서 왜 그런 재와 같은 음악만 나왔느냐고 물으실 테지요. 거기 대하여서는 이따가 설명하리다.

감격과 불만, 열정과 재, 비상한 흥분과 그 흥분에 대한 반비례되는 시원치 않은 결과 이러한 불만의 십 년이 지났습니다.

◆

그의 어머니는 문득 몹쓸 병에 걸렸습니다.

자양과 약값, 그의 몇 해를 근근이 모았던 돈은 차차 줄기 시작하였습니다. 조금이라도 안락한 생활이 되기만 하면 정식으로 음악에 대한 교육을 받으려고 모아 두었던 저금은 그의 어머니의 병에 다 들어갔습니다. 그러나 그의 어머니의 병은 차도가 보이지 않았습니다.

그리하여, 그와 내가 그 예배당에서 만나기 전 해 여름 어떤 날, 그의 어머니는 도저히 회복할 가망이 없는 중태에까지 빠지게 되었습니다. 그러나 그때는 벌써 그에게는 돈이라고는 다 떨어진 때였습니다.

그날 아침, 그는 위독한 어머니를 버려두고 역시 공장에를 갔습니다. 그러나 아무리 하여도 마음이 놓이지 않아서 일을 중도에 그만두고 집으로 돌아왔습니다. 그때는 어머니는 벌써 혼수 상태에 빠져 있었습니다. 가슴이 덜컥 내려앉은 그는 황급히 다시 뛰어나갔습니다. 그러나 어디로? 무얼 하러? 뜻없이 뛰어나와서 한참 달음박질하다가, 그는 문득 정신을 차리고 의사라도 청할 양으로 히끈* 돌아섰습니다.

그때였습니다. 아까 내가 말한 바 '기회'라는 것이 그때에 그의 앞에 나타났습니다. 그것은 조그만 담뱃가게 앞이었는데 가게와 안방과의 새의 문은 닫혀 있고 안에는 미상불 사람이 있을지나 가게를 보는 사람은 눈에 안 띄었습니다. 그리고 그 담배 상자 위에는 오십 전짜리 은전 한 닢과 동전 몇 닢이 놓여 있었습니다.

그는 자기로도 무엇을 하는지 몰랐습니다. 의사를 청하여 오려면, 다만 몇십 전이라도 돈이 있어야겠단 어렴풋한 생각만 가지고 있던 그는, 한번 사면을 살핀 뒤에 벼락같이 그 돈을 쥐고 달아났습니다.

그러나 그는 이십 간도 뛰지 못하여 따라오는 그 집 사람에게 붙들렸습니다.

그는 몇 번을 사정하였습니다. 마지막에는 자기의 어머니가 명재경각이니, 한 시간만 놓아 주면 의사를 어머니에게 보내고 다시 오마고까지 하여 보았습니다. 그러나, 그런 말은 모두 헛소리로 돌아가고, 그는 마침내 경찰서로 가게 되었습니다.

* 얼른. 시간을 끌지 아니하고 바로.

경찰서에서 재판소로 재판소에서 감옥으로— 이러한 여섯 달 동안에 그는 이를 갈면서 분해 하였습니다. 자기 어머니의 운명이 어찌 되었나. 그는 손과 발을 동동 구르면서 안타까워했습니다. 만약 세상을 떠났다 하면 떠나는 순간에 얼마나 자기를 찾았겠습니까. 임종에도 물 한 잔 떠넣어 줄 사람이 없는 어머니였습니다. 애타 하는 그 모양, 목말라 하는 그 모양을 생각하고는 그 어머니에게 지지 않게 자기도 애타 하고 목말라 했습니다.

반년 뒤에 겨우 광명한 세상에 나와서 자기의 오막살이를 찾아가매 거기는 벌써 다른 사람이 들어 있었으며 그의 어머니는 반년 전에 아들을 찾으며 길에까지 기어나와서 죽었다 합니다.

공동묘지를 가보았으나 분묘조차 발견할 수가 없었습니다.

이리하여 갈 곳이 없이 헤매던 그는 그날도 역시 잘 곳을 찾으러 헤매다가 그 예배당(나하고 만난)까지 뛰어 들어온 것이었습니다.

◆

여기까지 이야기해 오던 K씨는 문득 말을 끊었다. 그리고 마도로스 파이프를 꺼내어 담배를 피워 가지고 빨면서 모씨에게 향하였다.

"선생은 이제 내가 이야기한 가운데 모순된 점을 발견 못 하셨습니까?"

"글쎄요."

발가락이 닮았다

"그럼 내가 대신 물으리다. 백성수는 그만치 천분이 많은 음악가였었는데 왜 그 광염 소나타(그날 밤의 소나타를 '광염 소나타'라고 그랬습니다)를 짓기 전에는 그만치 흥분되고 긴장되었다가도 일단 음보로 만들어 놓으면 아주 힘없는 것이 되어 버리고 했겠습니까?"

"그게야 미상불 그때의 흥분이 '광염 소나타'를 지을 때의 흥분만 못한 연고겠지요."

"그렇게 해석하세요? 듣고 보니 그것은 한 해석이 되기는 합니다. 그러나 나는 그렇게 해석 안 하는데요."

"그럼 K씨는 어떻게 해석하십니까?"

"나는, 아니, 내 해석을 말하는 것보다 그 백성수한테서 내게로 온 편지가 한 장 있는데, 그것을 보여 드리리다. 선생은 오늘 바쁘시지 않으세요?"

"일은 없습니다."

"그러면 우리 집까지 잠깐 같이 가보실까요?"

"가지요."

두 노인은 일어섰다.

도회와 교외의 경계에 달린 K씨의 집에까지 두 노인이 이른 때는 오후 너덧 시가 된 때였다.

두 노인은 K씨의 서재에 마주 앉았다.

"이것이 이삼 일 전에 백성수한테서 내게로 온 편지인데 읽어 보세요."

K씨는 서랍에서 기다란 편지 뭉치를 꺼내어 모씨에게 주었다.

모씨는 받아서 폈다.

"가만, 여기서부터 보세요. 그전에는 쓸데없는 인사이니까."

◆

……(중략) 그리하여 그날도 또한 이제 밤을 지낼 집을 구하느라고 돌아다니던 저는 우연히 그 집, 제가 전에 돈 오십여 전을 훔친 집 앞에까지 이르렀습니다. 깊은 밤 사면은 고요한데 그 집 앞에서 잘 곳을 구하느라고 헤매던 저는 문득 마음속에 무서운 복수의 생각이 일어났습니다. 이 집만 아니었더면, 이 집 주인이 조금만 인정이라는 것을 알았더면, 저는 그 불쌍한 제 어머니로서 길에까지 기어나와서 세상을 떠나게 하지는 않았겠습니다. 분묘가 어디인지조차 알지 못하여 꽃 한번 갖다가 꽂아 보지 못한 이러한 불효도 이 집 때문이외다. 이러한 생각에 참지를 못하여, 그 집 앞에 가려 있는 볏짚에다가 불을 놓았습니다. 그리고 거기 서서 불이 집으로 옮아가는 것을 다 본 뒤에 갑자기 무서운 생각이 나서 달아났습니다.

좀 달아나다 보매 아래서는 벌써 사람이 꾀어들기 시작한 모양인데 이때에 저의 머리에 타오르는 생각은 통쾌하다는 생각과 달아나려는 생각뿐이었습니다. 그리하여 저는 몸을 숨기기 위하여 앞에 보이는 예배당 안으로 뛰어들어갔습니다.

거기서 불이 다 꺼지도록 구경을 한 뒤에 나오려다가 피아노를 보고……

202   발가락이 닮았다

"이 보세요."

K씨는 편지를 보는 모씨를 찾았다.

"비상한 열정과 감격은 있어두 그것이 그대로 표현 안 된 것이 그것 때문이었습니다. 즉 성수의 어머니는 몹시 어진 사람으로서 어렸을 때부터 성수의 교육을 몹시 힘을 들여서 착한 사람이 되도록, 이렇게 길렀습니다그려. 그 어진 교육 때문에 그가 하늘에서 타고난 광포성과 야성이 표면상에 나타나지를 못하였습니다. 그 타오르는 야성적 열정과 힘이 음보音譜로 그려 놓으면 아주 힘없는, 말하자면 김빠진 술과 같이 되고 하는 것이 모두 그 때문이었습니다그려. 점잖고 어진 교훈이, 그의 천분을 못 발휘하게 한 셈이지요."

"흠."

"그것이, 그 사람 성수가, 감옥 생활을 할 동안에 한번 씻기기는 하였으나, 그러나 사람의 교양이라 하는 것은 온전히 씻지는 못하는 것이외다.

그러다가, 그 '원수'의 집 앞에서 갑자기, 말하자면 돌발적으로 야성과 광포성이 나타나서 불을 놓고 예배당 안에 숨어 서서 그 야성적 광포적 쾌미를 한껏 즐긴 다음에, 그에게서 폭발하여 나온 것이 그 '광염 소나타'였구려.

일어서는 불길, 사람의 비명, 온갖 것을 무시하고 퍼져 나가는 불의 세력— 이런 것은 사실 야성적 쾌미 가운데 으뜸이 되는 것이니깐요."

"……."

"아셨습니까. 그러면 그다음에 그 편지의 여기부터 또 보세요."

✦

……(중략) 저는 그날의 일이 아직 눈앞에 어리는 듯하외다. 선생님이 저를 세상에 소개하시기 위하여 늙으신 몸이 몸소 피아노에 앉으셔서 초대한 여러 음악가들 앞에서 제 '광염 소나타'를 탄주하시던 그 광경은 지금 생각하여도 제 눈에서 눈물이 나오려 합니다. 그때에 그 손님 가운데 부인 손님 두 분이 기절을 한 것은 결코 '광염 소나타'의 힘뿐이 아니고 선생의 그 탄주의 힘이 많이 섞인 것을 뉘라서 부인하겠습니까. 그 뒤에 여러 사람 앞에 저를 내어세우고,

"이 사람이 '광염 소나타'의 작자이며 삼십 년 전에 우리를 버려두고 혼자 간 일대의 귀재 백○○의 아들이외다."

고 소개를 하여 주신 그때의 그 감격은 제 일생에 어찌 잊사오리까.

그 뒤에 선생님께서 저를 위하여 꾸며 주신 방도 또한 제 마음에 가장 맞는 방이었습니다. 널따란 북향 방에 동남쪽 귀에 든든한 참나무 침대가 하나, 서북쪽 귀에 아무 장식 없는 참나무 책상과 의자, 피아노가 하나씩, 그 밖에는 방 안에 장식이라

고는 서남쪽 벽에 커다란 거울이 하나 있을 뿐, 덩더렇게 넓은 방은 사실 밤에 전등 아래 앉아 있노라면 저절로 소름이 끼치도록 무시무시한 방이었습니다. 게다가 방 안은 모두 꺼먼 칠을 하고, 창 밖에는 늙은 홰나무의 고목이 한 그루 서 있는 것도 과연 귀기가 돌았습니다. 이러한 가운데서 선생님은 저로 하여금 방분스러운 음악을 낳도록 애써 주셨습니다.

저도 그런 환경 아래서 좋은 음악을 낳아 보려고 얼마나 애를 썼겠습니까. 어떤 날 선생님께 작곡에 대한 계통적 훈련을 원할 때에 선생님은 이렇게 대답하셨습니다.

"자네에게는 그러한 교육이 필요가 없어. 마음대로 나오는 대로 하게. 자네 같은 사람에게 계통적 훈련이 들어가면 자네의 음악은 기계화해 버리고 말아. 마음대로 온갖 규칙과 규범을 무시하고 가슴에서 터져 나오는 대로……."

저는 이 말씀의 뜻을 똑똑히는 몰랐습니다. 그러나 대략한 의미뿐은 통하였습니다. 그리하여 저는 마음대로 한껏 자유스러운 음악의 경지를 개척하려 하였습니다.

그러나 그동안에 제가 산출한 음악은 모두 이상히도 저의 이전(제 어머니가 아직 살아 계실 때)의 것과 마찬가지로 아무러한 힘도 없는 음향의 유희에 지나지 못하였습니다.

저는 얼마나 초조하였겠습니까. 때때로 선생님께서 채근 비슷이 하시는 말씀은 저로 하여금 더욱 초조하게 하였습니다. 그리고 마음이 초조하면 초조할수록 제게서 생겨나는 음악은 더욱 나약한 것이 되었습니다.

저는 때때로 그 불붙던 광경을 생각하여 보았습니다. 그리고 그때에 통쾌하던 감정을 되풀이하여 보려 하였습니다. 그러나 그것 역시 실패에 돌아갔습니다.

때때로 비상한 열정으로 음보를 그려 놓은 뒤에 몇 시간을 지나서 다시 한번 읽어 보면 거기는 아무 힘이 없는 개념만 있고 하였습니다.

저의 마음은 차차 무거워지기 시작하였습니다. 그리고 큰 기대를 가지고 계신 선생님께도 미안하기가 짝이 없었습니다.

"음악은 공예품과 달라서 마음대로 만들고 싶은 때에 되는 것이 아니니 마음 놓고 천천히 감흥이 생긴 때에……."

이러한 선생님의 위로의 말씀이 듣기가 제 살을 깎아 먹는 듯하였습니다. 그러나 제 마음상은 인제는 제게서 다시 힘 있는 음악이 나올 기회가 없는 것같이만 생각되었습니다.

이러는 동안에 무위의 몇 달이 지났습니다.

어떤 날 밤중, 가슴이 너무 무겁고 가슴속에 무엇이 가득 찬 것같이 거북하여서, 저는 산보를 나섰습니다. 무거운 머리와 무거운 가슴과 무거운 다리를 지향 없이 옮기면서 돌아다니다가 저는 어떤 곳에서 커다란 볏짚 낟가리를 발견하였습니다.

이때의 저의 심리를 어떻게 형용하였으면 좋을지 저는 모르겠습니다. 저는 무슨 무서운 적敵을 만난 것같이 긴장되고 흥분되었습니다. 저는 사면을 한번 살펴보고, 그 낟가리에 달려가서 불을 그어서 놓았습니다. 그리고 갑자기 무서움증이 생겨서 돌아서서 달아나다가, 멀찌가니까지 달아나서 돌아보니까, 불길은

발가락이 닮았다

벌써 하늘을 찌를 듯이 일어났습니다. 왁, 왁, 꺄, 꺄, 사람들이 부르짖는 소리도 들렸습니다. 저는 다시 그곳까지 가서, 그 무서운 불길에 날아 올라가는 볏짚이며, 그 낟가리에 연달아 있는 집을 헐어 내는 광경을 구경하다가 문득 흥분되어서 집으로 돌아왔습니다.

그날 밤에 된 것이 〈성난 파도〉였습니다.

그 뒤에 이 도회에서 일어난, 알지 못할 몇 가지의 불은, 모두 제가 질러 놓은 것이었습니다. 그리고, 불이 있던 날 밤마다 저는 한 가지의 음악을 얻었습니다. 며칠을 연하여 가슴이 몹시 무겁다가 그것이 마침내 식체와 같이 거북하고 답답하게 되는 때는 저는 뜻 없이 거리를 나갑니다. 그리고 그러한 날은 한 가지의 방화 사건이 생겨나며 그날 밤에는 한 곡의 음악이 생겨났습니다.

◆

그러나 그것도 번수가 차차 많아 갈 동안, 저의, 그 불에 대한 흥분은 반비례로 줄어졌습니다. 온갖 것을 용서하지 않는 불꽃의 잔혹함도, 그다지 제 마음을 긴장시키지 못하였습니다.

"차차, 힘이 적어져 가네."

선생님께서 제 음악을 보시고 이렇게 말씀하신 것이 그러한 때였습니다.

그러나, 저는 게서 더할 도리가 없었습니다. 하는 수 없이 저는 한동안 음악을 온전히 잊어버린 듯이 내버려두었습니다.

◆

모씨가 성수의 마지막 편지를 여기까지 읽었을 때에, K씨가 찾았다.

"재작년 봄에서 가을에 걸쳐서, 원인 모를 불이 많지 않았습니까. 그것이 죄 성수의 장난이었습니다그려."

"K씨는 그것을 온전히 모르셨습니까?"

"나요? 몰랐지요. 그런데, 그 어떤 날 밤이구려. 성수는 기대에 반해서, 우리 집으로 온 지 여러 달이 됐지만, 한 번도 힘 있는 것을 지어 본 일이 없겠지요. 그래서, 저 사람에게 무슨 흥분될 재료를 줄 수가 없나 하고 혼자 생각하며 있더랬는데, 그때에 저—편—"

K씨는 손을 들어 남편 쪽 창을 가리켰다.

"저—편 꽤 멀리서 불붙는 것이 눈에 뜨입디다그려. 그래서 저 것을 성수에게 보이면, 혹 그때의 감정(그때는, 나는 그 담배 장수네 집에 불이 일어난 것도 성수의 장난인 줄은 꿈에도 생각 안 했구료)을 부활시킬지도 모르겠다. 이렇게 생각하구 성수의 방으로 올라가려는데, 문득 성수의 방에서 피아노 소리가 울려 나옵니다그려. 나는 올라가려던 발을 부지중 멈추고 말았지요. 역시 C샤프 단음계로서, 제일곡은 뽑아 먹고, 아다지오에서 시작되는데, 고요하고 잔잔한 바다, 수평선 위로 넘어가려는 저녁 해, 이러한

발가락이 닮았다

온화한 것이 차차 스케르초로 들어가서는 소낙비, 풍랑, 번개질, 무서운 바람 소리, 우레질, 전복되는 배, 곤해서 물에 떨어지는 갈매기, 한번 뒤집어지면서 해일에 쓸려 나가는 동네 사람의 부르짖음— 흥분에서 흥분, 광포에서 광포, 야성에서 야성, 온갖 공포와 포학한 광경이 눈앞에 어릿거리는데, 이 늙은 내가 그만 흥분에 못 견디어, 뜻하지 않고 '그만두어 달라'고 고함친 것만으로도 짐작하시겠지요. 그리고 올라가서 보니깐, 그는 탄주를 끝내고 피곤한 듯이 피아노에 기대고 앉아 있고, 이제 탄주한 것은 벌써 '성난 파도'라는 제목 아래 음보로 되어 있습니다."

"그러면 성수는 불을 두 번 놓고, 두 음악을 얻었다는 말씀이지요?"

"그렇지요. 그리고, 그 뒤부터는 한 십여 일 건너서는 하나씩 지었는데, 그것이 지금 보면, 한 가지의 방화 사건이 생길 때마다 생겨난 것이었습니다. 그러나, 그의 편지마따나, 얼마 지나서부터는 차차 그 힘과 야성이 적어지기 시작했지요. 그래서—"

"가만계십쇼. 그 사람이 그다음에도 〈피의 선율〉이나 그 밖에 유명한 곡조를 여러 개 만들지 않았습니까?"

"글쎄 말이외다. 거기 대한 설명은 그 편지를 또 보십쇼. 여기서부터 또 보시면 알리다."

◆

……(중략) ××다리 아래로서 나오려는데, 무엇이 발길에 채

는 것이 있었습니다. 성냥을 그어 가지고 보니깐, 그것은 웬 늙은
이의 송장이었습니다. 저는 그것이 무서워서 달아나려다가, 돌
아서려던 발을 다시 돌이켰습니다. 그리고,

선생님은 이제 제가 쓰는 일을 이해하여 주실는지요. 그것은
너무도 기괴한 일이라 저로서도 믿어지지 않는 일이었습니다.
그 송장을 타고 앉았습니다. 그리고 그 송장의 옷을 모두 찢어
서 사면으로 내어던진 뒤에, 그 벌거벗은 송장을, (제 힘이라 생각
되지 않는) 무서운 힘으로써 높이 쳐들어서, 저편으로 내어던졌
습니다. 그런 뒤에는, 마치 고양이가 알을 가지고 놀듯, 다시 뛰
어가서 그 송장을 들어서, 도로 이편으로 던졌습니다. 이렇게 몇
번을 하여 머리가 깨지고, 배가 터지고— 그 송장은 보기에도
참혹스러이 되었습니다. 그리하여 그 송장을 다시 만질 곳이 없
이 된 뒤에, 저는 그만 곤하여 그 자리에 앉아서 쉬려다가 갑자
기 마음이 긴장되고 흥분되어서, 집으로 달려왔습니다.

그날 밤에 된 것이 〈피의 선율〉이었습니다.

◆

"선생은 이러한 심리를 아시겠습니까?"

"글쎄요."

"아마, 모르실걸요. 그러나 예술가로서는 능히 머리를 끄덕일
수 있는 심리외다. 그리고 또 여기를 읽어 보십시오."

발가락이 닮았다

◆

……(중략) 그 여자가 죽었다는 것은 제게는 사실 뜻밖이었습니다.

저는, 그날 밤 혼자 몰래 그 여자의 무덤을 찾아갔습니다. 그리고 칠팔 시간 전에 묻어 놓은 그의 무덤의 흙을 다시 파서 그의 시체를 꺼내어 놓았습니다.

푸르른 달빛 아래 누워 있는 아름다운 그의 모양은 과연 선녀와 같았습니다. 가볍게 눈을 닫고 있는 창백한 얼굴, 곧은 콧날, 풀어 헤친 검은 머리—아무 표정도 없는 고요한 얼굴은 더욱 처염함을 도왔습니다. 이것을 정신이 없이 들여다보고 있던 저는 갑자기 흥분이 되어, 아아, 선생님 저는 이 아래를 쓸 용기가 없습니다. 재판소의 조서를 보시면 저절로 아실 것이올시다.

그날 밤에 된 것이 〈사령死靈〉이었습니다.

◆

"어떻습니까?"

"……."

"네?"

"……."

"언어도단이에요? 선생의 눈으로는 그렇게 뵈시리다. 또 여기를 읽어 보십쇼."

◆

……(중략) 이리하여 저는 마침내 사람을 죽인다 하는 경우에 까지 이르렀습니다. 그리고 한 사람이 죽을 때마다 한 개의 음악 이 생겨났습니다. 그 뒤부터 제가 지은 그 모든 것은 모두 다 한 사람씩의 생명을 대표하는 것이었습니다.

◆

"인전 더 보실 것이 없습니다. 그런데 그만큼 보셨으면 성수 에 대한 대략한 일은 아셨을 터인데, 거기 대한 의견이 어떻습니 까?"

"……."

"네?"

"어떤 의견 말씀이오니까?"

"어떤 '기회'라는 것이 어떤 사람에게서, 그 사람의 가지고 있 는 천재와 함께, '범죄 본능'까지 끌어내었다 하면, 우리는 그 '기 회'를 저주하여야겠습니까 혹은 축복하여야겠습니까? 이 성수 의 일로 말하자면 방화, 사체 모욕, 시간, 살인, 온갖 죄를 다 범 했어요. 우리 예술가협회에서 별로 수단을 다 써서 정부에 탄원 하고 재판소에 탄원하고 해서 겨우 성수를 정신병자라 하는 명 목 아래 정신병원에 감금했지, 그렇지 않으면 당장에 사형이 아 닙니까. 그런데 이제 그 편지를 보셔도 짐작하시겠지만 통상시에는 그 사람은 아주 명민하고 점잖고 온화한 청년입니다. 그러나, 때때로 그, 뭐랄까, 그 흥분 때문에 눈이 아득하여져서 무서운 죄를 범하고 그 죄를 범한 다음에는 훌륭한 예술을 하나씩 산출합니다. 이런 경우에 우리는 그 죄를 밉게 보아야 합니까, 혹은 그 범죄 때문에 생겨난 예술을 보아서 죄를 용서하여야 합니까?"

"그게야 죄를 범치 않고 예술을 만들어 냈으면 더 좋지 않습니까?"

"물론이지요. 그러나 이 성수 같은 사람도 있는 것이니깐 이런 경우엔 어떻게 해결하렵니까?"

"죄를 벌해야지요. 죄악이 성하는 것을 그냥 볼 수는 없습니다."

K씨는 머리를 끄덕였다.

"그렇겠습니다. 그러나 우리 예술가의 견지로는 또 이렇게 볼 수도 있습니다. 베토벤 이후로는 음악이라 하는 것이 차차 힘이 빠져 가서 꽃이나 계집이나 찬미할 줄 알고 연애나 칭송할 줄 알아서 선이 굵은 것은 볼 수가 없이 되었습니다. 게다가 엄정한 작곡법이 있어서 그것은 마치 수학의 방정식과 같이 작곡에 대한 온갖 자유스러운 경지를 제한해 놓았으니깐 이후에 생겨나는 음악은 새로운 길을 개척하기 전에는 한 기술이 될 것이지 예술이 될 수는 없습니다. 예술가에게는 이것이 쓸쓸해요. 힘 있는 예술, 선이 굵은 예술, 야성으로 충일된 예술—은 이것을 기다린 지 오랬습니다. 그럴 때에, 백성수가 나타났습니다. 사실 말이지 백성수의 그새의 예술은 그 하나하나가 모두 우리의 문화를 영구히 빛낼 보물입니다. 우리의 문화의 기념탑입니다. 방화? 살인? 변변치 않은 집개, 변변치 않은 사람개는 그의 예술의 하나가 산출되는 데 희생하라면 결코 아깝지 않습니다. 천 년에 한 번, 만 년에 한 번 날지 못 날지 모르는 큰 천재를, 몇 개의 변변치 않은 범죄를 구실로 이 세상에서 없이하여 버린다 하는 것은 더 큰 죄악이 아닐까요. 적어도 우리 예술가에게는 그렇게 생각됩니다."

K씨는 마주 앉은 노인에게서 편지를 받아서 서랍에 집어넣었다. 새빨간 저녁 해에 비치어서 그의 늙은 눈에는 눈물이 반득였다.

1930년 1월, 〈중외일보〉

발가락이 닮았다

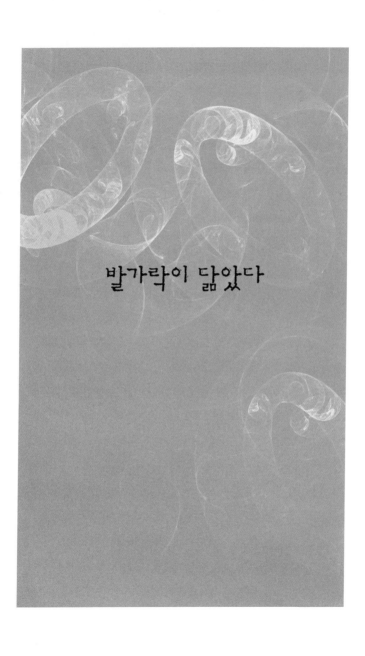

발가락이 닮았다

노총각 M이 혼약을 하였다.

우리들은 이 소식을 들을 때에 뜻하지 않고 서로 얼굴을 마주 보았습니다.

M은 서른두 살이었습니다. 세태가 갑자기 변하면서 혹은 경제 문제 때문에, 혹은 적당한 배우자가 발견되지 않기 때문에, 혹은 단지 조혼早婚이라 하는 데 대한 반항심 때문에, 늦도록 총각으로 지내는 사람이 많아 가기는 하지만, 서른두 살의 총각은 아무리 생각하여도 좀 너무 늦은 감이 없지 않았습니다. 그래서 그의 친구들은 아직껏 기회가 있을 때마다 그에게 채근 비슷이, 결혼에 대한 주의를 하고 하였습니다. 그러나, M은 언제나 그런 의론을 받을 때마다 (속으로는 매우 흥미를 가진 것이 분명한데) 겉으로는 고소로써 친구들의 말을 거절하고 하였습니다. 그러던 M이 우리의 모르는 틈에 어느덧 혼약을 한 것이외다.

M은 가난하였습니다. 매우 불안정한 어떤 회사의 월급쟁이였습니다. 이 뿌리 약한 그의 경제 상태가 그로 하여금 늦도록 총각으로 지내게 한 듯도 합니다. 그리고 이 때문에 친구들은 M의 총각 생활을 애석히 생각하여 장가들기를 권하는 것이었습니다.

발가락이 닮았다

그러나 나뿐은 M이 장가를 가지 않는 데 다른 종류의 해석을 내리고 있었습니다. 의사라는 나의 직업이 발견한 M의 육체적의 결함— 이것 때문에 M은 서른이 넘도록 총각으로 지낸다, 나는 이렇게 믿고 있었습니다.

M은, 학생 시대부터 대단한 방탕 생활을 하였습니다. 방탕이 래야 금전상의 여유가 부족한 그는, 가장 하류에 속하는 방탕을 하였습니다. 오십 전 혹은 일 원만 생기면, 즉시로 우동집이나 유곽으로 달려가던 그였습니다. 체질상, 성욕이 강한 그는, 그 불붙는 성욕을 끄기 위하여 눈앞에 닥치는 기회는 한 번도 놓치지 않았습니다. 친구들을 만날지라도, 음식을 한턱하라기보다 유곽을 한턱하라는 그였습니다.

"질質로는 모르지만, 양量으로는 세계의 누구에게든 그다지 지지 않을 테다."

관계한 여인의 수효에 대하여 이렇게 방언放言하기를 주저치 않으리만치, 그는 선택이라는 도정을 밟지 않고 '집어세었'습니다. 스물서너 살에 벌써 이백 명은 넘으리라는 것을 발표하였습니다. 서른 살 때는 벌써 괴승怪僧 신돈辛旽이를 멀리 눈 아래로 굽어보았을 것입니다. 그런지라, 온갖 성병性病을 경험하지 못한 것이 없었습니다. 더구나, 술이 억배요, 그 위에 유달리 성욕이 강한 그는, 성병에 걸린 동안도 결코 삼가지를 않았습니다. 일 년 삼백육십여 일 그에게서 성병이 떠나 본 적은 없었습니다. 늘 농이 흐르고, 한 달 건너큼 고환염睾丸炎으로써, 걸음걸이도 거북스러운 꼴을 하여 가지고 나한테 주사를 맞으러 오고 하였습니다. 그러는 동안에도, 오십 전, 혹은 일 원만 생기면 또한 성행위를 합니다. 이런지라 물론 그는 생식능력이 없어진 사람이었습니다.

이 일을 잘 아는 나는, M이 결혼을 안 하는 이유를 여기다가 연결시켜 가지고, 그의 도덕심(?)에 동정까지 하고 있었습니다. 일생을 빈곤한 가운데서 보내고, 늙은 뒤에도 슬하도 없이 쓸쓸하게 지낼 그, 더구나 자기를 봉양할 슬하가 없기 때문에, 백발이 되도록 제 손으로 이 고해를 헤엄치어 나갈 그는, 과연 한 가련한 존재이겠습니다.

이렇던 M이 어느덧 우리의 모르는 틈에 우물쭈물 혼약을 한 것이외다.

하기는 며칠 전에 이런 일이 있었습니다. 그날 저녁을 먹은 뒤에, 혼자서 신간 치료보고서를 읽고 있을 때에 M이 찾아왔습니다. 그리고 비교적 어두운 얼굴로서, 내가 묻는 이야기에도 그다지 시원치 않은 듯이 입술엣대답을 억지로 하고 있다가, 이런 질문을 나에게 던졌습니다.

"남자가 매독을 앓으면 생식을 못 하나?"

"괜찮겠지."

"임질은?"

"글쎄, 고환을 오카사레루*하지 않으면 괜찮어."

"고환은— 내 친구 가운데 고환염을 앓은 사람이 있는데, 인

---

* '침범당하다, 침식당하다'는 뜻의 일본말.

　　　　　　　　　　　발가락이 닮았다

제는 생식을 못 하겠다고 비관이 여간이 아니야. 고환을 오카사레루하면 절대 불가능인가? 양쪽 다 앓았다는데……."

"그것도 경하게 앓았으면 영향 없겠지."

"가령 그 경하다 치면, 내가 앓은 게 그게 경한 편일까, 중한 편일까?"

나는 뜻하지 않고 그의 얼굴을 보았습니다. 중하기도 그만치 중하게 앓은 뒤에, 지금 그게 경한 게냐 중한 게냐 묻는 것이 농담으로밖에는 들리지 않았으므로…… M의 얼굴은 역시 무겁고 어두웠습니다. 무슨 중대한 선고를 기다리는 사람과 같이 눈을 푹 내리뜨고 나의 대답을 기다리고 있었습니다. 잠시 그의 얼굴을 바라본 뒤에, 나는 어이가 없어서,

"아주 경한 편이지."

이렇게 대답하여 버렸습니다.

"경한 편?"

"그럼."

이리하여 작별을 하였는데, 지금에 이르러 생각하면 그 저녁의 그 문답이 오늘날의 그의 혼약을 이루게 하지 않았는가 합니다.

◆

M이 혼약을 하였다는 기보奇報를 가지고 온 것은 T라는 친구였습니다. 그때는 마침 (다 M을 아는) 친구가 너덧 사람 모여 있을

때였습니다.

"골동骨董 국보 하나 없어졌다."

누가 이런 비평을 가하였습니다. 나는 T에게 이렇게 물었습니다.

"그래 연애로 혼약이 된 셈인가요?"

"연애? 연애가 다 무에요. 갈보 나까이*밖에는 여자라는 걸 모르는 녀석이, 어디서 연애의 대상을 구하겠소?"

"그럼 지참금持參金이라도 있답디까?"

"지참금이란 뉘 집 애 이름이오?"

나는 여기서 이 혼약에 대하여 가장 불유쾌한 한 면을 보았습니다. 삼십이 넘도록 총각으로 지낸 그로서, 연애라 하는 기묘한 정사 때문에 그 절節을 굽혔다면, 그것은 도리어 축하할 일이지 책할 일이 아니외다. 지참금을 바라고 혼약을 하였다 하여도, 지금의 세상에 살아가는 우리로서 (더구나 그의 빈곤을 잘 아는 처지인지라) 크게 욕할 수가 없는 일이외다. 그러나 연애도 아니요, 금전 문제도 아닌 이 혼약에서는, 가장 불유쾌한 한가지의 결론밖에는 얻을 수가 없습니다.

"그럼—"

나는 가장 불유쾌한 어조로 이렇게 말하였습니다.

"유곽에 다닐 비용을 경제하기 위하여 마누라를 얻는 셈이구료."

* '요릿집·유곽에서 손님을 응대하는 하녀'를 일컫는 일본말.

　　　　　　　　　　　　　발가락이 닮았다

이 혹평에 대하여는 T는 마땅치 않다는 듯이 나를 보았습니다.

"그렇게 혹언할 것도 아니겠지요. M도 벌써 서른두 살이든가, 세 살이든가, 좌우간 그만하면 차차로 자식도 무릎에 앉혀 보고 싶을 게고, 그렇다고 마땅한 마누라를 선택할 길이나 방법은 없고—"

"자식? 고환염을 그만침이나 심히 앓은 녀석에게 자식? 자식은—"

불유쾌하기 때문에 경솔히도 직업적 비밀을 입 밖에 낸 나는 하던 말을 중도에 끊어 버렸습니다. 그러나 이미 한 말까지는 도로 삼킬 수가 없었습니다.

"네? 그게 무슨 말씀이오?"

M의 생식능력에 대하여 사면에서 질문이 들어왔습니다. 이미 한 말에 대하여 책임을 지지 않을 수 없는 나는, 그 말을 돌려 꾸미기에 한참 애를 썼습니다. 단언할 수는 없지만 혹은 M은 생식능력이 없을지도 모른다. 그러나 진찰을 안 해본 바이니까, 혹은 또한 생식능력이 있을지도 모른다. M이 너무도 싱거운 혼약을 한 데 대하여 불유쾌하여 그런 혹언은 하였지만 그 말은 취소한다. 이러한 뜻으로 꾸며 대었습니다. 그리고 그 좌석에 있던 스무 살쯤 난 젊은이가,

"외려 일생을 자식 없이 지내면 편치 않아요?"

이러한 의견을 내는 데 대하여, '젊은이로서는 도저히 이해할 수 없는 혈속의 애정'이라는 문제와, 그 문제를 너무도 무시하는

이즘의 풍조에 대한 논평으로 말머리를 돌려 버리고 말았습니다.

M은 몰래 결혼식까지 하였습니다. 그의 친구들로서 M의 결혼식의 날짜를 미리 안 사람은 한 사람도 없었습니다. 뿐만 아니라, 지금 모두들 제각기 하는 소위 신식 혼례식을 하지 않고, 제집에서 구식으로 하였습니다. 모 여고보 출신인 신부는 구식 결혼식이 싫다고 하였지만, M이 억지로 한 것이라 합니다.

이리하여 유곽에서는 한 부지런한 손님을 잃어버렸습니다.

◆

"독점이라 하는 건 참 유쾌하거든."

결혼한 뒤에 M은 어떤 친구에게 이런 말을 하였다 합니다. 비록 연애로써 성립된 결혼은 아니지만, 그다지 실패의 결혼은 아닌 듯하였습니다. 오십 전, 혹은 일 원의 돈을 내어던지고 순간적 성욕의 만족을 사던 이 노총각이, 꿈에도 생각지 못할 독점을 하였으매, 그의 긍지가 작지 않았을 것이외다. 연애결혼은 아니었지만 결혼한 뒤에 연애가 생긴 듯하였습니다. 언제든 음침한 기분이 떠돌던 그의 얼굴이, 그럴싸해서 그런지 좀 밝아진 듯하였습니다.

"복받거라."

우리들, 더구나 나는 그들의 결혼을 심축하였습니다. 처음에는 한낱 M의 성행위의 기구로 M과 결합하게 된 커다란 희생물인 그의 젊은 아내를 위하여, 이것이 행복된 결혼이 되기를 축수祝手하였습니다. 동기는 여하튼 결과에 있어서 아름다운 열매를 맺어라. 너의 아내로서, 한 개 '희생물'이 되지 않게 하여라. 어머니로서의 즐거움을 맛볼 기회가 없는 너의 아내에게, 그 대신 아내로서는 남에게 곱 되는 즐거움을 맛보게 하여라. M의 일을 생각할 때마다 진심으로 이렇게 축수하였습니다.

신혼의 며칠이 지난 뒤부터는 M이 자기의 젊은 아내를 학대한다는 소문이 조금씩 들렸습니다. 완력을 사용한단 말까지 조금씩 들렸습니다. 그러나, 나는 이 문제는 그다지 크게 생각지 않았습니다. 이런 소문이 귀에 들어올 때마다, 나는 『아라비안나이트』의 마신魔神의 이야기를 머릿속에서 되풀이하여 보고 하였습니다.

어떤 어부가 그물질을 하고 있었습니다. 그런데 한번 그물을 끌어 올리니까 거기는 고기는 없고, 그 대신, 병甁이 하나 걸려 있었습니다. 병은 마개가 닫혀 있고, 그 위에 납으로 굳게 봉함까지 되어 있었습니다. 어부는 잠시 주저한 뒤에 그 병의 봉함을 뜯고 마개를 뽑아 보았습니다. 즉, 병에서는 한 줄기 검은 연기가 하늘로 올라갔습니다. 그리고 하늘로 올라간 그 연기는 차차 뭉쳐서 거기는 커다란 마신이 나타났습니다.

"나를 이 병 속에 감금한 것은 선지자 솔로몬이다. 이 병 속에 갇혀 있는 동안 나는 스스로 맹서하였다. 백 년 안에 나를 구해 주는 사람이 있으면, 나는 그 사람에게 거대한 부富를 주겠다고. 그리고 백 년을 기다렸지만 아무도 나를 구해 주는 사람이 없었다. 그래서 나는 다시 맹서했다. 인제 다시 백 년 안으로 나를 구해 주는 사람이 있으면 나는 그 사람에게 이 세상에 있는 보배를 다 주겠다고. 그리고 헛되이 백 년을 더 기다린 뒤에, 백 년을 더 연기해서 그 백 년 안에 나를 구해 주는 사람이 있으면, 그 사람에게 이 세상에서 가장 큰 권세와 영화를 주겠다고— 그러나 그 백 년이 다 지나도 역시 구해 주는 사람은 없었다. 그래서 나는 마지막으로 다시 맹서했다. 인제 누구든지 나를 구해 주는 놈이 있거든 당장에 그놈을 죽여서 그새 갇혀 있던 그 분풀이를 하겠다고."

이것이 병 속에서 나온 마신의 이야기였습니다. M이 자기의 젊은 아내를 학대한다는 소문이 들릴 때에, 나는 이 이야기를 생각지 않을 수가 없었습니다. 삼십이 지나도록 총각으로 지낸 그 고통과 고적함에 대한 분풀이를 제 아내에게 하는 것이라 했습니다. 그리고, 실컷 학대해라 실컷 학대해라, 더욱 축수하였습니다.

◆

M이 결혼한 지 일 년이 거의 된 어떤 날 저녁이었습니다. 그와 나는 어떤 곳에서 저녁을 같이하고 있었습니다.

그의 얼굴은 이날 유난히 어둡고 무거웠습니다. 그는 음식에는 거의 손을 대지 않고 술만 들이켜고 있었습니다. 본시 말이 많지 않은 그가 이날은 더욱 입이 무거웠습니다.

몹시 취하여 더 술을 먹지 못하리만치 되어서, 그는 처음으로 자발적으로 입을 열었습니다. 충혈이 된 그의 눈은 무시무시하게 번득였습니다.

"여보게, 여보게, 속이지 말구 진정으로 말해 주게. 내게 생식능력이 있겠나?"

"글쎄, 검사를 해봐야지."

나는 이만치 하여 넘기려 하였습니다.

"그럼 한번 진찰해 봐주게."

"왜 갑자기—"

그는 곧 대답하려 하였습니다. 그러나 나오려던 말을 삼켰습니다. 그리고 다시 술을 한잔 먹은 뒤에 눈을 푹 내려뜨며 말했습니다.

"아니, 다른 게 아니라, 내게 만약 생식능력이 없다면 저 사람(자기의 아내)이 불쌍하지 않나. 그래서, 없는 게 판명되면, 아직 젊었을 때에 헤어져서 저 사람이 제 운명을 다시 개척할 '때'를 줘야지 않겠나? 그래서 말일세."

"진찰해 보아야지."

"그럼 언제 해보세."

그 며칠 뒤에 나는 M의 아내가 임신했다는 소문을 듣고 깜짝 놀랐습니다. 검사해 볼 필요도 없습니다. M은 그 능력이 없을 것입니다. 그런데 M의 아내는 임신했습니다.

그리고 며칠 전에 M이 검사하겠다던 마음을 짐작했습니다. 그것은 결코 그날의 제 말마따나 '아내의 장래를 위하여' 하려는 것이 아니고, 아내에게 대한 의혹 때문에 하여 보려는 것일 것이외다. 자기도 온전히 모르는 바는 아니로되, 십중팔구는 자기는 생식불능자일 텐데 자기의 아내는 임신을 한 것이외다.

생각하면 재미있는 연극이외다. 생식능력이 없는 M은, 그런 기색도 뵈지 않고 결혼을 하였습니다. 그리하여 M에게로 시집을 온 새 아내는 임신을 하였습니다. 제 남편이 생식불능자인 줄을 모르는 아내는, 뻐젓이 자기의 가진 죄의 씨를 M에게 자랑하고 있을 것이외다. 일찍이 자기가 생식불능자인지도 모르겠다는 점을 밝혀 주지 않은 M은, 지금 이 의혹의 구렁텅이에서도 제 아내를 책할 권리가 없을 것이외다. 그가 검사를 하겠다 하나, 검사를 하여서 자기가 불구자인 것이 판명된 뒤에는 어떤 수단을 취할는지 짐작도 할 수가 없습니다. 아내의 음행을 책하자면, 자기의 사기적 행위를 폭로시키지 않을 수가 없을 것이외다. 그것을 감추자면, 제 번민만 더욱 크게 할 것이외다.

어떤 날 그는 검사를 하자고 왔습니다. 그때 마침 환자가 몇 사람 밀려 있던 관계상, 나는 그를 내 사실에 가서 좀 기다리라 하고, 환자 처리를 다 하고 내려갔습니다. 그랬더니 그는 나를 기다리지 않고 돌아가 버렸습니다.

이튿날 그는 다시 왔습니다. 그러나 그는 또 돌아가 버렸습니다.

나도 사실 어찌하여야 할지 똑똑히 마음을 작정치 못했던 것이외다. 검사한 뒤에 당연히 사멸해 있을 생식능력을, 살아 있다고 하자니, 그것은 나의 과학적 양심이 허락지 않는 바외다. 그러

발가락이 닮았다

나 또한 사멸하였다고 하자니, 이것은 한 사람의 일생을 망쳐 버리는 무서운 선고에 다름없습니다. M이라 하는 정당한 남편을 두고도 불의의 쾌락을 취하는 M의 아내는 분명히 책받을 여인이겠지요. 그러나 또한 다른 편으로 이 사건을 관찰할 때에, 내가 눈을 꾹 감고 그릇된 검안을 내린다면 그로 인하여, 절대로 불가능하던 M이 슬하에 사랑스러운 자식(?)을 두고 거기서 노후의 위안도 얻을 수 있을 것이요, 만사가 원만히 해결될 것이외다.

내가 자유로 선택할 수 있는 두 가지의 갈랫길에 서서, 나는 어느 편 길을 취하여야 할지 판단을 주저하고 있었습니다.

이 문제가 사오 일 뒤에 저절로 해결이 되었습니다. 그날도 역시 침울한 얼굴로 찾아온 M에게 대하여 나는 의리상,

"오늘 검사해 보자나?"

하니깐 그는 간단히 대답하였습니다.

"벌써 했네."

"응? 어디서?"

"P병원에서."

"그래서 결과는?"

"살았다데."

"?"

나는 뜻하지 않고 그의 얼굴을 보았습니다. 그것은 의외의 대답을 들은 때문이라기보다 오히려 '살았다데' 하는 그의 음성이 너무 침통하기 때문에……

이렇게 대답하는 동안 나는 내가 하마터면 질 뻔한 괴로운 임

무에서 벗어난 안심을 느끼는 동시에, P병원에서의 검안의 의외에 눈을 크게 뜨지 않을 수가 없었습니다.

내 눈을 만난 M의 눈은 낭패한 듯이 이리저리 돌아다녔습니다. 그리고 나는 그 눈으로 그가 방금 한 말이 거짓말이었음을 알았습니다.

그럼 그는 왜 거짓말을 하였나. 자기의 아내의 명예를 보호하기 위하여? 세상과 및 제 마음을 속여 가면서라도 자식을 슬하에 두어 보기 위하여? 나는 그의 마음을 알 수가 없었습니다.

그가 입을 열었습니다. 무겁고 침울한 음성이었습니다 .

"여보게, 자네 이런 기모치* 알겠나?"

"어떤?"

그는 잠시 쉬어서 말을 시작했습니다.

"월급쟁이가 월급을 받았네. 받은 즉시로 나와서 먹고 쓰고 사고, 실컷 마음대로 돈을 썼네. 막상 집으로 돌아가는 길일세. 지갑 속에 돈이 몇 푼 안 남아 있을 것은 분명해. 그렇지만 지갑을 못 열어 봐. 열어 보기 전에는 혹은 아직은 꽤 많이 남아 있겠거니 하는 요행심도 붙일 수 있겠지만, 급기 열어 보면 몇 푼 안 남은 게 사실로 나타나지 않겠나? 그게 무서워서 아직 있거니, 스스로 속이네그려. 쌀도 사야지. 나무도 사야지. 열어 보면 그걸 살 돈이 없는 게, 사실로 나타날 테란 말이지. 그래서 할 수 있는 대로 지갑에서 손을 멀리하고 제 집으로 돌아오네. 그 기모치 알

* '마음(가짐), 기분, 감정'을 뜻하는 일본말.

발가락이 닮았다

겠나?"

나는 머리를 끄덕이었습니다.

"알겠네."

그는 다시 입을 봉하였습니다. 그러나 그때에 나는 알았습니다. M은 검사도 하여 보지 않은 것이외다. 그는 무서워합니다. 그는 검사를 피합니다. 자기의 아내가 임신을 하였습니다. 그것은, 상식으로 판단하여 물론 남편의 아이일 것이외다. 거기에 대하여 의심을 품을 자는 하나도 없을 것이외다. 의심을 품을 필요도 없는 것이외다. 왜? 여인이 남편을 맞으면 원칙상 임신을 하는 것이 당연한 일이니깐.

이 의심할 필요가 없는 일을 의심하다가 향기롭지 못한 결과가 나타나면 이것은 자작지얼自作之蘗로서 원망을 할 곳이 없을 것이외다. 벌의 둥지를 건드리는 것은 어리석은 짓이외다. 십중팔구는 향기롭지 못한 결과가 나타날 '검사'를 M은 회피한 것이외다. 절망을 스스로 사지 않으려, 그리고 번민 가운데서도 끝끝내 일루의 희망을 붙여 두려 M은 온전히 '검사'라는 위험한 벌의 둥지를 건드리지 않기로 한 것이외다. 그리고 상식으로 판단할 수 있는 (제 아내의 뱃속에 있는) 자식에게 대하여, 억지로 애정을 가져 보려 결심한 것이외다. 검사를 하여서 정충이 살아 있다면 다행한 일이지만, 사멸하였다면 시재 제 아내와의 새에 생길 비극과 분노와 절망은 둘째 두고라도, 일생을 슬하에 혈육이 없이 보내고, 노후에 의탁할 곳을 가질 가능성조차 없는 절망의 지위에 빠지지 않을 수가 없을 것이외다.

이것은 무서운 일이외다. 상식으로 판단할 수 있는 일을 거부하고까지 이런 모험 행위를 할 필요가 없을 것이외다.

이리하여 그는 검사는 단념했지만, 마음에 있는 의혹뿐은 온전히 끄지를 못한 모양이었습니다. 그 뒤에 어떤 날, 그는 이런 이야기 저런 이야기 하다가 이런 말을 했습니다.

"자식은 꼭 제 애비를 닮는다면 좋겠구먼……."

거기 대하여 나는 닮는 예를 여러 가지로 들어서 말하여 주었습니다.

그는 한숨을 쉬었습니다.

"여인이 애를 배면 걱정일 테야. 아버지나 친할아비를 닮는다면 문제가 없겠지만, 외편을 닮거나, 그렇지 않으면, 아무도 닮지 않으면 걱정이 아니겠나. 그저 애비를 닮아야 제일이야, 하하하."

나는 대답하였습니다.

"글쎄 말이지, 내 전문이 아니니깐 이름은 기억 못 하지만, 독일 소설에 이런 게 있지 않나. 〈아버지〉라나 하는 희곡 말일세. 자식을 낳았는데 제 자식인지 아닌지 몰라서 번민하는 그런 이야기가 있지? 그것도 아버지만 닮으면 문제가 없겠지."

"아— 아, 다 구찮어."

◆

M의 아내가 아들을 낳았습니다.

그 아이가 반년쯤 자랐습니다.

어떤 날 M은 그 아이를 몸소 안고 병을 뵈러 나한테 왔습니다. 기관지가 조금 상하였습니다.

약을 받아 가지고도 그냥 좀 앉아 있던 M은 묻지도 않는 말을 이런 말을 하였습니다.

"이놈이 꼭 제 증조부님을 닮았다거든."

"그래?"

나는 그의 말에 적지 않은 흥미를 느끼면서 이렇게 응했습니다. 내 눈으로 보자면, 그 어린애와 M과는 아무런 관련도 없는 바인데, 그 애가 M의 할아버지를 닮았다는 것은 기이하므로…… 어린애의 진편과 외편의 근친近親에서 아무도 비슷한 사람을 찾아내지 못한 M의 친척은, 하릴없이 예전의 죽은 조상을 들추어낸 모양이었습니다. 그리고 그 어린애에게, 커다란 의혹과 그보다 더 커다란 희망(의혹이 오해였던 것을 바라는)은 M으로 하여금 손쉽게 그 말을 믿게 한 모양이었습니다. 적어도 신뢰하려고 마음먹게 한 모양이었습니다.

내가 자기의 말에 흥미를 가지는 것을 본 M은, 잠시 주저하다가 그가 예비하였던 둘쨋말을 마침내 꺼내었습니다.

"게다가 날 닮은 데도 있어."

"어디?"

"이보게."

M은 어린애를 왼편 팔로 가만히 옮겨서 붙안으면서, 오른손으로는 제 양말을 벗었습니다.

"내 발가락 보게. 내 발가락은 남의 발가락과 달라서 가운데 발가락이 그중 길어. 쉽지 않은 발가락이야. 한데—"

M은 강보를 들치고 어린애의 발을 가만히 꺼내어 놓았습니다.

"이놈의 발가락 보게. 꼭 내 발가락 아닌가? 닮았거든……."

M은 열심으로, 찬성을 구하는 듯이 내 얼굴을 바라보았습니다. 얼마나 닮은 곳을 찾아보았기에 발가락 닮은 것을 찾아내었겠습니까.

나는 M의 마음과 노력에 눈물겨워졌습니다. 커다란 의혹 가운데서, 그 의혹을 어떻게 하여서든 삭여 보려는 M의 노력은, 인생의 가장 요절할 비극이었습니다. M이 보라고 내어놓은 어린애의 발가락은 안 보고 오히려 얼굴만 한참 들여다보고 있다가, 나는 마침내 이렇게 말하였습니다.

"발가락뿐 아니라, 얼굴도 닮은 데가 있네."

그리고 나의 얼굴로 날아오는 (의혹과 희망이 섞인) 그의 눈을 피하면서 돌아앉았습니다.

1932년 1월, 《동광》

발가락이 닮았다

붉은 산

—어떤 의사의 수기

그것은 여余가 만주를 여행할 때의 일이었다. 만주의 풍속도 좀 살필 겸 아직껏 문명의 세례를 받지 못한 그들의 새에 퍼져 있는 병病을 좀 조사할 겸 해서 일 년의 기한을 예산하여 가지고 만주를 시시콜콜히 다 돌아온 적이 있었다. 그때에 ××촌이라 하는 조그만 촌에서 본 일을 여기에 적고자 한다.

◆

××촌은 조선 사람 소작인만 사는 한 이십여 호 되는 작은 촌이었다. 사면을 둘러보아도 한 개의 산도 볼 수가 없는 광막한 만주의 벌판 가운데 놓여 있는 이름도 없는 작은 촌이었다.

몽고 사람 종자從者를 하나 데리고 노새를 타고 만주의 촌촌을 돌아다니던 여가 그 ××촌에 이른 때는 가을도 다 가고 어느덧 광포한 북국의 겨울이 만주를 찾아온 때였다.

만주의 어느 곳이라 조선 사람이 없는 곳은 없지만 이러한 오지에서 한 동리가 죄 조선 사람뿐으로 되어 있는 곳을 만나니 반가웠다. 더구나 그 동리는 비록 모두가 중국인의 소작인이라 하나 사람들이 비교적 온량하고 정직하며 장성한 이들은 그래

발가락이 닮았다

도 모두 천자문 한 권쯤은 읽은 사람들이었다. 살풍경한 만주—
그 가운데서 살풍경한 살림을 하는 중국인이며 조선 사람의 동
리를 근 일 년이나 돌아다니다가 비교적 평화스러운 이런 동리
를 만나면 그것이 비록 외국인의 동리라 하여도 반갑겠거든 하
물며 우리 같은 동족의 동리임에랴. 여는 그 동리에서 한 십여
일 이상을 일 없이 매일 호별 방문을 하며 그들과 이야기로 날
을 보내며 오래간만에 맛보는 평화적 기분을 향락하고 있었다.

'삵'이라는 별명을 가지고 있는 정익호라는 인물을 본 곳이 여
기서이다.

◆

익호라는 인물의 고향이 어디인지는 ××촌의 아무도 아는 사
람이 없었다. 사투리로 보아서 경기 사투리인 듯하지만 빠른 말
로 죄죄거리는 때에는 영남 사투리가 보일 때도 있고 싸움이라
도 할 때에는 서북 사투리가 보일 때도 있었다. 그런지라 사투리
로써 그의 고향을 짐작할 수가 없었다. 쉬운 일본말도 알고 한문
글자도 좀 알고 중국말은 물론 꽤 하고 쉬운 러시아말도 할 줄
아는 점 등등 이곳저곳 숱하게 주워 먹은 것은 짐작이 가지만
그의 경력을 똑똑히 아는 사람은 없었다.

그는 여가 ××촌에 가기 일 년 전쯤 빈손으로 이웃이라도 오
듯 후덕덕 ××촌에 나타났다 한다. 생김생김으로 보아서 얼굴
이 쥐와 같고 날카로운 이빨이 있으며 눈에는 교활함과 독한 기

운이 늘 나타나 있으며 바룩한 코에는 코털이 밖으로까지 보이
도록 길게 났고 몸집은 작으나 민첩하게 되었고 나이는 스물다
섯에서 사십까지 임의로 볼 수가 있으며 그 몸이나 얼굴 생김이
어디로 보든 남에게 미움을 사고 근접지 못할 놈이라는 느낌을
갖게 한다.

그의 장기는 투전이 일쑤며 싸움 잘 하고 트집 잘 잡고 칼부
림 잘 하고 색시들에게 덤비어들기 잘 하는 것이라 한다.

♦

생김생김이 벌써 남에게 미움을 사게 되었고 게다가 하는 행
동조차 변변치 못한 일만이라, ××촌에서도 아무도 그를 대척
하는 사람이 없었다. 사람들은 모두 그를 피하였다. 집이 없는
그였으나 뉘 집에 잠이라도 자러 가면 그 집 주인은 두말없이 다
른 방으로 피하고 이부자리를 준비하여 주고 하였다. 그러면 그
는 이튿날 해가 낮이 되도록 실컷 잔 뒤에 마치 제 집에서 일어
나듯 느즉이 일어나서 조반을 청하여 먹고는 한마디의 사례도
없이 나가 버린다.

그리고 만약 누구든 그의 이 청구에 응하지 않으면 그는 그것
을 트집으로 싸움을 시작하고 싸움을 하면 반드시 칼부림을 하
였다.

동리의 처녀들이며 젊은 색시들은 익호가 이 동리에 들어온
뒤로부터는 마음 놓고 나다니지를 못하였다. 철없이 나갔다가

발가락이 닮았다

봉변을 한 사람도 몇이 있었다.

'삵.'

이 별명은 누가 지었는지 모르지만 어느덧 ××촌에서는 익호를 익호라 부르지 않고 삵이라고 부르게 되었다.

"삵이 뉘 집에서 묵었나?"

"김서방네 집에서."

"다른 봉변은 없었다나?"

"요행히 없었다데."

그들은 아침에 깨면 서로 인사 대신으로 삵의 거취를 알아보고 하였다.

'삵'은 이 동리에는 커다란 암종이었다. 삵 때문에 아무리 농사에 사람이 부족한 때라도 젊고 든든한 몇 사람은 동리의 젊은 부녀를 지키기 위하여 동리 안에 머물러 있지 않을 수가 없었다. '삵' 때문에 부녀와 아이들은 아무리 더운 여름 저녁이라도 길에 나서서 마음 놓고 바람을 쏘여 보지를 못하였다. '삵' 때문에 동리에서는 닭의 가리며 도야지 우리를 지키기 위하여 밤을 새우지 않을 수가 없었다.

동리의 노인이며 젊은이들은 몇 번을 모여서 삵을 이 동리에서 내어쫓기를 의논하였다. 물론 합의는 되었다. 그러나 내어쫓는 데 선착수할 사람이 없었다.

"첨지가 선착수하면 뒤는 내 담당하마."

"뒤는 걱정 말고 형님 먼저 말해 보시오."

제각기 삵에게 먼저 달겨들기를 피하였다.

이리하여 동리에서는 합의는 되었으나 삵은 그냥 태연히 이 동리에 묵어 있게 되었다.

"며늘년들이 조반이나 지었나?"

"손주놈들이 잠자리나 준비했나?"

마치 그 동리의 모두가 자기의 집안인 것같이 삵은 마음대로 이 집 저 집을 드나들었다.

××촌에서는 사람이라도 죽으면 반드시 조상 대신으로,

"삵이나 죽지 않고."

하는 한마디의 말을 잊지 않고 하였다.

누가 병이라도 나면,

"에익 이놈의 병 삵한테로 가거라."

고 하였다.

암종― 누구든 삵을 동정하거나 사랑하는 사람이 없었다.

◆

삵도 남의 동정이나 사랑은 벌써 단념한 사람이었다. 누가 자기에게 아무런 대접을 하든 탓하지 않았다. 보이는 데서 보이는 푸대접을 하면 그 트집으로 반드시 칼부림까지 하는 그였었지만 뒤에서 아무런 말을 할지라도, 그리고 그것이 삵의 귀에까지 갈지라도 탄하지 않았다.

"흥……."

이 한마디는 그의 가장 커다란 처세 철학이었다.

발가락이 닮았다

흔히 곁동리 중국인들의 투전판에 가서 투전을 하였다. 때때로 두들겨 맞고 피투성이가 되어 돌아오는 일도 있었다. 그러나 그 하소연을 하는 일이 없었다. 한다 할지라도 들을 사람도 없거니와. 아무리 무섭게 두들겨 맞은 뒤라도 하루만 샘물에 상처를 씻고 절룩절룩 한 뒤에는 또 그 이튿날은 천연히 나다녔다.

◆

여가 ××촌을 떠나기 전날이었다.

송첨지라는 노인이 그해 소출所出을 나귀에 실어 가지고 중국인 지주가 있는 촌으로 갔다. 그러나 돌아올 때는 그는 송장이 되었다. 소출이 좋지 못하다고 두들겨 맞아서 부러져 꺾어진 송첨지는 나귀 등에 몸이 결박되어서 겨우 ××촌으로 돌아왔다. 그리고 놀란 친척들이 나귀에서 몸을 내릴 때에 절명되었다.

××촌에서는 와작하였다.

"원수를 갚자!"

명 아닌 목숨을 끊은 송첨지를 위하여 동리의 젊으며 늙은이는 모두 흥분되었다. 제각기 이제라도 들고일어설 듯하였다.

그러나 그뿐이었다. 누구든 앞장을 서려는 사람이 없었다. 만약 이때에 누구든 앞장을 서는 사람만 있었다면 그들은 곧 그 지주에게로 달려갔을지 모른다. 그러나 제가 앞장을 서겠노라고 나서는 사람은 없었다. 제각기 곁사람을 돌아보았다.

발을 굴렀다. 부르짖었다. 학대받는 인종의 고통을 호소하며

울었다. 그러나, 그뿐이었다. 남의 일로 지주에게 반항하여 제 밥
자리까지 떼이기를 꺼림인지 어쩐지는 여로는 모를 바로되 용감
히 앞서서 나가는 사람은 없었다.

의사라는 여의 직업상 송첨지의 시체를 검분을 한 뒤에 돌아
오는 길에 여는 삶을 만났다.

키가 작은 삶을 여는 내려다보았다. 삶은 여를 쳐다보았다.

"가련한 인생아. 인종의 거머리야. 가치 없는 생명아. 밥버러지
야. 기생충아."

여는 삶에게 말하였다.

"송첨지가 죽은 줄 아우?"

여의 말에 아직껏 여를 쳐다보고 있던 삶의 눈이 아래로 떨어
졌다. 그리고 여가 발을 떼려는 순간 얼핏 삶의 얼굴에 나타난
비창悲愴한 표정을 여는 넘길 수가 없었다.

◆

고향을 떠난 만 리 밖에서 학대받는 인종의 가엾음을 생각하
고 그 밤은 여도 잠을 못 이루었다.

그 억분함을 호소할 곳도 못 가진 우리의 처지를 생각하고 여
도 눈물을 금치를 못하였다.

◆

발가락이 닮았다

이튿날 아침이었다.

여를 깨우러 달려오는 사람의 소리에 여는 반사적으로 일어났다.

삵이 동구 밖에서 피투성이가 되어 죽어 있다는 것이었다.

여는 삵이라는 말에 눈살을 찌푸렸다. 그러나 의사라는 직업상 곧 가방을 수습하여 가지고 삵이 넘어진 데까지 달려갔다. 송첨지의 장례 때문에 모였던 사람 몇은 여의 뒤로 따라왔다.

여는 보았다. 삵이 허리가 기역자로 뒤로 부러져서 밭고랑 위에 넘어져 있는 것을. 여는 달려가 보았다. 아직 약간의 온기는 있었다.

"익호! 익호!"

그러나 그는 정신을 못 차렸다. 여는 응급수단을 하였다. 그의 사지는 무섭게 경련되었다.

이윽고 그가 눈을 번쩍 떴다.

"익호! 정신 드나?"

그는 여의 얼굴을 보았다. 끝이 없이 한참을 쳐다보았다.

그의 동자가 움직였다. 겨우 의의意義를 깨달은 모양이었다.

"선생님, 저는 갔었습니다."

"어디를?"

"그놈, 지주놈의 집에."

무얼? 여는 눈물 나오려는 눈을 힘 있게 닫았다. 그리고 덥석 그의 벌써 식어 가는 손을 잡았다. 잠시의 침묵이 계속되었다. 그의 사지에서는 무서운 경련이 끊임없이 일었다. 그것은 죽음의 경련이었다.

듣기 힘든 작은 그의 소리가 또 그의 입에서 나왔다.

"선생님."

"왜?"

"보구 싶어요. 전 보구 시……."

"뭐이?"

그는 입을 움직였다. 그러나 말이 안 나왔다. 기운이 부족한 모양이었다. 잠시 뒤 그는 또다시 입을 움직이었다. 무슨 소리가 그의 입에서 나왔다.

"무얼?"

"보구 싶어요. 붉은 산이― 그리구 흰 옷이!"

아아, 죽음에 임하여 그는 고국과 동포가 생각난 것이었다. 여는 힘 있게 감았던 눈을 고즈넉이 떴다. 그때에 삶의 눈도 번쩍 띄었다. 그는 손을 들려 하였다. 그러나 이미 부러진 그의 손은 들리지 않았다. 그는 머리를 돌이키려 하였다. 그러나 그 힘이 없었다.

그의 마지막 힘을 혀끝에 모아 가지고 그는 다시 입을 열었다.

"선생님!"

"왜?"

"저것― 저것―"

"무얼?"

"저기 붉은 산이, 그리고 흰 옷이― 선생님 저게 뭐예요."

여는 돌아보았다. 그러나 거기는 황막한 만주의 벌판이 전개

되어 있을 뿐이다.

"선생님, 창가 불러 주세요. 마지막 소원— 창가를 해주세요. 동해물과 백두산이 마르고 닳도록—"

여는 머리를 끄덕이고 눈을 감았다. 그리고 입을 열었다. 여의 입에서는 창가가 흘러나왔다.

여는 고즈넉이 불렀다.

"동해물과 ××××."

고즈넉이 부르는 여의 창가 소리에 뒤에 둘러섰던 다른 사람의 입에서도 숭엄한 코러스는 울리어 나왔다.

"무궁화 삼천리 화려 강산—"

광막한 겨울의 만주벌 한편 구석에서는 밥버러지 익호의 죽음을 조상하는 숭엄한 노래가 차차 크게 엄숙하게 울리었다. 그 가운데서 익호의 몸은 점점 식었다.

1932년 4월, 《삼천리》

광화사

狂畫師

인왕仁王.

바위 위에 잔솔이 서고 아래는 이끼가 빛을 자랑한다.

굽어보니 바위 아래는 몇 포기 난초가 노란 꽃을 벌리고 있다. 바위에 부딪치는 잔바람에 너울거리는 난초잎.

여余는 허리를 굽히고 스틱으로 아래를 휘저어 보았다. 그러나 아직 난초에서는 사오 척의 거리가 있다. 눈을 옮기면 계곡.

전면이 소나무의 잎으로 덮인 계곡이다. 틈틈이는 철색鐵色의 바위도 보이기도 하나 나무 밑의 땅은 볼 길이 없다. 만약 그 자리에 한번 넘어지면 소나무의 잎 위로 굴러서 저편 어디인지 모를 골짜기까지 떨어질 듯하다.

여의 등 뒤에도 이십삼 장이 넘는 바위다. 그 바위에 올라서면 무학舞鶴재로 통한 커다란 골짜기가 나타날 것이다. 여의 발 아래도 장여丈餘의 바위다.

아래는 몇 포기 난초, 또 그 아래는 두세 그루의 잔솔, 잔솔 넘어서는 또 바위, 바위 위에는 도라지꽃. 그 바위 아래로부터는 가파로운 계곡이다.

그 계곡이 끝나는 곳에는 소나무 위로 비로소 경성 시가의 한편 모퉁이가 보인다. 길에는 자동차의 왕래도 가막하게 보이

발가락이 닮았다

기는 한다. 여전한 분요와 소란의 세계는 그곳에 역시 전개되어 있기는 할 것이다.

그러나 여가 지금 서 있는 곳은 심산이다. 심산이 가져야 할 온갖 조건을 구비하였다.

바람이 있고 암굴이 있고 산초산화가 있고 계곡이 있고 생물이 있고 절벽이 있고 난송亂松이 있고— 말하자면 심산이 가져야 할 유수미幽邃味를 다 구비하였다.

본시는 이 도회는 심산 중의 한 계곡이었다. 그것을 오백 년간을 닦고 갈고 지어서 오늘날의 경성부를 이룬 것이다.

이러한 협곡에 국도國都를 창건한 이태조의 본의가 어디 있었는지는 알 길이 없다. 그러나 오늘날의 한 산보객의 자리에서 보자면 서울은 세계에 유례가 없는 미도美都일 것이다.

도회에 거주하며 식후의 산보로서 풀대님 채로 이러한 유수한 심산에 들어갈 수 있다는 점으로 보아서 서울에 비길 도회가 세계에 어디 다시 있으랴.

회흑색灰黑色의 지붕 아래 고요히 누워 있는 오백 년의 도시를 눈 아래 굽어보는 여의 사위에는 온갖 고산식물이 난성亂盛하고, 계곡에 흐르는 물 소리와 눈 아래 날아드는 기조奇鳥들은 완연히 여로 하여금 등산객의 정취를 느끼게 한다.

여는 스틱을 바위틈에 꽂아 놓았다. 그리고 굴러떨어지기를 면키 위하여 바위와 잔솔의 새에 자리 잡고 비스듬히 앉았다. 담배를 피우고 싶었으나 잠시의 산보로 여기고 담배도 안 가지고 나온 발이 더듬더듬 여기까지 미쳤으므로 담배도 없다.

시야의 한편에는 이삼 장丈의 바위, 다른 한편에는 푸르른 하늘, 그 끝으로는 솔잎이 서너 개 어렴풋이 보인다. 그윽이 코로 몰려 들어오는 송진 냄새. 소나무에 불리는 바람 소리.

유수키 짝이 없다. 여가 지금 앉아 있는 자리는 개벽 이래로 과연 몇 사람이나 밟아 보았을까. 이 바위 생긴 이래로 혹은 여가 맨 처음 발 대어 본 것이 아닐까. 아까 바위를 기어서 이곳까지 올라오느라고 애쓰던 그런 맹랑한 노력을 하여 본 바보가 여이외에 몇 사람이나 있었을까. 그런 모험을 맛보기 위하여 심산을 찾는 용사는 많을 것이로되 결사적 인왕 등산을 한 사람은 그리 많으리라고 생각되지 않는다.

등 뒤 바위에는 암굴이 있다.

뱀이라도 있을까 무서워서 들어가 보지는 않았지만 스틱으로 휘저어 본 결과로 두세 사람은 넉넉히 들어가 앉아 있음직하다.

이 암굴은 무엇에 이용할 수가 없을까.

음모陰謀의 도시 한양은 그새 오백 년간 별별 음흉한 사건이 연출되었다. 시가 끝에서 반시간 미만에 넉넉히 올 수 있는 이런 가까운 거리에 뚫린 암굴은, 있는 줄 알기만 하였으면 혹은 음모에 이용되지 않았을까.

공상!

유수한 맛에 젖어 있던 여는 이 암굴 때문에 차차 불쾌한 공

　　　　　　　　　　발가락이 닮았다

상에 빠지기 시작하려 한다.

온갖 음모, 그 뒤를 잇는 살육, 모함, 방축, 이조 오백 년간의 추악한 모양이 여로 하여금 불쾌한 공상에 빠지게 하려 한다.

여는 황망히 이런 불쾌한 공상에서 벗어나려고 또 주머니에 담배를 뒤적였다. 그러나 담배는 여전히 있을 까닭이 없었다.

다시 눈을 들어서 안하를 굽어보면 일면에 깔린 송초松梢!

반짝!

보매 한 줄기의 샘이다. 소나무 틈으로 보이는 그 샘은 아마 바위틈을 흐르는 샘물인 듯. 똘똘똘똘 들리는 것은 아마 바람 소리겠지. 저렇듯 멀리 아래 있는 샘의 소리가 이곳까지 들릴 리가 없다.

샘물!

저 샘물을 두고 한 개 이야기를 꾸미어 볼 수가 없을까. 흐르는 모양도 아름답거니와 흐르는 소리도 아름답고 그 맛도 아름다운 샘물을 두고 한 개 재미있는 이야기가 여의 머리에 생겨나지 않을까. 암굴을 두고 생겨나려던 음모 살육의 불쾌한 공상보다 좀더 아름다운 다른 이야기가 꾸미어지지 않을까.

여는 바위틈에 꽂았던 스틱을 도로 뽑았다. 그 스틱으로써 여의 발 아래 바위를 가볍게 두드리면서 한 개 이야기를 꾸미어 보았다.

한 화공畵工이 있다.

화공의 이름은? 지어내기가 귀찮으니 신라 때의 화성畵聖의 이름을 차용借用하여 솔거率居라 하여 두자.

시대는?

시대는 이 안하에 보이는 도시가 가장 활기 있고 아름답던 시절인 세종 성주의 대쯤으로 하여 둘까.

백악이 흘러내리다가 맺힌 곳. 거기는 한양의 정기를 한 몸에 지닌 경복궁 대궐이 있다. 이 대궐의 북문인 신무문神武門 밖 우거진 뽕밭 새에 한 중로中老의 사나이가 오뇌스러운 얼굴을 하고 숨어 있다.

화공 솔거였다.

무르익은 여름 뜨거운 볕은 뽕잎이 가려 준다 하나 훈훈한 기운은 머리 위 뽕잎과 땅에서 우러나서 꽤 무더운 이 뽕밭 속에 숨어 있는 화공. 자그마한 보따리에는 점심까지 싸가지고 온 것으로 보아서 저녁까지 이곳에 있을 셈인 모양이다.

그러나 무얼 하는지. 단지 땀을 펑펑 흘리며 오뇌스러운 얼굴로 앉아 있을 뿐이다.

왕후친잠王后親蠶에 쓰이는 이 뽕밭은 잡인들이 다니지 못할 곳이다. 하루 종일을 사람의 그림자 하나 얼씬하지 않는다.

때때로 바람이 우수수하니 통나무 위로 불기는 하나 솔거가 숨어 있는 곳에는 한 점의 바람도 들어오지 않는다. 이 무더운 속에 솔거는 바람이 불 적마다 몸을 흠칫흠칫 놀라며 그러면서도 무엇을 기다리는 듯이 뽕나무 그루 아래로 저편 앞을 주시하

발가락이 닮았다

곤 한다.

이윽고 석양이 무악을 넘고 이 도시도 황혼이 들었다.

날이 어둡기를 기다려서 이 화공은 몸을 숨겨 가지고 거기서 나왔다.

"오늘은 헛길. 내일이나 다시 볼까."

한숨을 쉬면서 제 오막살이를 찾아 돌아가는 화공. 날이 벌써 꽤 어두웠지만 그래도 아직 저녁빛이 약간 남은 곳에 내어놓은 이 화공은 세상에 보기 드문 추악한 얼굴의 주인이었다. 코가 질병자루 같다. 눈이 퉁방울 같다. 귀가 박죽 같다. 입이 나발통 같다. 얼굴이 두꺼비 같다. 소위 추한 얼굴을 형용하는 온갖 형용사를 한 얼굴에 지닌 흉한 얼굴의 주인으로서 그 얼굴이 또한 굉장히도 커서 멀리서 볼지라도 그 존재가 완연하리만 하다.

이 얼굴을 가지고는 백주에는 나다니기가 스스로 부끄러울 것이다.

아닌 게 아니라 솔거는 철이 든 아래 아직껏 백주에 사람 틈에 나다닌 일이 없었다.

일찍이 열여섯 살에 스승의 중매로써 어떤 양가 처녀와 결혼을 하였지만 그 처녀는 솔거의 얼굴을 보고 기절을 하고 기절에서 깨어나서는 그냥 집으로 도망쳐 버리고,

그다음에 또 한번 장가를 들어 보았지만 그 색시 역시 첫날밤만 정신 모르고 치른 뒤에는 이튿날은 무서워서 죽어도 같이 못 살겠노라고 부모에게 떼를 써서 두 번째의 비극을 겪고,

이러한 두 가지의 사변을 겪고 난 뒤에는 솔거는 차차 여인이라는 것을 보기를 피하여 오다가 그 괴벽이 점점 자라서 나중에는 일체로 사람이란 것의 얼굴을 대하기가 싫어졌다.

사람을 피하기 위하여— 그리고 또한 일방으로는 화도畵道에 정진하기 위하여 인가를 떠나서 백악의 숲속에 조그만 오막살이를 하나 틀고 거기 숨은 지 근 삼십 년. 생활에 필요한 물건 혹은 그림에 필요한 물건을 구하기 위하여 부득이 거리에 나가야 할 필요가 있을 때는 반드시 밤을 택하였다. 피할 수 없이 낮에 나갈 때는 방립을 쓰고 그 위에 얼굴을 베로 가리었다.

화도에 발을 들여놓은 지 근 사십 년. 부득이한 금욕 생활 부득이한 은둔 생활을 경영한 지 삼십 년. 여인에게로 소모되지 못한 정력은 머리로 모이고 머리로 모인 정력은 손끝으로 벋어서 종이에 비단에 갈겨 던진 그림이 벌써 수천 점. 처음에는 그 그림에 대하여 아무 불만도 느껴 보지 않았다.

하늘에서 타고난 천분과 스승에게서 얻은 훈련과 저축된 정력의 소산인 한 장의 그림이 생겨날 때마다 그것을 보면서 스스로 만족히 여기고 스스로 자랑스러이 여기던 그였다.

그러나 그런 과정을 밟기 이십 년에 차차 그의 마음에 움돋은 불만. 그것은 어떻게 보자면 화도에는 이단적인 생각일는지도 모를 것이다.

좀 다른 것은 그릴 수가 없는가.

산이다. 바다다. 나무다. 시내다. 지팡이 잡은 노인이다. 다리다. 혹은 돛단배다. 꽃이다. 과즉 달이다. 소다. 목동이다.

발가락이 닮았다

이 밖에 그가 아직 그려 본 것이 무엇이었던가.

유원幽遠한 맛, 단 한 가지밖에 없는 전통적 그림보다 좀더 다른 것을 그려 보고 싶다. 아직껏 스승에게 배운 바의 백발백념의 노옹이나 피리 부는 목동 이외에 좀더 얼굴에 움직임이 있는 사람을 그려 보고 싶다. 표정이 있는 얼굴을 그려 보고 싶다.

이리하여 재래의 수법을 아낌없이 내어던진 솔거는 그로부터 십 년간을 사람의 표정을 그리느라고 세월을 보냈다.

그러나 사람의 세상을 멀리 떠나서 따로이 사는 이 화공에게는 사람의 표정이 기억에 가맣다.

상인商人들의 간특한 얼굴, 행인들의 덜 무표정한 얼굴, 새꾼*들의 싱거운 얼굴. 그새 보고 지금도 대할 수 있는 얼굴은 이런 따위뿐이다. 좀더 색채 다른 표정은 없느냐.

색채 다른 표정!
색채 다른 표정!
이 욕망이 화공의 마음에 익고 커가는 동안 화공의 머리에 솟아오르는 몽롱한 기억이 있다.

이 화공의 어머니의 표정이다.

지금은 거의 그의 기억에서 사라졌지만 어린 시절에 자기를 품에 안고 눈물 글썽글썽한 눈으로 굽어보던 어머니의 표정이 가끔 한순간씩 그의 기억의 표면까지 뛰쳐 올랐다.

---

* '나무꾼'의 평안 방언.

그의 어머니는 희세의 미녀였다. 대대로 이후의 자손의 미까지 모두 미리 빼앗았던지 세상에 드문 미인이었다.

화공은 이 미녀의 유복자였다.

아비 없는 자식을 가슴에 붙안고 눈물 머금은 눈으로 굽어보던 표정.

철이 든 이래로 자기를 보는 얼굴에서는 모두 경악과 공포밖에는 발견하지 못한 이 화공에게는 사십여 년 전의 어머니의 사랑의 아름다운 얼굴이 때때로 몸서리치도록 그리웠다.

그것을 그려 보고 싶었다.

커다란 눈에 그득히 담긴 눈물. 그러면서도 동경과 애무로서 빛나던 눈. 입가에 떠오르던 미소.

번개와 같이 순간적으로 심안心眼에 나타났다가는 사라지는 이 환영을 화공은 그려 보고 싶었다.

세상을 피하고 세상에서 숨어 살기 때문에 차차 비뚤어진 이 화공의 괴벽한 마음에는 세상을 그리는 정열이 또한 그만치 컸다. 그리고 그것이 크면 크니만치 마음속으로 늘 울분과 분만憤懣이 차 있었다.

지금도 세상에서는 한창 계집 사내들이 서로 부둥켜안고 좋다고 야단할 것을 생각하고는 음울한 얼굴로 화필을 뿌리는 화공.

이러한 가운데서 나날이 괴벽하여 가는 이 화공은 한 개 미녀상美女像을 그려 보고자 노심하였다.

발가락이 닮았다

처음에는 단지 아름다운 표정을 가진 미녀를 그려 보고자 하였다.

그러나 미녀를 가까이 본 일이 없는 이 화공이 마음대로 되지 않는 붓끝에 역정을 내며 애쓰는 동안 차차 어느덧 미녀상에 대한 관념이 달라 갔다.

자기의 아내로서의 미녀상을 그려 보고 싶어졌다.

세상은 자기에게 아내를 주지 않는다.

보면 한 마리의 곤충 한 마리의 날짐승도 각기 짝을 찾아 즐기고 짝을 찾아 좋아하거늘 만물의 영장인 사람이 짝 없이 오십 년을 보냈다 하는 데 대한 분만이 일어났다.

세상 놈들은 자기에게 한 짝을 주지 않고 세상 계집들은 자기에게 오려는 자가 없이 홀몸으로 일생을 보내다가 언제 죽는지도 모르게 이 산골에서 죽어 버릴 생각을 하면 한심하기보다 도리어 이렇듯 박정한 사람의 세상이 미웠다.

세상이 주지 않는 아내를 자기는 자기의 붓끝으로 만들어서 세상을 비웃어 주리라.

이 세상에 존재한 가장 아름다운 계집보다도 더 아름다운 계집을 자기 붓끝으로 그려서 못나고도 아름다운 체하는 세상 계집들을 웃어 주리라.

덜난 계집을 아내로 맞아 가지고 천하의 절색이라 믿고 있는 사내놈들도 깔보아 주리라.

사오 명의 처첩을 거느리고 좋다구나고 춤추는 헌놈들도 굽어보아 주리라.

미녀! 미녀!

눈을 감고 생각하고 눈을 뜨고 생각하고 머리를 움켜쥐고 생각해 보나 미녀의 얼굴이 어떤 것인지 알 수가 없었다.

물론 얼굴에 철요가 없고 이목구비가 제대로 놓였으면 세상 보통의 미인이라 한다. 그런 얼굴에 연지나 그리고 눈에 미소나 그려 놓으면 더 아름다워지기는 할 것이다. 이만것은 상상의 눈으로도 볼 수가 있는 자며 붓끝으로 그릴 수도 없는 바가 아니다.

그러나 감한 어린 시절의 어머니의 얼굴을 순영적瞬影的으로나마 기억하는 이 화공으로서는 그런 미녀로는 만족할 수가 없었다.

오뇌와 분만 중에서 흐르는 세월은 일 년 또 일 년 무위히 흘러간다.

미녀의 아랫동이는 그려진 지 벌써 수 년. 그 아랫동이 위에 올려 놓일 얼굴은 어떻게 하여얄지 짐작도 가지 않았다.

화공의 오막살이 방 안에 들어서면 맞은편에 걸려 있는 한 폭 그림은 언제든 어서 목과 얼굴을 그려 주기를 기다리듯이 화공을 힐책한다.

화공은 이것을 보기가 거북하였다.

특별한 일이라도 있기 전에는 낮에 거리에 다니지를 않던 이 화공이 흔히 얼굴을 싸매고 장안을 돌아다녔다.

행여나 길에서라도 미녀를 만날까 하는 요행심으로였다. 길에서 순간적으로라도 마음에 드는 미녀를 볼 수만 있으면 그것을 머리에 똑똑히 캐치하여 그 기억으로써 화상을 그릴까 하는 요행심으로······.

그러나 내외법이 심한 이 도회에서 대낮에 양가의 부녀가 얼굴을 내놓고 길을 다니지 않았다. 계집이라는 것은 하인배나 하류배뿐이었다.

하인배 하류배에도 때때로 미녀라 일컬을 자가 있기는 있었다. 그러나 아무리 산뜻한 미를 갖기는 했다 하나 얼굴에 흐르는 표정이 더럽고 비열하여 캐치할 만한 자가 없었다.

얼굴을 싸매고 거리로 방황하며 혹은 계집들이 많이 모이는 우물가며 저자를 비슬비슬 방황하며 어찌어찌하여 약간 이쁜 듯한 계집이라도 보이면 따라가면서 얼굴을 연구해 보고 했으나 마음에 드는 미녀를 지금껏 얻어 내지를 못하였다.

혹은 심규深閨에는 마음에 드는 계집이라도 있을까. 심규! 심규! 한번 심규의 계집들을 모조리 눈앞에 벌여 세우고 얼굴 검사를 하여 보았으면······.

초조하고 성가신 가운데서 날을 보내고 날을 맞으면서 미녀를 구하던 화공은 마지막 수단으로 친잠 상원親蠶桑園에 들어가서 채상採桑하는 궁녀의 얼굴을 얻어 보려 하였다. 그러나 불행히도 화공의 모험도 헛길로 돌아가고 그날은 채상을 하러 오지도 않았다.

그러나 때 바야흐로 누에 시절이라 길만성 있게 기다리노라

면 궁녀의 오는 날도 있을 것이다. 미녀— 아내의 얼굴을 그리려
는 욕망에 열이 오르고 독이 난 이 화공은 그 이튿날도 또 뽕밭
에 들어가 숨었다. 숨어 기다리지 않을 수가 없었다.

그로부터 한 달, 화공은 나날이 점심을 싸가지고 상원으로 갔
다. 그러나 저녁때 제 오막살이로 돌아올 때는 언제든 그의 입에
서는 기다란 탄식성이 나왔다.

궁녀를 못 본 바가 아니었다.

마치 여기 숨어 있는 화공에게 선보이려는 듯이 나날이 궁녀
들은 번갈아 왔다. 한 떼씩 밀려와서는 옷소매 치맛자락을 펄럭
이며 뽕을 따갔다. 한 달 동안에 합계 사오십 명의 궁녀를 보았다.

모두 일률로 미녀들이었다. 그리고 길가 우물가에서 허투루
볼 수 있는 미녀들보다 고아高雅한 얼굴에는 틀림이 없었다.

그러나 그 눈. 화공의 보는 바는 눈이었다.

그 눈에 나타난 애무와 동경이었다. 철철 넘어 흐르는 사랑
이었다. 그것이 궁녀에게는 없었다. 말하자면 세상 보통의 미녀
였다.

자기에게 계집을 주지 않는 고약한 세상에게 보복하는 의미
로 절세의 미녀를 차지하고자 하는 이 화공의 커다란 야심으로
서는 그만 따위의 미녀로 만족할 수가 없었다.

오막살이로 돌아올 때마다 그의 입에서 나오는 기다란 한숨,
이런 한숨을 쉬기 한 달— 그는 다시 상원에 가지 않았다.

발가락이 닮았다

가을 하늘 맑고 푸르른 어떤 날이었다.

마음속에 분만과 동경을 가득히 담은 이 화공은 저녁 쌀을 씻으러 소쿠리를 옆에 끼고 시내로 더듬어 갔다.

가다가 문득 발을 멈추었다.

우거진 소나무 틈으로 보이는 시냇가 바위 위에 웬 처녀가 하나 앉아 있다. 솔가지 틈으로 내리비치는 얼룩지는 석양을 받고 망연히 앉아서 흐르는 시냇물을 내려다보고 있다.

웬 처녀일까.

인가에서 꽤 떨어진 이곳. 사람의 동리보다 꽤 높은 이곳. 길도 없는 이곳─ 아직껏 삼십 년간을 때때로 초부나 목동의 방문은 받아 본 일이 있지만 다른 사람의 자취를 받아 보지 못한 이곳에 웬 처녀일까.

화공도 망연히 서서 바라보았다. 바라볼 동안 가슴에 차차 무거운 긴장을 느꼈다.

한 걸음 두 걸음 화공은 발소리를 감추고 나아갔다. 차차 그 상거가 가까워 감을 따라서 분명하여 가는 처녀의 얼굴.

화공의 얼굴에는 피가 떠올랐다.

세상에 드문 미녀였다. 나이는 열일여덟. 그 얼굴 생김이 아름답다기보다 얼굴 전면에 나타난 표정이 놀랄 만치 아름다웠다.

흐르는 시내에 눈을 부었는지 귀를 기울였는지 하여간 처녀의 온 주의력은 시내에 모여 있다. 커다랗게 뜨인 눈은 깜박일 줄도 잊은 듯이 황홀한 눈으로 시내를 굽어보고 있다.

남벽藍碧의 시냇물에는 용궁龍宮이 보이는가. 소나무 그루에 부딪쳐서 튀어나는 바람에 앞머리를 약간 날리면서 처녀가 굽어보고 있는 것은 무엇인가.

처녀의 공상과 정열과 환희가 한꺼번에 모인 절묘한 미소를 눈과 입에 띠고 일심불란히 처녀가 굽어보는 것은 무엇인가.

아아.

화공은 드디어 발견하였다. 그새 십 년간을 여항의 길거리에서 혹은 우물가에서 내지는 친잠 상원에서 발견하여 보려고 애쓰다가 종내 달하지 못한 놀랄 만한 아름다운 표정을 화공은 뜻 안 한 여기서 발견하였다.

화공은 걸음을 빨리하였다. 자기의 얼굴이 얼마나 더럽게 생겼는지 이 처녀가 자기를 쳐다보면 얼마나 놀랄지 이 점을 온전히 잊고 걸음을 빨리하여 처녀의 쪽으로 갔다.

처녀는 화공의 발소리에 머리를 번쩍 들었다. 화공을 바라보았다. 그 무한히 먼 곳을 바라보는 듯한 기묘한 눈을 들어서.

"아."

가슴이 무득하여 무슨 말을 하여야 할지 망설이며 화공이 반벙어리 같은 소리를 할 때에 처녀가 먼저 입을 열었다.

"여기가 어디오니까."

여기가 어디?

"여기는 인왕산록 이름도 없는 곳이지만 너는 웬 색시냐?"

"네……."

문득 떠오르는 적적한 표정.

"더듬더듬 시내를 따라왔습니다."

화공은 머리를 기울였다. 몸을 움직여 보았다. 무한히 먼 곳을 바라보는 듯한 처녀의 눈은 그냥 움직임 없이 커다랗게 뜨여 있기는 하지만 어디를 보는지 무엇을 보는지 알 수가 없다. 드디어 화공은 부르짖었다.

"너 앞이 보이느냐?"

"소경이올시다."

소경이었다. 눈물 머금은 소리로 하는 이 대답을 듣고 화공은 좀더 가까이 갔다.

"앞도 못 보면서 어떻게 무얼 하려 예까지 왔느냐?"

처녀는 머리를 푹 수그렸다. 무슨 대답을 하는 듯하였으나 화공은 알아듣지 못하였다. 그러나 화공으로 하여금 적이 호기심을 잃게 한 것은 처녀의 얼굴에 아까와 같은 놀라운 매력 있는 표정이 없어진 것이었다.

그만하면 보기 드문 미인임에는 틀림이 없다. 그러나 아까 화공이 그렇듯 놀란 것은 단지 미인인 탓이 아니었다. 그 얼굴에 나타난 놀라운 매력에 끌린 것이었다.

"불쌍도 허지. 저녁도 가까워 오는데 어둡기 전에 집으로 내려가거라."

이만치 하여 화공은 처녀를 포기하려 하였다. 이 말에 처녀가 웅하였다.

"어두운 것은 탓하지 않습니다마는 황혼이 매우 아름답다지요?"

"그럼. 아름답구말구."

"어떻게 아름답습니까."

"황금빛이 서산에서 줄기줄기 비치는구나. 거기 새빨갛게 물든 천하— 푸르른 소나무도 남빛 바위도 검붉은 나무그루도 모두 황금빛에 잠겨서—"

"황금빛은 어떤 것이고 새빨간 빛과 붉은 빛이며 남빛은 모두어떤 빛이오니까? 밝은 세상이라지만 밝은 빛과 붉은 빛이 어떻게 다르십니까? 이 산 경치가 아름답다는 소문을 듣고 더듬어왔습니다마는 바람 소리 돌물 소리 귀로 들리는 소리밖에는 어디가 아름다운지 알 수가 없습니다."

차차 다시 나타나는 미묘한 표정. 커다랗게 뜨인 눈에 비치는동경의 물결. 일단 사라졌던 아름다운 표정은 다시 생기기 비롯하였다.

화공은 드디어 처녀의 맞은편에 가 앉았다.

"이 샘줄기를 따라 내려가면 바다가 있구 바다 속에는 용궁이있구나. 칠색 비단을 감은 기둥과 비취를 아로새긴 댓돌이며 황금으로 만든 풍경. 진주로 꾸민 문설주—"

마주 앉아서 엮어 내리는 이 화공의 이야기에 각일각刻—刻 더욱 황홀하여 가는 처녀의 눈이었다. 화공은 드디어 이 처녀를 자기의 오막살이로 데리고 돌아갈 궁리를 하였다.

"내 용궁 이야기를 들려주마. 너의 집에서 걱정만 안 하실 것같으면."

발가락이 닮았다

화공이 이렇게 꼬일 때에 처녀는 그의 커다란 눈을 들어서 유원히 하늘을 우러러보면서 자기네 부모는 병신 딸 따위는 없어져도 근심을 안 한다고 쾌히 화공의 뒤를 따랐다.

일사천리로 여기까지 밀려오던 여의 공상은 문득 중단되었다.

이야기를 어떻게 진전시키나?

잡념이 일어난다. 동시에 여의 귀에 들려오는 한 절의 유행가.

여는 머리를 들었다. 저편 뒤 어디 잡인들이 온 모양이다. 그 분요가 무의식중에 귀로 들어와서 여의 집중되었던 머리를 헤쳐 놓는다.

귀찮은 가사歌師들이여. 저주받을 가사들이여.

이 저주받을 가사들 때문에 중단된 이야기는 좀체 다시 모이지 않았다.

그러나 결말 없는 이야기가 어디 있으랴. 되었던 결말은 지어야 할 것이 아닌가.

그러면 그 화공은 처녀를 데리고 제 오막살이로 돌아와서 용궁 이야기를 들려주면서 그동안에 처녀의 얼굴을 그대로 그려서 십 년래의 숙망을 성취하였다는 결말로 맺어 버릴까?

그러나 이런 싱거운 결말이 어디 있으랴? 결말이 되기는 되었지만 이따위 결말을 짓기 위하여 그런 서두는 무의미한 자다.

그러면?

그럼 다르게 결말을 맺어 볼까?

화공은 처녀를 제 오막살이로 데리고 돌아왔다. 그리고 처녀에게 용궁 이야기를 들려주었다. 그러나 아까 용궁 이야기로 초벌 들은 처녀는 이번은 그렇듯 큰 감흥도 느끼지 않는 모양으로 그다지 신통한 표정도 보이지 않았다. 화공의 계획은 수포로 돌아갔다. 화공은 그 그림을 영 미완품 채로 남기지 않을 수 없었다.

역시 마음에 들지 않는 결말이다.

그럼 또다시—

화공은 처녀를 데리고 돌아왔다. 돌아와서 처녀를 보면 볼수록 탐스러워서 그림은 집어던지고 처녀를 아내로 삼아 버렸다. 앞을 못 보는 처녀는 이 추하게 생긴 화공에게도 아무 불만이 없이 일생을 즐겁게 보냈다. 그림으로나 아내를 얻으려던 화공은 절세의 미녀를 아내로 얻게 되었다.

역시 불만이다.

귀찮고 성가시다. 저주받을 유행 가사여.

여는 일어났다. 감흥을 잃은 이 자리에 그냥 앉아 있기가 싫었다. 그냥 들리는 유행가. 그것이 안 들리는 곳으로 자리를 옮기자.

굽어보매 저 멀리 소나무 틈으로 한 줄기 번득이는 것은 아까의 샘물이다.

그 샘물로, 가장 이 이야기의 원천이 된 그 샘으로 내려가자.

벼랑을 내려가기는 올라가기보다 더 힘들었다. 올라가는 것은 올라가다가 실수하여 떨어지면 과즉 제자리에 내린다. 그러나

발가락이 닮았다

내려가다가 발을 실수하면 어디까지 굴러갈지 예측할 길이 없다. 잘못하다가는 청운동淸雲洞 어구까지 굴러갈는지도 모를 일이다. 게다가 올라갈 때에는 도움이 되던 스틱조차 내려갈 때에는 귀찮기 짝이 없다.

반 각이나 걸려서 여는 드디어 그 샘가에 도달하였다.

샘가에는 과연 한 개의 바위가 사람 하나 앉기 좋을 만한 자리가 있다. 이 바위가 화공이 쌀 씻던 바위일까. 처녀가 앉아서 공상하던 바위일까. 그 아래를 깊은 남벽으로 알았더니 겨우 한 뼘 미만의 얕은 물로서 바위 위를 기운 없이 뚤뚤 흐르고 있다.

그러나 이 골짜기는 고요하기 짝이 없었다. 바람 소리도 멀리 위에서만 들린다. 그리고 소나무와 바위에 둘러싸여서 꽤 음침한 이 골짜기는 옛날 세상을 피한 화공이 즐겨 하였음직하다.

자, 그러면 이 골짜기에서 아까 그 이야기의 꼬리를 마저 지을까.

화공은 처녀를 데리고 오막살이로 돌아왔다.

그의 마음은 너무도 긴장되고 또한 기뻐서 저녁도 짓기 싫었다. 들어와 보매 벌써 여러 해를 멀리 달리기를 기다리는 족자의 여인의 몸집조차 흔연히 화공을 맞는 듯하였다.

"자, 거기 앉아라."

수년간 화공을 힐책하던 머리 없는 그림이 화공의 앞에 펴졌다. 단청도 준비되었다.

터질 듯 울렁거리는 마음으로 폭 앞에 자리를 잡은 화공은 빛이 비치도록 남향하여 처녀를 앉히고 손으로는 붓을 적시며 이야기를 꺼내었다.

벌써 황혼은 인제 얼마 남지 않은 오늘 해로써 숙망을 달하려 하는 것이었다. 십 년간을 벼르기만 하면서 착수를 못 하기 때문에 저축되었던 화공의 힘은 손으로 모였다.

"그러구— 알겠지?"

눈으로는 처녀의 얼굴을 보며 입으로는 용궁 이야기를 하며 손은 번개같이 붓을 둘렀다.

"용궁에는 여의주如意珠라는 구슬이 있구나. 이 여의주라는 구슬은 마음에 있는 바는 다 달할 수 있는 보물로서 그 구슬을 네 눈 위에 한번 굴리면 너도 광명한 일월을 보게 된다."

"네? 그런 구슬이 있습니까?"

"있구말구. 네가 내 말을 잘 듣고 있기만 하면 수일 내로 너를 데리고 용궁에 가서 여의주를 빌려서 네 눈도 고쳐 주마."

"그러면 저도 광명한 일월을 볼 수가 있겠습니까."

"그럼. 광명한 일월, 무지개라는 칠색이 영롱한 기묘한 것, 아름다운 수풀, 유수한 골짜기 무엇인들 못 보랴."

"아이구, 어서 그 여의주를 구해서."

아아. 놀라운 아름다운 표정이었다. 화공은 처녀의 얼굴에 나타나 넘치는 이 놀라운 표정을 하나도 잃지 않고 화폭 위에 옮겼다.

황혼은 어느덧 밤으로 변하였다. 이때는 그림의 여인에게는 단지 눈동자가 그려지지 않을 뿐 그 밖엣것은 죄 완성이 되었다.

동자까지 그리고 싶었다. 그러나 이 그림의 생명을 좌우할 눈동자를 그리기에는 날은 너무도 어두웠다.

눈동자 하나쯤이야 밝은 날로 남겨 둔들 어떠랴. 하여간 십년 숙망을 겨우 달한 화공의 심사는 무엇에 비기지 못하도록 기뻤다.

"아— 아."

이 탄성은 오래 벼르던 일이 끝난 때에 나는 기쁨의 소리였다.

이 일단의 안심과 함께 화공의 마음에는 또 다른 긴장과 정열이 솟아올랐다.

꽤 어두운 가운데서 처녀의 얼굴을 유심히 보기 위하여 화공이 잡은 자리는 처녀의 무릎과 서로 닿을 만치 가까웠다. 그림에 대한 일단의 안심과 함께 화공의 코로 몰려 들어오는 강렬한 처녀의 체취와 전신으로 느끼는 처녀의 접근 때문에 화공의 신경은 거의 마비될 듯싶었다. 차차 각일각 몸까지 떨리기 시작하였다. 어두움 가운데서 황홀스러이 빛나는 처녀의 커다란 눈과 정열로 들먹거리는 입술은 화공의 정신까지 혼미하게 하였다.

밝는 날 화공과 소경 처녀의 두 사람은 벌써 남이 아니었다.

"오늘은 동자를 완성시키리라."

삼십 년의 독신 생활을 벗어 버린 화공은 삼십 년간을 혼자 먹던 조반을 소경 처녀와 같이 먹고 다시 그림 폭 앞에 앉았다.

"용궁은?"

기쁨으로 빛나는 처녀의 눈.

그러나 화공의 심미안審美眼에 비친 그 눈은 어제의 눈이 아니었다.

아름답기는 다시없는 아름다운 눈이었다. 그러나 그 눈은 사내의 사랑을 구하는 '여인의 눈'이었다. 병신이라 수모받던 전생을 벗어 버리고 어젯밤 처음으로 인생의 봄을 맛본 처녀는 인제는 한 개의 그 지어미의 눈이요 한 개의 애욕의 눈이었다.

"용궁은?"

"용궁에 어서 가서 여의주를 얻어서 제 눈을 띄어 주세요. 밝은 천지도 천지려니와 당신이 어서 눈 뜨고 보고 싶어."

어젯밤 잠자리에서 자기는 스물네 살 난 풍신 좋은 사내라고 자랑한 화공의 말을 그대로 믿는 소경 처녀였다.

"응, 얻어 주지. 그 칠색이 영롱한!"

"그 칠색도 어서 보고 싶어요."

"그래그래, 좌우간 지금 머리로 생각해 보란 말이야."

"네, 참 어서 보고 싶어서."

굽어보면 무릎 앞의 그림은 어서 한 점 동자를 찍어 주기를 기다리고 있다.

그러나 소경의 눈에 나타난 것은 아름답기는 아름다우나 그것은 애욕의 표정에 지나지 못하였다. 그런 눈을 그리려고 십 년을 고심한 것이 아니었다.

"자, 용궁을 생각해 봐!"

"생각이나 하면 뭘 합니까? 어서 이 눈으로 보아야지."

발가락이 닮았다

"생각이라도 해보란 말이야."

"짐작이 가야 생각도 하지요."

"어제 생각하던 대로 생각을 해봐!"

"네……."

화공은 드디어 역정을 내었다.

"자, 용궁! 용궁!"

"네……."

"용궁을 생각해 봐! 그래 용궁이 어때?"

"칠색이 영롱하구요."

"그래 또."

"또 황금 기둥, 아니 비단으로 싼 기둥이 있구요. 또 푸른 진주
가!"

"푸른 진주가 아냐! 푸른 비취지."

"비취 추녀던가 문이던가."

"에익! 바보!"

화공은 커다란 양손으로 칵 소경의 어깨를 잡았다. 잡고 흔들
었다.

"자, 다시 곰곰이. 용궁은."

"용궁은 바닷속에……."

겁에 띠어서 어릿거리는 소경의 양에 화공은 손으로 소경의
따귀를 갈기지 않을 수가 없었다.

"바보!"

이런 바보가 어디 있으랴. 보매 그 병신 눈은 깜박일 줄도 모

르고 허공을 바라보고 있다. 그 천치 같은 눈을 보매 화공의 노염은 더욱 커졌다. 화공은 양손으로 소경의 멱을 잡았다.

"에이, 바보야. 천치야. 병신아."

생각나는 저주의 말을 연하여 퍼부으면서 소경의 멱을 잡고 흔들었다. 그리고 병신답게 멀겋게 뜨인 눈자위에 원망의 빛깔이 나타나는 것을 보고 더욱 힘 있게 흔들었다.

흔들다가 화공은 탁 그 손을 놓았다. 소경의 몸이 너무도 무거워졌으므로.

화공의 손에서 놓인 소경의 몸은 손을 뒤솟은 채 번뜻 나가넘어졌다. 넘어지는 서슬에 벼루가 전복되었다. 뒤집어진 벼루에서 튀어난 먹 방울이 소경의 얼굴에 덮였다.

깜짝 놀라서 흔들어 보매 소경은 벌써 이 세상의 사람이 아니었다.

화공은 어찌할 줄을 몰랐다. 망지소조罔知所措하여 허든거리던 화공은 눈을 뜻 없이 자기의 그림 위에 던지다가 소리를 내며 자빠졌다.

그 그림의 얼굴에는 어느덧 동자가 찍히었다. 자빠졌던 화공이 좀 정신을 가다듬어 가지고 몸을 겨우 일으켜서 다시 그림을 보매 두 눈에는 완연히 동자가 그려진 것이었다.

그 동자의 모양이 또한 화공으로 하여금 다시 덜썩 엉덩이를 붙이게 하였다. 아까 소경 처녀가 화공에게 멱을 잡혔을 때에 그의 얼굴에 나타났던 원망의 눈! 그림의 동자는 완연히 그것이었다.

발가락이 닮았다

소경이 넘어지는 서슬에 벼루를 엎는다는 것은 기이할 것도 없고 벼루가 엎어질 때에 먹 방울이 튄다는 것도 기이하달 수도 없지만 그 먹 방울이 어떻게 그렇게도 기묘하게 떨어졌을까? 먹이 떨어진 동자로부터 먹물이 번진 홍채에 이르기까지 어찌도 그렇게 기묘하게 되었을까?

한편에는 송장, 한편에는 송장의 화상을 놓고 망연히 앉아 있는 화공의 몸은 스스로 멈출 수 없이 와들와들 떨렸다.

수일 후부터 한양성 내에는 괴상한 여인의 화상을 들고 음울한 얼굴로 돌아다니는 늙은 광인狂人 하나가 생겼다.

그의 내력을 아는 사람이 없었고 그의 근본을 아는 사람이 없었다. 그 괴상한 화상을 너무도 소중히 여기므로 사람들이 보고자 하면 그는 기를 써서 보이지 않고 도망하여 버리고 한다.

이렇게 수년간을 방황하다가 어떤 눈보라치는 날 돌베개를 베고 그의 일생을 마감하였다. 죽을 때도 그는 그 족자는 깊이 품에 품고 죽었다.

늙은 화공이여. 그대의 쓸쓸한 일생을 여는 조상弔喪하노라.

여는 지팡이로써 물을 두어 번 저어 보고 고즈넉이 몸을 일으켰다.

우러러보매 여름의 석양은 벌써 백악 위에서 춤추고. 이 천고의 계곡을 산새가 남북으로 건넌다.

1935년 12월. 《야담》

김연실전 傳

1

연실妍實이의 고향은 평양이었다.

연실이의 아버지는 옛날 감영監營의 이속吏屬이었다. 양반 없
는 평양서는 영리營吏들이 가장 행세하였다. 연실이의 집안도 평
양서는 한때 자기로라고 뽐내던 집안이었다.

연실이는 부계父系로 보아서 이 집의 맏딸이었다. 그보다 석
달 뒤에 난 그의 오라비동생이 그 집안의 맏상제였다. 이만한 설
명이면 벌써 짐작할 수 있을 것이지만, 연실이는 김영찰의 소
실—퇴기退妓— 소생이었다.

김영찰의 딸이 웬 셈인지 최이방을 닮았다는 말썽도 어려서
는 적지 않게 들었지만, 연실이의 생모와 김영찰의 새의 정이 유
난히 두터웠던 까닭인지, 소문은 소문대로 젖혀 놓고 연실이는
김영찰의 딸로 김영찰에게 인정이 되었다.

조선에도 민적법民籍法이 시행될 때는 그때 생모를 여읜 연실
이는 김영찰의 정실의 맏딸로 민적에 오르고 연실이보다 석 달
뒤에 난 맏아들은 민적상 연실이보다 일 년 뒤에 난 한 부모의
자식으로 오르게 되었다.

조선의 개명開明은 예수교라는 물결을 타고 서북西北으로 먼저
들어왔다. 이 다분의 혁명적 사상과 평민사상을 띤 종교는, 양반

발가락이 닮았다

의 생산지인 중앙조선이며 남조선으로 잘 받지 않는 동안, 홍경 래洪景來를 산출한 서북에 먼저 들어왔다. 들어오면서는 놀라운 세력으로 퍼지기 시작하였다.

때 바야흐로 한토漢土에서는 애신각라愛新覺羅 씨가 이룩한 청 나라의 삼백 년 기업도 흔들림을 보고 원세개라 여원홍이라 손 일선이라 하는 이름들이 조선 사람의 입으로도 수군거리는 시 절에 예수교라는 새로운 도덕학과 그 예수교에 뒤따라 조선에 들어온 '개명 사상'이 조선에서 제일 먼저 부인한 것은, 양반 상 놈의 계급, 적서嫡庶의 구별, 도덕만을 숭상하는 구학문 등이었 다.

이런 사상의 당연한 결과로서 조선 온갖 곳에 신학문의 사립 학교가 설립되었다.

평양에도 청산학교靑山學校라는 소학교가 설립되었다.

학도야 학도야
저기 청산 바라보게.
고목은 썩어지고
영목은 소생하네.

이 학교의 교가 삼아 지은 이 창가는, 삽시간에 권학가勸學歌 로 온 조선에 퍼졌다.

청산학교 창립의 뒤를 이어, 벌써 평양에 몇 군데 생긴 예배당 에 부속 소학교가 설립되었다.

그 곧 뒤를 이어서 진명여학교進明女學校라 하는 여자 교육의 소학교까지 설립이 되었다.

진명학교는 설립되면서 어느덧 평양 시민에게 '기생학교'라는 부름을 들었다. 장래의 기생을 만들어 낸다는 뜻이 아니었다. 현재 재학생 중에 기생이 많다는 뜻도 아니었다. 아직도 옛 사상에서 벗어나지 못한 평양 시민들은 자기네의 딸을 학교에 보내기를 꺼린 것이었다. 더욱이 그때의 학령學齡이라는 것은 열 살 이상 열다섯 내지 열일여덟이었으매 그런 과년한 딸을 백주에 길에 내놓으며 더욱이 새파란 남자 선생한테 글을 배운다든가 하는 일은 가문을 더럽히는 일이며, 잘못하다가는 딸에게 학문을 가르치려다가 다른 일을 가르치게 될 것을 염려하여 진명여학교의 설립을 무시하여 버렸다.

그 대신 '내외內外'를 그다지 엄히 지킬 필요를 느끼지 않는 기생의 딸 혹은 소실의 딸들이 이 학교에 모여들었다. 이렇게 되기 때문에 더욱이 염집의 딸들은 이 학교를 천시하고, 드디어 그 칭호까지도 진명학교라 부르지 않고 기생학교라 부르게까지 된 것이다.

연실이는 진명학교가 창립된 지 석 달 만에 이 학교에 입학하였다.

연실이가 이 학교에 입학한 것은 단지 소실의 딸이라는 자유로운 신분 때문만이 아니었다.

첫째로는 신학문의 취미를 보았기 때문이었다. 물론 기역 니은은 언제 배웠는지 모르는 틈에 배웠지만, 그 밖에 무엇보다도 연실이에게 호기심을 일으키게 한 것은 산술이었다. 그 전해에 소학교에 입학한 오라비동생의 학과 복습을 보살펴 주다가 저절로 아라비아 숫자를 알게 되고 알게 되면서 어느덧 오라비보다 앞서게 되어, 오라비는 학교에서 가감을 배우는 동안 연실이는 승과 제도 넘어서서 분수分數까지 올라가게나 되었다. 이것이 그로 하여금 신학문에 취미를 갖게 한 첫째 원인이었다.

둘째로 그가 학교에 가고 싶게 된 동기는 그의 가정 사정이었다.

연실이의 아버지가 과거의 영문 이속이라 하나 다른 이속들보다 지체가 훨씬 떨어졌다. 다른 이속들은 대대로 이속 집안이든가 혹은 서북 선비의 집안 후손으로, 여러 대째 내려오는 근본 있는 집안이었지만, 연실이의 아버지는 그렇지 못하였다. 연실이의 할아버지는 군정軍丁이었다. 군정 노릇을 하며 상관의 비위를 맞추어서 돈냥이나 장만하였다.

그 장만한 돈으로 아들을 위하여 영리의 자리를 사주었다. 얼마 전만 하여도 군정의 자식이 아무리 돈이란들 영리 자리를 살 수 있으랴만 그때 마침 유명한 M감사가 평안 감사로 내려온 때라, M감사에게 돈만 바치면 아무것이라도 할 수 있는 시대였더니만치, 감히 바라도 보지 못할 자리를 점령한 것이었다.

목적은 치부致富에 있었다. 몇 해 잘 어름거려서 호방戶房 자리만 하나 얻으면 몇십만 냥을 모으기는 여반장인 시대라 호방을 목표로 영리의 자리를 샀다. 그런데 불행히도 김영찰이 호방에 오르기 전에 일청전쟁이 일어나고, 일청전쟁의 뒤에는 관제

변혁으로 김영찰 평생의 꿈이 헛데로 돌아갔다.

이렇게 되매 김영찰의 입장은 딱하게 되었다. 평양서는 그래도 지벌을 자랑하는 가문에서 김영찰을 군정의 자식이라 하여 천시하였다. 그러나 김영찰로 보자면 자기의 아버지는 여하컨간에 자기는 관속이었더니만치 아버지 시대의 동료들과는 사귀기를 피하였다. 개밥의 도토리와 같이 비어져 나왔다.

만약 이런 때에 김영찰로서 조금만 눈을 넓게 뜨고 보았더면, 자기의 장래를 상로商路든가 혹은 다른 방면에서 발견하였을 것이다. 그러나 그의 선조 대대로 군정 노릇을 하였고 그 자신은 관리로까지 출세를 하였다가 관리로서 충분히 자리도 잡아 보기 전에 다시 앞길을 잃어버린 사람이라, 관료적 심정과 및 권력에 대한 동경심이 마음에 불타올라서 다른 방면을 돌볼 여유가 없었다. 여기서 김영찰은 새로운 정세 아래서의 관리 자리를 얻어 보려고 동분서주하였다.

이런 계급과 이런 사상의 사람의 예상사로 김영찰은 첩살림을 하였다. 더욱이 몇 해 전만 하여도 기생들은 김영찰을 영문 이속이라 차마 괄시는 못 하였지만 지체 있는 기생들은 김영찰을 군정의 자식이라 하여 속으로 멸시를 하였는데, 이즈음은 그런 관념이 타파된 위에 기생으로 볼지라도 예전과 달라, 행랑집 딸, 술집 계집애들이 수심가깨나 하게 되면 함부로 기생이 되어, 기생의 지위가 떨어지기 때문에 누구를 괄시하든가 할 수는 없이 되어, 김영찰 같은 사람은 이런 사회에서,

"어이, 내가 M판서대감이 평안 감사로 내려오셨을 적에— 어

발가락이 닮았다

머."

하며 호기를 뽑을 수 있는 고귀한 손님쯤으로 되어서, 화류계의 중심인물쯤 되었다.

이런 가장에게 매달린 그의 가정은 냉락冷落한 가정이었다.

이 가정 안에서 연실이를 사랑할 수 있고 또한 사랑할 의무를 가진 사람은 오직 그의 아버지뿐이어늘 아버지라는 사람이 집에 들어오는 일조차 쉽지 않으니 연실이는 사랑을 받지 못하고 자랄 수밖에 없었다.

연실이의 적모嫡母(민적상으로는 생모)는 군정의 며느리로 온 사람이니만치 교양 없이 길러난 사람이었다. 그런 사람이 시집을 왔으면 남편에게라도 교양을 받았어야 할 것인데 남편 역시 그렇고 그런 사람이라, 아내를 가르친다든가 할 만한 사람이 못 되었다.

군정의 며느리로 시집온 것이 운수 좋아서 영찰의 아내가 되었다고 교양만 잔뜩 가지게 된 사람이었다. 이런 사람의 특색으로 자기의 과거는 생각지 않고 남을 수모하기는 여지없는 종류의 사람이었다.

사사에 연실이를 꾸짖었다. 잘못한 일은 둘째 두고 잘한 일이라도 꾸짖었다. 꾸짖는 때는 반드시,

"제 에미년을 닮아서."

"쌍것의 새끼는 할 수 없어."

하는 말 끼우기를 잊지 않았다.

자기의 소생 자식들을 책망할 때도,

"쌍것의 새끼하구 늘 놀아서 그 꼴이란 말이냐?"

고 연실이를 끌어대었다.

이런 어머니의 교육 아래서 자라는 연실이의 이복동생(사내 둘과 계집애 하나)들이라, 동생들이 제 누나 혹은 언니에게 대해서 처하는 태도도 자기네는 양반이요 연실이는 상것이라는 관념 아래서 출발한 것이었다.

이런 가정 안에서 이런 환경 아래서 자라나는 연실이는, 어린 마음에도 온갖 사물에 대한 반항심만 성장되었다.

아무 애정도 가질 수 없는 아버지는 단지 무시무시한 존재일 뿐이었다. 게다가 적모에게 흔히 듣는 바 '그 낫살에 계집이라면 정신을 못 차리는 더러운 녀석'일 뿐이었다.

적모며 적모 소생의 이복동생들에게 대해서 애정이나 존경심을 못 갖는 것은 거듭 말할 필요도 없었다.

그뿐 아니라, 자기가 갓 났을 때 저세상으로 간 자기의 생모에게조차 호의를 가질 수가 없었다. 이런 환경의 소녀로서 가슴에 원한이 사무칠 때마다 생각나는 것은 자기의 생모이겠거늘, 표독하게도 비꼬여진 연실이의 마음은,

'왜 그것이 화냥질을 해서 나까지 이 수모를 받게 하는가.'

하는 원망이 앞서서, 도저히 호의를 가질 수가 없었다. 부계로 보아 양반(?)의 자식이라는 자긍심을 가지고 싶은데 그것을 방해하는 모계가 저주하고 싶었다.

이렇게 가정적으로 정 가는 데도 없고 사랑 붙일 데도 없는 연실이는 어떤 날 자기 이모—노기老妓—의 집에 놀러 갔다가 진

발가락이 닮았다

명학교라는 계집애학교가 있단 소식을 듣고, 열 살 난 소녀로서 부모의 승낙도 없이 입학 수속을 하여 버린 것이다. 물론 부모에게 알리면 한번 단단한 경을 칠 줄은 번히 알았지만, 경에 단련된 연실이는 그것이 그다지 무섭지도 않았거니와 두고두고 그집에 박혀 있느니보다는 한번 경을 치고라도 학교에 다닐 수만 있었으면 다행이었다.

그랬는데 요행히도,

"제 에미를 닮아서 간도 큰 계집애로군. 사내로 태어났드믄 역적 도모하겠네."

하는 독 있는 욕을 먹은 뒤에 비교적 순순히 승낙이 되었다. 아마 어머니로서도, 집 안에서 만날 보기 싫은 상년을 보느니보다는 낮만이라도 학교로 정배를 보내는 것이 속이 시원하였던 모양이었다.

그러나 진명여학교도 창립한 다음다음 해에는 도로 문을 닫혀 버리지 않을 수가 없게 되었다.

그 학교의 창립자는 당시 이름 높던 청년 지사였다. 그 창립자가 바야흐로 개화의 물결에 타고 오르려는 서북 조선 각 지방을 돌아다니면서 유세遊說하여 구하여 들인 기금이 차차 학교 경영의 기초를 든든히 할 가망이 보였으나 사위 사정의 급변화는 이 청년 지사로 하여금 자기의 사업에 정진치 못하게 하여, 그는 자기의 나고 자라고 한 땅을 등지고 멀리 해외로 망명을 하였다.

그가 외국으로 달아날 때에 고국에 남기고 간 '간다 간다 나는 간다. 너를 두고 나는 간다'의 노래가 온 조선 방방곡곡에 퍼지게 된 때쯤은, 진명여학교는 창립자의 후계자인 어떤 여사가 애써 유지하여 보려고 노력하였음에도 불구하고 드디어 문을 닫히지 않을 수가 없게 되었다.

이리하여 쓸쓸한 가정에서 한때 자유로운 학원에 몸을 피하였던 연실이는 다시 가정에 들어박히지 않을 수가 없게 되었다.

그때 연실이는 열두 살이었다.

2

단 이 년의 진명학교 생활은 결코 기다란 세월이랄 수는 없다. 그러나 이 이 년이라는 날짜가 연실이에게 일으킨 변화는 적지 않았다.

학교에서 배운 바의 지식이라는 것은 보잘것없었다. 『회도몽학繪圖蒙學』을 제2권까지 떼어서 쉬운 한문 글자를 배우고, 산술은 일찍이 집에서 자습한 분수에까지 다시 이르고, 지금껏 뜻은 모르고,

"당기위구 삼천리에 도엽지로세."

하며 부르던 노래가 사실은,

"단기위고 삼천 년의 도읍지로세."

하는 것으로 단군, 기자, 위만, 고구려의 삼천 년간의 도읍지라는 〈평양가〉의 일절이라는 것을 알고,

"지금까지는 우리 조선에서는 여자라는 것은 노예로 알았거

니와 결코 그렇지 않습니다. 개명한 세상에서는 여자도 사회에 나서서 일해야 됩니다. 그러기 위해서는 교육을 받아야 합니다."

고 사자후하던 진명학교 창립 선생의 말로써 노예(뜻은 모른다)이던 여자가 교육받게 된 것이라는 것을 알고─등등, 학교에서 직접 얻은 자식보다도 그의 학교생활 때문에 생겨난 성격의 변화와 인식의 변화가 더욱 컸다. 규칙 없이 순서 없이 너무도 급급히 수입한 자유사상 아래서 교육받으며 진명학교 학우들 틈에서 자라는 이 년간에 연실이의 마음에 가장 커다랗게 돋아난 싹은 반항심이었다. 학우들이 대개가 기생의 자식이라 가정적 훈련과 교육을 받지 못하고 자유로이 자라난 이 처녀들은 부모를 고마워할 줄을 모르고 부모를 공경할 줄을 몰랐다. 이 처녀들의 어머니가 자기네의 집안에서 하는 행동하며 말이며 버릇은 결코 자식에게 존경을 받을 만한 바가 못 되었다. 이런 가정 아래서 부모를 공경할 의무를 모르고 자란 이 처녀들은, 따라서 부모(부모라기보다 아비는 없고 어미만이 대개였다)를 무서워할 줄을 몰랐다.

어려서부터 부모 사랑은 몰랐지만 부모 무서운 줄은 알면서 자란 연실이에게는 그것은 처음은 의외였다. 그러나 이 년간을 그 처녀들과 함께 지내며 가정이 재미없으니만치 하학한 뒤에도 동무들의 집에 놀러 가서 온 낮을 보내고 하는 동안 어느 틈에 언제 배웠는지는 모르지만 연실이도 부모에게 대한 공포심을 잃고 그 대신 경멸심을 배웠다.

관념과 인식상의 이런 변화가 드디어 행동으로 나타나는 날이 이르렀다.

한 이 년간 학교에 다닐 동안 연실이는 어머니와 얼굴을 대할 기회가 몇 번 되지 못하였다. 그전만 같으면 얼굴 보이기만 하면 무슨 트집으로든 반드시 꾸중을 하였는데 한 이 년간을 학교에 다니면서 밤 이외에는 거진 집에 있을 기회가 없었던 연실이는 따라서 어머니에게 꾸중 들을 기회도 없었다. 이 년 동안을 꾸중 안 듣고 지내서 열두 살이라는 나이가 되니, (아직 줄곧 대두고 꾸중을 하면서 지내 왔으면 그러하지도 않았겠지만) 어머니도 인제는 꾸중만 하기가 좀 안되었던지, 전보다 꾸중의 도수가 적어졌다. 단지 서로 차디찬 눈으로 대하고 하는 뿐이었다.

그런데 어떤 날(그것은 연실이가 학교를 그만둔 지 만 일 년쯤 뒤였다) 연실이는 학교 때 동무이던 어떤 계집애의 집에 놀러 갔다가 그곳서 불쾌한 일을 보았다. 불쾌한 일이라야 계집애들 특유의 일종의 시기일 따름이었다. 그때 마침 그 동무 계집애는 자기의 동무와 무슨 이야기를 하다가 연실이가 오는 것을 보고 입을 비죽거리며 이야기를 멈추어 버렸다.

이 기수*를 챈 연실이는 불쾌한 낯색으로 한참을 앉아 있다가 드디어 제 동무에게 따져 보았다. 따지다가 종내 충돌되었다. 이 엠나이(계집애) 저 엠나이 하면서 맞잡고 싸우기까지 하였다. 그리고 잔뜩 독이 올라서 제 집으로 돌아왔다.

그날이 마침 연실이의 집의 청결날이었다. 머리에 수건을 동

* 낌새. 기미. 어떠한 일의 야릇한 기틀이나 눈치. 드러날 듯 말 듯한 눈치.

발가락이 닮았다

이고 청결을 보살피고 있던 어머니가 연실이 돌아오는 것을 보고 핀잔주었다.

"넌 옛날 같으문 시집가게 된 년이 밤낮 어델 떠돌아다니니. 이런 날은 좀 집에 붙어서 일이나 하디. 대테 어데 갔댔니."

여느 때 같으면, 이런 꾸중이 있을지라도 연실이는 못 들은 체하고 방으로 들어가 버릴 것이다. 그러나 이날은 독이 오를 대로 올라서 집에 들어선 참이라, 어머니에게 대꾸를 하였다.

"그러기에 일즉 왔디요."

독 있는 눈초리와 독 있는 말투였다. 어머니가 벌컥 성을 내었다.

"요놈의 엠나이, 말대답질?"

"물어보는 거 대답 안 할까."

흥 한번 코웃음치고 연실이는 방 안으로 들어가려 하였다. 그러나 그 순간 연실이의 꼬리는 어머니에게 붙잡혔다. 동시에 주먹이 한번 그의 머리 위에 내렸다.

눈에서 푸른 불길이 이는 것 같은 느낌을 느끼면서 연실이는 홱 돌아서서 어머니를 쳐다보았다. 눈물 한 방울 안 고였다. 단지 서리가 돋칠 듯 매서운 눈이었다.

"요년, 그래 터다보문 어떡할 테가?"

"죽이소 죽에요. 여러 번에 맞아 죽느니 오늘루 죽이라우요."

"못 죽이랴."

또 내리는 주먹 아래서 연실이는 어머니의 치마를 잡고 늘어졌다. 주먹, 발길, 수없이 그의 몸에 내리는 것을 감각하였지만

악이 받친 그는 죽에라 죽에라 소리만 연하여 하며 치맛자락에서 떨어지지 않기만 위주하였다.

한참을 두들겨 맞았다. 매섭게 독이 오른 이 계집애는 사실 생사를 가릴 수 없도록 광란 상태에 빠진 것을 알고 어머니가 먼저 무서움증이 생긴 모양이었다.

"놓아라."

치맛자락을 놓으라는 뜻이었다. 뿌리치기도 하였다. 그러나 연실이는 더 매섭게 매달렸다.

"죽에라. 죽기 전엔 못 놓겠구나."

"놓아라."

"내가 도죽질을 했나 홰냥질을 했나? 무슨 죄루 매 맞아 죽노."

에누다리*를 하면서, 치마에 늘어져서 몸부림치기를 한참을 한 뒤에야, 연실이는 치맛자락을 놓아 주었다.

"독하구 매서운 년두 있다."

딸의 악에 얼혼이 난 어머니는 치마를 놓이면서 저리로 피하여 버렸다.

연실이도 일어났다. 대성통곡을 하면서 자기의 집을 나왔다.

그러나 길모퉁이를 돌아서서 통곡 소리가 집에 안 들리게쯤 되어서는 울음을 뚝 끊어 버렸다. 그런 뒤에는 저고릿고름을 들어서 눈물을 닦고 얼굴에 얼룩진 것을 짐작으로 지우고, 지금껏

* '넋두리'의 평안 방언.

발가락이 닮았다

울던 태를 깨끗이 씻어 버리고 총총걸음으로 그곳서 발을 떼었다. 향하는 곳은 연실이의 아버지가 첩살림을 하고 있는 집이었다.

연실이는 그 집까지 이르러서 대문 밖에서도 찾지 않고 방문 밖에서도 찾지 않고 큰방으로 덥석 들어갔다. 아버지의 목소리가 들리므로 집에 있는 줄은 문 밖에서부터 알았다.

말없이 윗목에 들어와 도사리고 앉은 딸을 김영찰은 첩의 무릎을 베고 누웠다가 머리만 좀 들며 바라보았다.

"너 뭘 하려 왔니?"

여전한 뚝하고 뭉퉁한 소리였다.

"아이구, 너 어떻게 오니?"

그래도 첩은 다정한 티를 보이며 절반만치 몸을 일으키며 김영찰에게는 퇴침退枕을 밀어 주었다.

드디어 폭발되었다. 연실이는 왕 하니 울기 시작하였다. 아까는 악에 받친 울음이었거니와 이번은 진정한 설움이었다.

"울기는 왜. 왜 울어."

"쫓겨났어요."

울음 가운데서 연실이는 거짓말을 하였다.

"쫓겨나긴. 민한 소리 말구 집에 가기나 해라."

그러나 연실이는 울음을 멈추지도 않고 더 서러운 소리를 높였다.

쫓겨난 것이 아니라, 단지 어린 가슴이 너무도 아파서 육친인 아버지라도 보고 싶어서 온 것이었다. 다정한 말까지도 바라지 않는다. 그러나 아버지의 눈자위에 나타난 귀찮은 표정은 이런 방면에 몹시도 예민한 연실이에게는 더할 나위 없이 서러웠다. 하다못해 불쌍하다는 표정만이라도 왜 지어 줄 줄을 모르는가.

"애기 너 점심 먹었니? 국수 시켜다 줄게 먹을래? 울디 말아. 미워서 내쫓으시겠니? 자, 국수 시켜다 줄게 먹어라."

그러나 연실이는 완강히 머리를 가로저었다.

그날 밤 연실이는 아버지의 작은댁에서 묵었다. 아버지는 가라고 몇 번을 고함질 쳤지만 연실이도 일어나지 않았거니와 작은댁도 일껏 아버지를 찾아왔으니 하룻밤 자고 내일 아침 어머님의 노염이 삭은 뒤에 돌아가라고 말렸다.

그날 밤 연실이는 몹시 불쾌한 일을 보았다. 인생의 가장 추악한 한 변을 본 것이었다.

"곤할 텐데 일즉 자거라."

저녁 뒤에 아버지는 이렇게 호령하여 윗목에 자리를 깔고 자게 하였다. 건넌방에는 첩 장인의 내외가 있는 것이다.

연실이는 자리에 들어갔으나 오늘 낮에 겪은 가지가지의 일이 머리에 왕래하여 좀체 잠이 들 수 없었다.

아버지는 딸을 재운 뒤에 소실에게 술상을 불렀다. 그리고 한참을 술을 대작하였다.

그 뒤부터 추악한 장면은 전개되었었다. 이부자리를 펴고도 그 속엔 들지도 않고 불도 끄지 않고 이 벌거숭이의 중년 사나이와 젊은 애첩은 온갖 추태를 다 연출하였다.

"김동아, 아가, 무얼 주련."

"나 보ㅇ."

"너의 본댁으로 가려무나."

"늙은 건 싫어."

여느 때는 제법 점잔을 뽑는 중늙은이가 어린 첩에게 어리광을 부리며 엎치락뒤치락하는 그 꼬락서니는 정시치 못할 일이었다.

기생의 딸 가운데 동무를 많이 갖고 있고, 그새 삼 년간을 거진 동무들의 집에서 세월을 보낸 연실이는 성性에 대해서도 약간의 이해를 갖고 있는 계집애였다. 자기의 아버지와 그의 젊은 첩이 지금 노는 노릇이 무엇인지도 짐작이 넉넉히 갔다.

연실이는 이불 속에서 스스로 얼굴이 주홍빛으로 물들어 오르는 것을 알 수가 있었다. '낮살이나 든 것이 계집을 보면' 운운하던 적모嫡母의 말은 자기의 체험에서 나온 것인지 추측해서 나온 것인지는 알 수 없지만, 아버지가 여인에게 대해서 하는 행동은, 제삼자도 얼굴 붉히지 않고는 볼 수가 없는 것이었다.

아버지는 벌써 딸이 잠든 줄 알고 하는 노릇인지는 알 수 없지만, 잠들고 안 들고 간에 자기의 딸을 윗목에 누이고 이런 행동이 취하여질까. 이 천박한 꼴을 무가내하無可奈何 잠든 체하고 보고 있어야 할 연실이는 어린 마음에도 이 세상이 저주스러웠다. 동무네 집에서 간간 볼 수 있는 바, 동무의 형 혹은 어머니되는 기생들이 주정꾼이며 오입쟁이들을 상대로 하여 노는 꼴도 아버지와 작은집이 노는 꼴에 비기건대 훨씬 점잖은 편이었다. 설사 무인고도에서 자기네끼리만 놀아난다 해도 자기네 스스로

가 부끄러워서 어찌 이다지야 숭하게 굴까.

얼굴에 모닥불을 놓는 것같이 달고 뜨거웠다. 숨을 죽이고 귀를 막았다.

이튿날 새벽 겨우 동틀녘쯤, 아버지가 소실을 품고 곤히 잠든 때에 연실이는 몰래 그 집을 빠져나왔다. 눈물이 좍좍 그의 눈에서 흘렀다.

3

그로부터 연실이의 심경은 현저히 변하였다.

연실이는 본집으로 돌아왔다. 어머니에게서 무슨 벼락이 또 내리지 않을까 근심도 되었지만 어머니는 연실이의 악에 진저리가 났던지 들어오는 것을 본체만체하였다.

"천하 맞세지 못할 년."

그 뒤에도 연실이의 잘못하는 일이 있을 때마다 욕을 하려다가는 스스로 움쳐지고 하는 것을 보면 치맛자락 놀음에 적지 않게 진저리가 난 모양이었다. 이전에는 끼니때에는 어머니와 동생들과 함께 큰방에서 먹었지만 그 일 뒤부터는 막간(행랑) 사람을 시켜서 상을 연실이의 방으로 들여보내고 하였다.

큰방에서 어머니가 친자식들을 데리고 재미나게 지내는 모양을 보면 당연히 연실이는 부럽기도 할 것이고 어머니 생각도 날 것이로되, 연실이는 어떻게 된 성격의 소녀인지, 그런 감상이 일

발가락이 닮았다

어나는 일이 없었다. 단지, 자기와 동갑 되는 커다란 아들을 어린애나 같이 등을 두드리고 머리를 쓸어 주는 어머니를 볼 때마다, 두드리는 어른이나 두들기우는 아이나 다 철부지라 보고 멸시하였다.

천하만사에 정 가는 곳이 없고 정 붙일 사람이 없는 이 소녀는 혼자서 자기에게 향하여 악을 부리고 자기의 마음을 스스로 학대하며 그날그날을 보냈다. 현실에 대하여 너무도 많은 문제를 가지고 있는 이 소녀는, 이맘 낮살의 소녀가 가질 만한 공상이라는 것도 모르고 지냈다. 장차 어찌 될까 하는 근심이든가 장차 어떻게 하여야겠다는 목적 등은 전혀 없는 세월을 보내고 있었다.

이 연실이가 자기의 생애의 국면을 타개하여 보려고 마음먹게 된 것은 진실로 단순한 기회에서였다.

그의 진명학교 때의 동창생 한 사람이 동경으로 유학을 갔다. 때는 바야흐로 일한합병의 직후로서 동경으로 동경으로 유학의 길을 떠나는 청소년이 급격히 는 시절에, 연실이와는 진명학교 때의 동창이던 최명애라는 처녀(연실이보다 삼 년 위였다)가 동경으로 공부하러 떠났다.

이 우연한 뉴스 한 개에 연실이의 마음도 적지 않게 동하였다.

'동경 유학.'

이 아름다운 칭호에 욕심난 것이 아니었다. 여자로 태어났으면 시집갈 때까지 부득이 친정에 있어야 한다는 막연한 생각으로 집에 그냥 박혀 있던 연실이었다. 결코 집이 그립든가 다른 데 가는 것이 무서워서 가만있은 것이 아니다. 있어야 하는 것으로 알고 있던 것이었다. 그런데 자기의 동창 한 사람이 여자의 몸으로 유학을 떠난다 하는 뉴스에 연실이의 마음도 적잖게 흔들렸다.

'나도 동경 유학을 가리라.'

돈? 앞서는 것은 돈이로되 연실이에게는 돈은 전혀 문제가 아니었다. 자기 생모의 유물로서 금패와 금비녀와 금가락지가 합하여 넉 냥쭝 남아 있다. 이백 환은 될 게다. 게다가 여차하는 날에는 적모의 금붙이도 허수로이 두었으니 도리가 있을 것이다. 그러나 그보다도 더 간단하고 편한 길이 또 있었다. 그의 적모는 지아버니* 몰래 돈을 놀리는 것이 있다. 이것이 들고 나고 하여 어떤 때는 사오십 환에서 수백 환, 때때로는 일이천 원의 돈까지 집에 있을 때가 있다. 드나드는 거간의 눈치만 잘 보면 그 기회도 놓치지 않을 것이고 그것을 손댈 수만 있다면 그 돈은 지아버니 몰래 놀리는 돈이니만치, 속으로 배는 앓아도 내놓고 문제 삼지는 못할 것이다. 서서히 기다리며 이런 좋은 기회를 붙들자면, 수년간의 학비를 한꺼번에 마련할 기회도 생기게 될 것이다.

문제는 어학이었다. 당시에 있어서 일본말이라 하면 '하따라 마따라'니 '하소대시까라'니쯤밖에도 알지 못하는 연실이었다. 이렁저렁 '가나' 오십 음은 저절로 배워서 '김연실'을 'キムヨンシ

---

* 지아버지. '아버니'는 '아버지'의 방언.

ル'라고쯤은 쓸 줄을 알았으나 일본 음으로 자기 이름조차 알지 못하는 정도였다.

이런 생매기*로 '하따라 마따라' 하는 사람들만이 사는 동경 바닥에 들어서서 더구나 '하따라 마따라'로 공부를 하여야겠으니 적어도 여기서 쉬운 말쯤은 배워 가지고 가야 할 것이었다.

물론 부모에게 알릴 일이 아니었다. 절대 비밀히 하지 않으면 안 될 것이었다.

그러기 위해서는 연실이의 현재 입장은 비교적 자유로웠다. 아버지가 그런 사람이요 어머니는 치맛자락 사건 이래로는 일체로 연실이와 맞서기를 피하여 오는지라, 연실이가 나가건 들어오건 간섭하는 사람이 없었다. 그럴 만한 선생과 그럴듯한 장소만 구하면 일부러 집안에 알리기 전에는 자연히 비밀하게 일이 될 것이었다.

화류계에 동무를 많이 가지고 있는 연실이는 선생을 구하는 데도 비교적 힘들이지 않고 성공하였다.

이리하여 그가 열다섯 살 나는 봄부터 어학 공부를 시작하였다. 선생이라는 사람은 연실이의 동무의 동무(기생)의 오라버니로서 토지 세부 측량이 한창인 시절에 측량기사로 돌아먹던 사람이었다. 배우는 장소는 그 선생의 누이의 집 한 방이었다. 선생의 나이는 스물다섯.

---

* '생무지'의 방언. 어떤 일에 익숙하지 못하고 서투른 사람.

4

아직 피지 못하여 얼굴은 깜티티하고 어깨와 엉덩이가 아직 발달되지 못하여 모角진 때가 좀 과히 보이기는 하나 열다섯 살의 연실이는 벌써 처녀로서의 자질이 잡혀 갔다.

그러나 아직 '여인'으로서는 아주 무지한 편이었다. 그의 생장한 환경이 환경인지라 남녀가 관계한다 하는 것은 어떤 일을 하는 것이며 어떤 것이라는 것을 (모양으로는) 알았지만 의의意義는 전혀 모르는 '계집애'였다. 사내와 계집은 그런 노릇을 하는 것이거니 이만치 알았지, 어떤 특정한 사내와 특정한 여인이라야 그런 노릇을 하는 것이라는 점이며 그런 노릇에 대한 의의는 전혀 몰랐다. 말하자면 보통 다른 소녀들이 그 방면에 관해서 가지는 지식의 행로行路와 꼭 반대로, 도달점의 형식을 미리 알고, 그 도달점까지 이르려면, 부끄럼, 사랑, 긴장, 환희 등등의 노순路順을 밟아야 한다는 것을 모르는 소녀였다.

그런지라 그맛 낫살의 다른 소녀 같으면 단 혼자서 젊은 남선생과 대한다는 점에 주저도 할 것이고 흥미도 느낄 것이고 호기심도 가질 것이지만 연실이는 아무런 별다른 생각도 없이 단지 한 개 제자가 선생을 대하는 마음으로 공부하러 다녔다.

"아이우에오.

가기구게고.

다디두데도."

썩 후에 동무들에게,

　　　　　　　　　　　발가락이 닮았다

"나는 다, 디, 두, 데, 도라고 배웠소. 하나, 둘을 히도두, 후다 두 하고 배웠어요. 하하하하."

하고 웃고 하던 어학 공부는 이리하여 시작이 되었다.

"ガﾞ ギﾞ グﾞ ゲﾞ ゴﾞ."

"ダﾞ ヂﾞ ヅﾞ デﾞ ドﾞ."

는,

"응아, 응이, 응우, 응에, 응오."

"따, 띠, 뚜, 떼, 또."

였다.

"두마라나이 모노떼수 응아 또우조."

"웅악꼬오니 이기마수."

응아구오우(ガﾞクコウ)라고 쓰고 응악꼬오라고 읽는 법이어—

이런 선생 아래서 연실이는 조반을 먹고는 선생의 집을 찾아가고 하였다. 늦으면 저녁때까지도 그 집에서 놀다 배우다 또 놀다 또 배우다 하고 하였다.

5

삼월부터 어학 공부를 시작한 연실이는 오월쯤은 제법 히라가나로 적은 『심상소학독본』 삼권쯤은 읽을 수 있도록 진섭되었다. 비교적 기억력이 좋은 연실이요. 그 위에 어서 배워야겠다는 독이 있으니만치 어학력이 놀랍게 진섭되었다. 삼권쯤부터는 선생이 벌써 알지 못하여 쩔쩔매는 데가 많이 있었지만 어떤 때는 선생보다 연실이가 뜻을 먼저 알아내고 하였다.

그 어떤 날이었다.

본시의 빛깔도 깜티티하거니와 아직 피지 않기 때문에 깜티티한 위에 윤택까지 있고 봄을 타기 때문에 더욱 반질하게 검게 된 얼굴을 선생의 가슴 앞에 들이밀고 앞뒤로 저으면서 독본을 읽고 있던 연실이는 문득 선생의 숨소리가 괴상하여 가는 것을 들었다.

연실이는 눈을 들어 선생의 얼굴을 쳐다보았다. 아까도 선생이 술 먹은 줄은 몰랐는데 지금 그의 눈은 시뻘겋게 충혈되어 있었다.

이 점을 연실이가 이상하게 생각하는 순간에, 선생의 얼굴에는 싱거운 미소가 나타나며 팔을 펴서 연실이의 어깨를 끌었다.

연실이는 선생이 요구하는 것이 무엇인지를 순간에 직각하였다. 끄는 대로 끌리었다.

그날 당한 일이 연실이에게는 정신상으로 아무런 충동도 주지 못하였다. 그것은 연실이가 막연히 아는 바 사내와 여인이 하는 노릇으로, 선생은 사내요 자기는 여인이니 당하게 되면 당하는 것이 당연한 일쯤으로 여겼다.

그때 연실이가 좀 발버둥이를 치며 반항을 한 것은 오로지, 육체적으로 고통을 느끼기 때문이었다. 이런 고통을 받으면서 그 노릇을 하는 것이 여인의 의무라 하는 점이 괴로웠다.

곧 다시 일어나서 아까 하던 공부를 계속하고 있는 양을 사내

발가락이 닮았다

는 누워서 번번이 바라보고 있었다.

좀 있다가 동무의 동무(이 집 주인 기생)의 방에 건너가서 체경을 보고 그는 비로소 약간 불쾌를 느꼈다. 아침에 물칠하여 곱게 땋아 늘였던 머리의 뒷덜미가 헝클어진 것이었다.

이 사건에 아무런 흥미나 혹은 부끄러움을 느끼지 않은 연실이는 이튿날도 여전히 공부하러 사내를 찾아갔다. 그날 또 사내가 끌어당길 때에 문득 어제 머리 헝클어졌던 것이 생각이 나서,

"가만. 베개 내려다 베구요."

하고 베개를 내려 왔다.

그 뒤부터 사내는 생각이 나면 베개를 내려 오라고 하고 하였다. 정 귀찮은 때가 아니면 연실이는 대개 베개를 내리어 왔다. 공부에 피곤하여 좀 쉬고 싶은 때는 스스로 베개를 내려 오는 때도 있었다.

그러나 이것은 단지 사내와 여인이 때때로 하는 일이거니쯤으로밖에 여기지 않는 연실이는 염증도 나지 않는 대신 감흥도 얻을 수가 없었다. 처음에 느낀 바 육체적 고통이 덜하게 되었으므로, 직전에 느끼는 공포의 긴장이 덜하게 된 뿐이었다.

연실이에게 말하라면, 사람이 대소변을 보는 것은 저마다 하는 일이지만, 남에게 보이기는 부끄러워하는 것과 마찬가지로 이 일은 좀더 대소변보다도 비밀히 해야 하는 일이지만, 저마다 하는 일쯤으로 여기었다. 남에게 보이고 더욱이 언젠가 제 아버지와 소실이 하던 꼴대로 추잡히 노는 것은 더러운 일이지만, 비밀히 하는 것은 대소변쯤으로밖에는 보이지 않았다.

연실이는 연하여 그 선생에게 다녔다. 인제는 더 가르칠 만한 것이 그 선생에게는 없었지만 습관적으로 그냥 다닌 것이었다. 선생은 베개를 내려 놓으라는 맛에 그냥 받았다.

그냥 어학을 배우는 한편으로 집에서는 돈 거간의 출입에 늘 주의를 가하고 있던 연실이는, 그해 가을 어떤 날 적지 않은 돈이 어머니의 손으로 들어온 것을 기수채었다.

옷이며 짐은 언제라도 떠날 수 있도록 준비해 두었던 연실이는 그날 밤, 큰방에 들어가서 어름어름하다가 어머니가 변소에 간 틈에 농문 안에 허수로이 둔 돈뭉치를 꺼내어 방망이질하는 가슴을 부둥켜안고 자기 방으로 건너와서, 저녁에 몰래 준비했던 작다란 가방을 보자기에 싸가지고 발소리를 감추어 가지고 집을 빠져나왔다.

한 시간쯤 뒤에는 부산으로 가는 직행열차에 연실이의 작다란 몸이 실리어 있었다.

아무 애수哀愁도 느끼지 않았다. 가정에 대하여 아무 애착도 없던 그는 집을 떠나는 것도 서럽지도 않았으며, 어려서부터 남을 의뢰하는 습관이 없이 자란 그는 낯설고 말 서투른 새 땅에 가는데도 일호의 두려움도 느끼지 않았다. 선천적으로 그런 성격이었는지 혹은 그의 환경이 그를 그렇게 만들었는지는 모르지만, 인간만사에 감동과 흥분을 느낄 줄 모르는 연실이는, 아무 별다른 감상도 없이 평양 정거장을 떠난 것이었다.

'혹은 이것이 영결일지도 모르겠다.'

가정에 대하여 애착이 없고 장차 사오 년은 넉넉히 지낼 여비

발가락이 닮았다

를 몸에 지닌 그는, 이번 떠나면 장차 영구히 이 땅에는 다시 올 기회가 없는 듯싶어서 도리어 내심 시원하였을 뿐이었다.

6

"아이구, 퍽 곤하겠구나."

미리 편지도 하였고 하관(연실이는 하관下關을 가칸ヵヵン으로 알았다)서 전보도 쳐서 알렸던 최명애가 신바시新橋 정거장까지 나와서 연실이를 맞아 주었다.

연실이는 단지 싱그레 웃었다. 사실 아무런 감상도 없었다. 올데까지 왔다 하는 생각만이었다. 공상 혹은 상상이라는 세계를 가져 보지 못하고 지금까지 자란 연실이는 현실에 직면하여서야 비로소 현실을 인식하는 사람이지 미리 어떨까고 생각하여 보지도 않는 사람이었다. 동경도 단지 가정에 있기가 싫어서 온 것이지 무슨 큰 희망이 있어서 온 바가 아니라 따라서 동경이 어떤 곳인가 하는 호기심도 없이 덜컥 온 것이었다.

최명애의 인도로 우선 명애의 하숙하고 있는 집에 들었다. 그리고 동경 도착한 지 수일간은 최명애의 앞잡이로 동경 구경도 하며 일변 화복和服도 지으며 장래 방침 토론도 하며— 이렇게 보냈다. 그 결과로서 연실이는 금년 겨울은 어학을 더 준비해 가지고 명년 새학기에 어느 여학교에 입학을 하기로 대략 결정하였다. 어학을 연습하기에는 마침 명애의 들어 있는 하숙이 예전

사족士族집 과수 노파 단 혼자의 집이라, 주인 노파를 상대로 연습하기로 하였다.

이해 겨울 연실이는 신체상에 여인으로서의 중대 변환기를 맞았다. 금년 봄부터 철모르고 사내를 보기는 하였지만, 아직 소녀를 면치 못하였던 연실이는 이 겨울에야 비로소 여인으로서만이 보는 한 달에 한 번씩의 변화를 보았다.

이 육체상의 변화— 발달은 육체상으로뿐 아니라 정신상으로도 연실이에게 적지 않은 변화를 주었다. 막연한 공포감, 그리움, 애처로움, 꿈 등등 그가 아직 소녀 시기에 느껴 보지 못한 이상야릇한 감정 때문에, 복습하던 책도 내어던지고 눈이 멍하니 한 시간 두 시간씩을 보내는 일도 간간 있게 되었다.

아직껏 그의 마음에 일어 보지 못한 부모며 동생에게 대한 그리움도 생전 처음으로 그의 마음에 일었다. 선배요 동무인 명애에게 집에서 연락부절로 이르는 가족사진이며 편지 등등이 부러워서 명애가 학교에 간 틈에 그의 편지를 몰래 꺼내 보고, 나도 이렇게 편지를 한번 받아 보았으면 하고 탄식도 하여 보았다.

오랫동안 불순한 가정에서 길러나기 때문에 한편으로 쫓겨나가 있던 그의 처녀로서의 감정은 처녀 전환기의 연실이에게 비로소 이르렀다.

이듬해 봄, 그가 명애의 다니는 여학교에 입학을 한 때는 그의 비뚤어진 성격도 적지 않게 교정이 된 때였다.

입학하면서 그는 기숙사에 들어가기로 하였다.

　　　　　　　　　　　　　발가락이 닮았다

7

학교에 입학을 하고 기숙사에 든 다음에야 연실이는 '조선 여자 유학생 친목회'에 처음 출석하여 보았다. 이전에도 명애가 몇 번을 끌어 보았지만 그런 일에 전혀 흥미가 없는 연실이는 한 번도 출석해 보지 않았다. 이번에도, 명애가 학교에서,

"오늘 친목회가 있는데 여전히 안 갈래?"

하고 의향을 물을 때에,

"인젠 학교에도 들고 했으니 가볼 테야."

하면서 미소하였다.

"그럼 지금까지는 학생이 못 되노라고 안 갔었나?"

"유학생 친목회에 비非학생이 무슨 염치에 가오?"

"준비 학생은 학생이 아닌가?"

"하하하하."

이리하여 그날 저녁 사감의 허락을 받고 연실이는 처음으로 동경에 와 있는 조선 여학생들과 합석할 기회를 얻었다.

연실이까지 합계 일곱 명이었다. 이 단 일곱 명 가운데, 회장 부회장이 있고 서기가 있고 회계가 있었다. 아무 벼슬도 하지 못한 사람은 명애와 연실이와 황해도 여학생이라는 스무 살가량 난 사람뿐이었다.

이 단 일곱 명의 친목회에서 먼저 서기의 경과 보고가 있고 회계의 회계보고가 있은 뒤에, 회장의 연설이 있었다.

—우리는 선각자외다. 조선 이천만 백성 중에 절반을 차지하

는 일천만의 여자가 모두 잠자고 현재의 노예 생활에 만족해 있을 때에, 눈을 먼저 뜬 우리들은 그들을 깨쳐 주고 그들을 노예 생활에서 건져 주기 위해서 고향과 친척 친지를 등지고 여기까지 와서 고생하는 것이외다. 여성을 자기네의 노예로 하고 있는 현대 포학한 남성의 손에서 일천만 여성을 구해 낼 사람은 우리밖에 없습니다. 우리는 남성에게 굴복해서는 안 됩니다. 배웁시다. 그리고 힘을 기릅시다.

대략 이런 뜻의 말을, 책상을 두드리며 부르짖었다.

정신적으로 전혀 불감증不感症인 시대를 벗어나서 감정, 감동 등을 막연하나마 느끼기 시작하던 연실이는, 이 말에 적지 않게 감동하였다.

자기가 동경으로 뛰쳐오고 지금 학교에까지 들어간 것은, 본시는 무슨 중대한 목적이 있는 바가 아니라 집에 있기가 싫어서 뛰쳐나온 뿐이었다. 그러나 지금 이 회장의 연설을 듣고 보니, 자기의 등에도 무슨 커다란 짐이 지워지는 것 같았다. 조선의 여자가 어떻게 구속되고 어떤 압박을 받고 있는지는 모르지만 이전에 진명학교 창립 선생도 그런 말을 하였고 지금도 또 여기서도 그런 말을 하는 것을 보니, 그것이 사실인 모양이었다. 그것이 사실일진대 그것을 구해 낼 사람은 남자가 아니요 여자이어야 할 것이고, 여자 중에도 먼저 선진국에 와서 새 학문을 배운 사람이어야 할 것이다. 자기 이미 여기 와서 배우는 단 일곱 사람의 선각자의 한 사람이니 일천만 분의 칠이라 하는, 다시 말하자면 일백오십만 명에 한 명이라 하는 귀한 존재이다. 소녀다운 감정으로 회장의 연설을 들으며 속으로는 이런 생각을 할 때 연실이는 큰 바위에라도 깔린 듯이 가슴이 무거워 오는 느낌을 금할 수가 없었다.

"언니, 아까 그 회장 이름이 뭐유."

회가 끝나고 어두운 길에 나서면서 연실은 이렇게 명애에게 물었다.

"송안나. 왜?"

"이름두 야릇두 해라. 어느 학교에 다니우?"

"사범학교에."

"어딧사람이구?"

"아마 강서江西인가 함종咸從인가 그 근첫사람이지."

"몇 살이나 났수?"

"왜 이리 끈끈히 묻나? 동성연애할라나 베."

연애라는 말은 인젠 짐작은 가지만 '연애' 위에 무슨 말이 더 붙었으므로 뜻을 똑똑히 못 알아들은 연실이는 눈치로 보아 조롱받은 것 같아서,

"언니두."

한 뒤에 말을 끊어 버렸다.

그러나 그날 저녁 들은 '선각자'라 하는 말 한마디는 이 처녀의 마음에 꽤 단단히 들어박혔다.

―선각자가 되리라. 우리 조선 여성을 노예의 처지에서 건져 내리라. 구습에 젖어서 아직 눈뜨지 못하는 조선 여성을 새로운 세계로 끌어내리라.

이런 새로운 감정으로 그는 '감동 때문에 잠 못 드는 밤'을 생전 처음으로 경험하였다.

8

어떤 날 연실이가 학교에서 기숙사로 들어와서 책들을 정리하고 있을 때에 그 방 방장房長으로 있는 사학년생 도가와戸川라는 처녀가 연실이의 곁으로 와서 앉았다.

"긴상."

"네?"

"조선말 퍽 어렵지요?"

"글쎄요, 우린 모르겠어요."

"영어는?"

"재미있지만 어려워요."

"외국어란 어려운 것이야. 참 긴상."

도가와는 좀 어려운 듯이 미소하며 연실이를 보았다.

"아까 하나이 선생— 긴상 담임선생님 말씀이야요. 하나이 선생님이 그러시는데, 긴상 일본어가 아직 숙련되지 못했다구 나더러 틈틈이 좀 함께 이야기라도 하라시더군요."

연실이는 얼굴이 새빨갛게 되었다. 스스로도 모르는 바가 아니었다.

"요로시쿠 오네가이시마스(잘 부탁합니다)."

발가락이 닮았다

연실이는 승복지 않을 수가 없었다.

"천만에, 아니에요. 내가 무슨…… 긴상, 책을 많이 보세요. 책을 보면 저절로 어학력이 늘어요. 내 책을 빌려 드릴게 책으로 어학을 연습하세요."

"책이오? 무슨 책."

도가와는 미리 준비하였던 모양인 책을 연실이에게 한 권 주었다. 등에 '若きエルテルの悲み—ギヨテ(젊은 베르테르의 슬픔—괴테)'라 쓰여 있었다.

"재미있어요. 재미있는 바람에 읽노라면 어학력도 늘고. 일석이조라는 게 이런 거겠지요."

도가와는 깔깔 웃었다.

연실이는 즉시로 읽어 보기 시작하였다. 한 페이지, 두 페이지 — 교과서 이외에 평생 처음으로 독서를 하여 보는 연실이는 처음 얼마는 몹시도 난삽하여 책을 접어 버리고 싶었다. 그러나 일껏 자기에게 책을 빌려 준 방장의 면도 있고 하여, 세 페이지, 네 페이지, 억지로 내려 읽고 있었다.

저녁 끼니 시간이 되었다. 방장에게 독촉받아 식당에 내려간 연실이는 자기의 손에 아직 『若きエルテルの悲み』가 들려 있고, 식당에 앉아서도 그냥 눈을 책에 붙고 있는 자기를 발견하고 오히려 기이한 느낌을 받았다. 어느덧 그는 책에 열중이 되었던 것이다.

물론 모를 대목도 많이 있었다. 그러나 모를 곳은 모를 대로 그냥 내려 읽노라면 의미는 통하는 것이었다.

밤에 불을 끄는 시간까지 연실이는 그 책만 보고 있었다. 이튿날 새벽에 유난히도 일찍이 깬 연실이는 푸르둥한 새벽빛에 눈을 부비면서 소설책을 다시 폈다.

아침에 깬 방장이 이 모양을 보고 미소하였다.

"도 오모시로쿠테(어때요? 재미있어요?)."

방장이 이렇게 물을 때에 연실이는 눈을 책에서 떼지 않고,

"돗테모(지독히)."

하며 같이 미소하였다.

"모를 곳은 없어요?"

"있지만 뜻은 통하겠어요."

"다 읽어요. 다 읽으면 이번은 더 재미나는 책을 빌려 드릴게. 어학 연습에는 무엇보다도 다독多讀이 좋아요."

학교에도 책을 끼고 가서 틈틈이 숨어서 읽고 저녁에 읽고 이튿날— 이리하여 독서의 속력이 그다지 빠르지 못한 그로도 이튿날 저녁때는 끝까지 다 읽었다.

다 읽은 책을 베개 아래 넣고 자리에 든 연실이는 가슴을 무직이 누르는 알지 못할 감정 때문에 좀체 잠을 이루지 못하였다. 그것은 무슨 감정인지 연실이는 알지 못하였다. 이런 감정과 감동을 평생에 처음 겪는 연실이는 이불 속에서 홀로이 헤적이었다.

이틀 동안 수면 부족 때문에 무거운 머리로 이튿날 아침 자리에서 일어나서 다 본 책을 방장에게 돌려주고, 연실이는 그런 재미있는 책을 또 한 권 빌려 달라고 간청하였다.

발가락이 닮았다

"자 이걸 보세요, 이번은."

하면서 방장이 연실이에게 준 책은 꽤 두툼한 책이었다. 『ㅗイルウイン—ウオッツ ダントン(에일린—워츠 단톤)』이라 하였다.

그날이 마침 토요일이라 오전만 공부하고 오후부터는 연실이는 책에 달려들었다. 그리하여 토요일에서 일요일로 월, 화, 수, 목, 금, 만 일주일간을 잠시도 정신은 이 책에서 떼지 못하고 지냈다. 화요일, 그 소설의 주인공인 에일린이 사랑하는 처녀 위니프렛의 종적을 잃어버리고 스노돈의 산과 골짜기를 헤매다가 위니의 냄새만 걸핏 감각한 대목에서 학교 시간이 되어 그만 책을 접었던 연실이는, 위니의 생각에 안절부절 공부도 어떻게 하였는지 모르고 지냈다.

"긴상, 어때요?"

책을 다 보고 방장 도가와에게 돌려주매 도가와는 또 미소하며 물었다. 그러나 연실이는 한참을 먹먹히 있다가야 대답을 하였다.

"도가와상, 꿈 같아요."

"좋지요?"

"좋은지 어떤지, 얼떨해요."

"이 소설을 지은 워츠 단톤이라는 사람은 이 소설 단 한 편으로 영국 문단에 이름을 높였다우. 나도 이 소설을 읽은 뒤 한 반 달이나 꿈같이 얼떨하니 지냈어요."

"그게 웬일일까?"

"그게 예술의 힘이어요. 예술의 힘이 사람의 혼을 울려 놓은 때문이어요."

"예술?"

듣던 바 처음이었다.

"네, 예술. 예술 가운데는 음악, 미술, 문학 등이 있는데, 문학에는 또 시며 희곡이며 소설이 있어요. 다른 학문들은 모두 실제, 실용상 쓸데 있는 것이지만 예술이란 것은 사람의 혼과 직접 교섭이 있는 존귀한 학문이어요."

문학소녀라는 칭호를 듣는 도가와는 여러 가지의 말로 예술— 문학의 자랑을 연실이에게 들려주었다. 그러나 연실이로서는 그의 말을 알아듣지 못하였다. 다만 몹시도 귀하고 중한 학문이 예술이라는 뜻만 막연히 깨달았다. 그리고 단지 책을 읽기 때문에 자기가 이만치 감동되고 취한 것을 보면 예사 보통의 학문이 아니라 생각되었다.

"긴상, 조선에 문학이 있어요?"

도가와는 마지막에 이런 말을 물었다.

대체 예술이라는 말, 문학이라는 말이 금시초문인 위에 연실이의 조선에 대한 지식이라는 것은, 조선말을 할 줄 알고 조선옷을 입을 줄 아는 것쯤밖에 없는 형편이라, 한순간 주저하였다. 그러나 일찍이 조선은 오랜 역사를 가지고 오랜 문화생활을 하였다는 이야기를 들은 연실이는,

"있기는 있지만……."

쯤으로 막연히 응하여 두었다.

"긴상, 조선의 장래 여류 문학가가 되세요. 나는 일본 여류 문

발가락이 닮았다

학가가 될게. 이 우리 학교는, 하세가와 시구레라는 여류 문학가를 낳아서 문학과 인연 깊은 학교예요. 여기서 또 나하고 긴상하고 다 일본과 조선의 여류 문학가가 됩시다."

문학소녀 도가와는 스스로 감격하여 눈에 광채를 내며 이런 말을 하였다.

연실이는 여류 문학가가 무엇인지 문학이 무엇인지는 전혀 모르는 숫백이었다. 단 두 권의 소설을 읽어 보았을 뿐이었다. 그러나 이즈음 자기는 조선 여자계의 선각자라는 자부심을 품기 시작한 연실이는, 장차 여류 문학가 노릇을 해서 우매한 조선 여성계를 깨쳐 주어 볼까 하는 희망을 마음 한편 구석에 일으켰다.

단지 선각자라 하여도 무슨 일을 하여 어떻게 조선 여성계를 각성시키는지 전혀 캄캄하던 연실이는, 여기서 비로소 자기의 진로進路를 발견한 것이 아닌가 하는 생각이 들었다. 그리고 장차 배우고 닦고 하여서 도가와만큼 문학이라는 것을 알고 그것으로서 선각자 노릇을 하리라 막연하나마 이렇게 마음먹었다.

도가와는 다시 연실이에게 스콧의 『아이반호』를 빌려 주었다.

그러나 아닌 게 아니라, 『에일린』에서 받은 감격은 그것을 다 읽은 뒤에도 한동안 그의 머리에 뿌리 깊게 남아 있어서 때때로 정신없이 그 생각을 하다가는 스스로 얼굴을 붉히고 정신을 차리고 하였다.

『아이반호』는 이삼 일간은 당초에 진섭이 되지를 않았다. 몇 줄 읽노라면 그의 생각은 어느덧 다시 『에일린』으로 뒷걸음치고 뒷걸음치고 하는 것이었다.

아무 목표도 없이 동경으로 건너와서 아무 정견도 없이 학교에 들었다가 아무 줏대도 없이 선각자가 되리라는 자부심을 품었던 연실이는 이리하여 도가와 모某의 덕으로 문학소녀로 변하여 갔다.

여름방학에도 연실이는 제 집에 돌아가지 않았다. 돌아갈 그리운 집이 없기 때문이었다. 기숙사에는 북해도에서 온 학생 하나, 대만서 온 학생 하나, 연실이, 이렇게 단 세 사람이 남았다. 도가와는 여름방학 동안에 보라고 꽤 여러 권의 책을 남겨 두고 갔다. 그러나 인제는 독서 속력도 꽤 는 연실이는 도가와가 남겨 둔 책을 보름 동안에 다 보고 그 뒤에는 도서관을 찾기 시작하였다.

그해 가을과 겨울도 지나고 이듬해 봄이 된 때는 연실이는 동경 처음으로 올 때(겨우 일 년 반 전이다)와는 전혀 다른 처녀가 되었다.

우선 자부심이 생겼다. 조선 여성계의 선각자라 하는 자부심이었다. 선각자가 될 목표도 섰다. 여류 문학가가 되어 우매한 조선 여성을 깨쳐 주리라 하였다. 문학의 정의定義도 인젠 짐작이 갔노라 하였다. 문학이란 연애와 불가분의 것이었다. 연애를 재미나고 자릿자릿하게 적은 것이 소설이고 연애를 찬송하여 짧게 쓴 글이 시라 하였다.

일방으로 연애라는 도정을 밟지 않고 결혼하여 일생을 보내는 조선 여성을 해방(?)하여 연애할 줄 아는 사람으로 만드는 것이 선각자에게 짊어지운 커다란 사명의 하나이라 보았다. 그러

발가락이 닮았다

기 위해서는 문학을 널리 또 빨리 퍼쳐야 할 것이라 보았다.

문학상에 표현된 바, 전기가 통하는 것같이 쩌르르하였다는 '연애'와, 재미나는 소설을 읽은 뒤에 한동안 느끼는 감동도 동일한 감정이라 보았다.

즉 연애는 문학이요 문학은 연애요. 그것은 다시 말하자면 인생 전체였다.

'인생의 연애는 예술이요, 남녀 간의 예술은 연애니라.'

스스로 창작한 이 금언金言을 수신책 첫 페이지에 조선글로 커다랗게 써두었다.

이런 심경 아래서 문학의 길을 닦기에 여념이 없는 동안, 연실이는 문학과 함께 연애를 사모하는 마음이 나날이 높아 갔다.

소녀 시기의 환경이 환경이었더니만치 연실이는 연애와 성교를 같은 물건으로 여겼다. 소녀 시기에는 연애라는 것은 모르고 성교라는 것이 남녀 간에 있는 물건이라고 믿고 있었는데, 지금 연애라는 감정의 존재를 이해하면서부터는, 그의 사상은 일단의 진보를 보여서 '남녀 간의 교섭은 연애요, 연애의 현실적 표현은 성교니라' 하는 신념이 들게 되었다.

그런지라, 그가 철모르는 시절에 무의미하게 잃어버린 처녀성에 대해서도, 아깝다든가 분하다든가 하는 생각보다도, 그때 연애라는 감정을 자기가 이해하였더면 훨씬 재미나고 좋았을걸 하는 후회뿐이었다.

회상하여 그때의 그 사내를 생각해 보면 그것은 가장 표준형의 기생 오라범으로, 게으름과 무지와 비열을 합쳐 놓으면 이런 덩어리가 생길까 하는 생각이 들 만한 보잘것없는 사람으로 연실이에게는 손톱만치도 마음 가는 데가 없는 사람이었다. 그러나, 문학 즉 연애요, 연애와 성교는 불가분의 것으로 믿는 연실이는 그때 연애 감정이 없이 그 사내를 가까이한 것이 적지 않게 분하였다. 한 번 함께 산보(이것이 연애의 초보적 행동이었다)도 못하고 함께 달을 쳐다보며 속살거리지도 못하고— 이렇듯 어리석고 어리던 자기가 저주스러웠다.

그 봄(열일곱 살이었다)에 연실이는 《동경 유학생》이란 잡지에 시를 한 편 지어서 보냈다.

문을 닫아도
들어오는 月光(월광).
가슴을 닫아도
스며드는 사랑.
사랑은 月光이런가.
月光은 사랑이런가.
아아, 二八處女(삼팔처녀)의
가슴이 떨리도다.

지우고 고치고 다시 쓰고 하여 겨우 이렇게 만들어서 한 벌은 고이고이 적어서 가방에 간수하고, 한 벌은 잡지사에 보냈다.

봄방학 때쯤 발행된 그 잡지에는 연실이의 시가 육호 활자로나마 게재가 되었다.

발가락이 닮았다

지금 그는 여명기의 조선 여성에게 있어서 한 개 광휘 있는 별이라는 자부심을 넉넉히 갖게 되었다. 그 잡지 십여 권을 사서 자기의 본집과 그 밖 몇몇 동무에게 우편으로 보냈다.

문학의 실체인 연애를 좀더 잘 알기 위하여 엘렌 케이며 구리가와 박사의 저서도 숙독하였다.

새학기에는 기숙사에서도 나왔다. 기숙사에서도 학생들끼리 동성의 사랑이 꽤 농후한 자도 있었지만, 연애라는 것은 이성에게라야 가질 것이라는 생각을 갖고 있는 연실이는 그것을 옳게 볼 수가 없고, 또는 자기가 몸소 나아가서 연애를 실연하기 위해서는 기숙사는 불편하기 때문이었다.

여자 유학생 친목회에도 자주 나갔다. 작년 입학한 직후 첫 회합에는 단순한 처녀로, 한 얌전한 규수로 참석하였지만, 차차 어느덧 자유연애와 자유결혼(이것이 여성해방이라 보았다)을 가장 맹렬히 주장하는 열렬한 회원으로 변하였다.

이론 방면으로 이만치 진보된 만치 실제로도 또한 연애를 하여 보려고 기회 도착에 노력하였다. 그러나 아직도 동경 유학생 간에는 남녀가 함께 회집할 수 있는 곳은 예수교 예배당밖에 없고, 남학생과 여학생 간에 교제가 그다지 성행치 못하는 때라 기회 도착이 쉽게 되지 않았다.

여류 문학자가 되어서 선구자가 되기 위해서는 절대로 연애의 필요를 느끼는 연실이는 이 좀체 도착되지 않는 기회 때문에 초조하게 지났다.

그러다가 어떤 우연한 기회에 평안도 출행의 농과대학생農科大

學生과 알게 될 기회를 얻었다.

금년에 들어서 무척도 는 조선 여학생 가운데 한 사람을 찾아
갔던 연실이는 거기서 그 여학생의 몇 촌 오라버니가 된다는 농
학생을 처음으로 본 것이었다. 나이는 스무 살이라 하나 여자들
틈에서는 몹시도 수저워하여* 이야기 한마디 변변히 하지를 못
하였다.

그날 밤 제 하숙에 돌아와서 연실이는 여러 가지로 생각하였
다. 자기가 지금까지 읽은 소설 가운데서 연애하는 남녀가 처음
만난 장면을 모두 끄집어내 가지고, 아까 그(이창수라 하였다)가
취한 태도는 어느 것에 해당할까 하고 생각하였다. 그리고 결론
으로서는 퍽 내심한 청년이 몹시 연애를 느끼기 때문에 그렇게
도 수저워한 것이라 단정하였다.

자기도 그 청년을 보는 순간 퍽 마음에 기뻤다고 생각하고 기
쁜 가운데도 속이 떨렸다고 생각하고, 자기가 다른 곳을 볼 때
그 청년이 자기를 바라보면 자기는 몹시 가슴을 뛰놀리었다고
생각하고, 자기는 가슴이 이상하여 그를 바로 볼 기회도 없었다
고 생각하고, 그와 함께 있는 동안은 감전感電된 것 같은 쩌르르
한 느낌을 받았다고 생각하였다.

요컨대 연실이는 자기가 어제 처음 만나는 순간부터 이창수
에게 연애를 느꼈고 이창수 역시 자기에게 연애를 느낀 것이라
굳게 믿었다.

* 수접다 : '수줍다'의 방언.

발가락이 닮았다

이튿날 하학한 뒤에 연실이는 이창수를 찾아보기로 하였다. 찾아가려고 제 하숙을 나설 때에 발이 썩이 나서지는 못하였지만 이것이야말로 연애하는 처녀의 당연하고 공동되는 감정으로 서양 문호文豪들도 모두 이 심리를 묘사한 것을 많이 본 연실이는, 이런 수저운 감정을 극복하고 용감히 나아가는 것이 현대 신여성에게 짊어지운 커다란 사명이며 더욱이 선각자로서는 마땅히 겪고 극복하여야 할 일로 알았다.

창수는 마침 하숙에 있었다.

연실이는 창수와 함께 산보를 나섰다. 여섯 조의 좁다란 하숙 방 안에서 속살거린다는 것은 옛날 연애지, 현대 여성의 연애가 아니었다. 시부야澁谷 교외로 나서서 무사시노武藏野 숲 위로 떨어지는 낙조를 보면서 그것을 찬송하며 한숨지으며 하여야 할 것이었다.

시부야의 신개지新開地도 지나서 교외로 이 첫사랑하는 남녀는 고요히 고요히 발을 옮겼다. 한 걸음 앞서서 가던 연실이가 머리를 수그린 채 뒤따르는 창수 청년을 보면 창수는 머리를 역시 수그리고 무슨 의무라도 이행하는 듯이 먹먹히 따라오는 것이었다.

남녀는 어떤 언덕 마루에 가서 앉았다.

"좀 쉬어요."

하면서 연실이가 두 사람쯤 앉기 좋은 자리에 한편으로 치우쳐 앉으매 창수 청년은 연실이에게서 세 걸음쯤 떨어져 있는 조그만 돌멩이 위에 걸터앉았다.

연실이는 고요히 눈을 들었다. 바라보매 시뻘겋게 불붙는 낙조는 바야흐로 무성한 잡초 위로 떨어지려 하고 있다.

"선생님."

연실이는 매우 부드러운 소리로 창수를 찾았다.

"네?"

"참 아름답지 않아요? 저 낙조 말씀이어요. 저 낙조가 형용하자면 무엇 같을까요."

"글쎄올시다."

농학생 이창수에게 있어서는 그 낙조는 함지박에 담긴 붉은 호박 같았을는지도 모른다. 그러나 그런 형용도 좀 멋쩍어서 글쎄올시다 한 뿐 눈이 멀진멀진히 낙조를 바라보고만 있었다.

"방금 떨어질 듯 도로 솟을 듯 영화靈火가 하늘에서 춤을 추는 것 같지 않아요?"

"글쎄올시다."

그날 저녁 연실이는 창수의 방에서 묵었다. 그 하숙에서 저녁을 함께 먹고 역시 연실이는 적극적으로 창수는 소극적으로 이야기를 주고받고 하다가 교외 전차가 끊겼음을 핑계로 연실이는 거기서 밤을 지내기로 한 것이었다. 여기서 묵겠다는 말을 차마 입 밖에 내기가 힘들었지만, 선각자는 경우에 의지하여서는 온갖 체면이며 예의 등 인습의 산물은 희생하여야 한다는 신념 아래서,

"아이, 전차가 끊어져서 어쩌나? 선생님 안 쓰는 이부자리 없으세요?"

발가락이 닮았다

고 맥을 던져서, 요행 여름철이라 안 쓰는 두터운 이부자리를 얻어서 육조방에 두 자리를 편 것이었다.

자리에 들어서도, 인생 문제며 문화의 존귀성을 이야기하면서 연실이는 차츰차츰 뒤채고 뒤채는 동안 창수의 이불 아래로 절반만치 들어갔다. '그것'까지 실행이 되어야 연애의 성립을 인정할 수 있는 연실이었다.

이튿날 아침 창수가 연실이에게 자기는 고향에 어려서 결혼한 아내가 있노라고 몹시 미안한 듯이 고백할 때에 연실이는 즉시로 그 사상을 깨뜨려 주었다.

"그게 무슨 관계가 있어요. 두 사람의 사랑만 굳으면 그만이지, 사랑 없는 본댁이 있으면 어때요."

명랑히 이렇게 대답할 때는 연실이는 자기를 완전히 한 명작 소설의 주인공으로 여겼다.

그 하숙에는 창수 밖에도 조선 학생이 두 명이 있었다. 연실이가 돌아간 뒤에 한 하숙의 다른 학생들에게 놀리운 창수는 변명으로 아마,

"뒤집어씌우는 걸 할 수 있나."

이렇게 대답한 모양이었다. 갑자기 유학생에게 연실이의 이름이 놓아지고, 그 위에 뒤집어씌운다 하여 거기서 일전하여 감투장사라는 별명이 며칠 가지 않아서 오백 명 유학생 간에 쫙 퍼졌다.

그러나 이런 소문은 있건 말건 연실이는 환희와 만족의 절정에 올라섰다.

첫째 선각자였다.

둘째 여류 문학가였다.

셋째 자유연애의 선봉장이었다.

문학가가 되고 선각자가 되기에 아직 일말의 부족감을 느끼고 있던 것이, 자유연애까지 획득하여 놓으니 인제는 티 없는 구슬이었다.

어디를 내어놓을지라도, 선진국 서양에 갖다 놓을지라도 축박힐 데가 없는 완전무결한 신여성이요 선각자로다. 연실이는 의심치 않고 믿었다.

아직도 그래도 좀더 희망을 말하라면 창수가 좀더 적극적이요 정열적이요 '뒤집어씌우는 편'이 아니고 끌어당기는 편이면 하는 것이었다.

이 연애에 승리한 지 얼마 지나지 않아서 연실이는 지금껏 다니던 학교에 퇴학 원서를 제출하였다. 그리고 다른 사립 음악학교에 입학을 하였다. 음악이 예술인 까닭이었다. 그리고 그 학교가 동경에서 유명한 연애 학교(남녀공학)인 까닭이었다.

9

음악학교로 학적을 옮긴 뒤에 연실이는 두 가지로 마음이 매우 기뻤다.

첫째로는 그 학교의 남녀 학생 간에 연애가 매우 많은 점이었다. 연애를 모르는 조선에 태어났기 때문에 연실이는 연애의 형식과 실체(감정이 아니다)를 몰랐다. 그가 읽은 여러 가지의 소설의 달콤한 장면을 보고 연애는 이런 것이거니쯤으로 짐작밖에는 가지 못하였다. 이창수와 몇 번 연애(?)를 하여 보았지만 창수는 도리어 수동적 편이라 연실이 자기가 부리는 연애밖에는 구경을 못 하였다. 선각자로서 당연히 연애를 알고 또한 실행하여야 할 의무감을 가진 연실이는 자기가 현재 이창수와 연애를 하면서도 일찍이 책에서 읽은 바와 상위되는 점을 늘 미흡히 생각하고 혹은 실제와 소설에는 차이가 있는가 의심하던 차에 이 학교에서는 눈앞에 소설에서 본 바와 같은 연애를 수두룩이 보았는지라 이것이 기뻤다.

둘째로는 전문학생이라는 자기의 지위가 기뻤다. 선각자로 자임하고 어서 선각자로서 조선의 깨지 못한 여성들을 외치려는 희망은 품었지만 고등여학교의 생도인 때는 전도가 감감한 느낌이 없지 않았다. 그런데 이 학교에 입학을 하고 보니 인제 삼 년만 지나면 자기는 전문학교의 출신으로 어디에 내놓을지라도 뼈젓한 숙녀였다.

보랏빛 치마와 화려한 긴 소매와 뒷덜미에 나비 모양으로 맨 리본과 뾰족한 구두의 이 전문학생은 악보樂譜를 싼 커다란 책보를 앞으로 받치고 동경 바닥을 활보하였다.

단지 이 처녀에게 있어서 아직도 불만이 있다 하면 그것은 애인 이창수의 태도가 너무도 소극적인 점이었다. '로미오'인 이창수가 '줄리엣'인 연실 자기의 창 아래 와서 연가戀歌는 못 부를지

언정 적어도 이 근처에 늘 배회하기는 하여야 할 것이었다. 찾아오기가 바쁘면 하다못해 편지라도 해야 할 것이었다. 적어도 소설에 있는 연애하는 청년은 그러하였다. 그럼에도 불구하고 찾아오기는커녕 이편에서 찾아갈지라도 맞받아 나오면서 쓸어안고 키스를 하고 해주지조차 못하고 싱그레 웃고 마는 것은 연실이의 마음에 적지 않게 불만하였다.

10

그해 크리스마스 방학이었다.

연실이는 오래간만에 최명애를 찾아가 보았다. 처음 동경 올 때는 감한 선배로 동정을 그에게 배우려 한 적도 있었지만 인제는 자기는 열여덟(눈앞에 열아홉을 바라본다)이요 그는 스물하나로 옛날 진명학교 시대와 마찬가지인 한낱 동무였다. 그 위에 '그도 연애를 하는가' 하는 의심점이 있기 때문에 잘못하면 자기보다도 약간 세상 철이 부족할지도 모르겠다는 자긍심까지도 품고 있는 연실이었다.

"언니."

여전히 부르기는 이렇게 불렀으나 인제는 선배 후배가 아니요 단지 약간 나이가 더 먹은 동무일 따름이었다.

거진 연애라는 것을 '문명한 인종이 반드시 밟아야 할 과정'이라고쯤 믿고 있는 연실이는 그날 서로 히닥거리며 잡담을 하다

발가락이 닮았다

가 이런 말을 하였다.

"언니, 참 옛날 여인들은 어떻게 살았겠수?"

"왜?"

"연애두 한 번두 못 해보구."

명애는 여기서 한번 크게 웃었다.

"하하하하. 저리드냐? 재리드냐?"

"아찔아찔합디다."

"그것만?"

"오금이 녹아 옵디다."

"엑이 망할 기집애. 한데 너 뒤집어씌웠다구 소문이 자자하든 구나."

뒤집어씌워? 남녀 학생 간에 소문은 높았던 바지만 연실이의 귀에까지는 아직 오지 않았던 바라 뜻을 알 수가 없었다.

"그게 무슨 말이우?"

"듣기 싫다."

"참말…… 그게 무슨 말이유."

명애는 의아히 잠깐 연실이의 얼굴을 보았다. 그런 뒤에 설명하였다.

"아, 네가 능동적이란 말이지. 네가 사내를 ○단 말이지."

"언니두!"

연애의 과정으로 당연히 밟은 과정이라는 신념은 가지고 있었지만 이렇듯 지적을 받으매 연실이는 아뜩하였다.

"그런데 애."

"……"

"내 언제 너 조용히 만나면 이야기할랴구 그랬다마는 청춘 남
녀가 연애야 안 하겠니마는 연애를 한대두 신성한 연애를 해라."

순간적 부끄럼 때문에 머리를 수그렸던 연실의 귀에도 이 말은
들어갔다. 소설에서 많이 읽은 바였다. 그러나 어떤 것이 신성한
연애인지는 실체를 아직 연실이는 알지 못하였다. 소설에 그런
대목이 나올 때마다 다시 읽고 다시 읽고 하여 실체를 잡아 보려
노력하였지만 대체 어떤 것이 신성한 연애인지 알 수가 없었다.

"청년 남녀 누구가 연애를 안 하겠니마는 신성한 연애를 해야
한다."

"언니, 어떤 게 신성한 연애유?"

연실이는 드디어 물었다.

"애두, 그럼 너 지금껏 뭘 했니. 남녀가 육교를 하지 않고 사랑
만 하는 게 신성한 연애지. 말하자면 서루 마음과 마음이 통해
서 사랑하구 사랑받구 하는 게 신성한 연애가 아니냐."

이것은 연실이에게는 새로운 지식인 동시에 이해하기 어려운
일이었다. 만약 명애의 말로서 옳다 할진대 이창수와 자기와의
것은 무엇으로 해석을 할 것인가. 마음과 마음이 서로 통한다
하면 자기와 이창수는 전혀 마음은 서로 통치 못하였다.

소설이며 엘렌 케이와 구리가와 박사의 말에는 그런 뜻이 있
었던 듯싶다. 그러나 사람의 사회에 실제로까지 그런 꿈의 나라
가 있으리라고는 연실이에게는 믿기지 않았다.

그날 명애는 이런 말도 하였다.

발가락이 닮았다

"내 애인은 말이다. 지금 W대학 문과에 다니는 사람이야. 본시 송안나, 너도 알지. 그 여자친목회 회장 말이다. 그 송안나허구 이러구저러구 하던 사람이란다. 그걸 내가 알았지. 첨에는 송안나 그담에는 최××, 또 그담에는 박△△, 그걸 내가 알았구나. 말하자면 최후의 승리자지."

그리고 그 열변과 엄숙한 표정으로 친목회에서 지도자 노릇을 하던 송안나도 연애 찬미자의 한 사람이라는 것이 기이해서 연실이가 물어볼 때에 그는 이렇게 대답하였다.

"얘, 너두 철이 있느냐 없느냐. 이 동경 여자 유학생치구 애인 없는 사람이 어디 있다디. 옛날 구식 여자는 모르겠다마는 신여성치구 애인 없이 어떻게 행세를 한단 말이냐."

누구는 누구가 애인이고 누구는 누구가 애인이고 한참을 꼽아 내렸다.

연실이는 그러려니 하였다. 이 동경까지 와 있는 선각 여성이 자유연애도 하지 않고 어쩔 것이냐. 사실에 있어서 연실이는 최근엔 단지 이창수뿐만 아니라, 음악학교에 다니는 여러 남학생들과 단 하룻밤씩의 연애를 하고 있었다. 한 사내와만 연애를 한다 하는 것조차 그에게 있어서는 유치한 감이 없지 않은 것이었다.

11

크리스마스 방학도 끝나고 개학이 된 지 며칠 뒤의 일이었다.

그날은 연애할 대상도 구하지 못해서 하학한 뒤에 곧 집으로 돌아오매 그의 책상에는 우편물이 하나 놓여 있었다.

잡지였다. 뜯어 보니 동경 유학생의 기관잡지인 ×××였다.

먼첨 호에 문틈으로 스며드는 달빛을 노래한 시를 이 잡지에 보내어 채택이 된 연실이는 그다음에도 또 한 편 보내었던 것이었다. 그것이 났는지 어떤지를 알아보기 위해서 연실이는 옷도 갈아입지 않고 즉시 봉을 뜯었다.

무식한 그 잡지의 편집인은 이번은 연실이의 시를 몰서沒書하여 버렸다. 그래서 목록의 아래의 이름만 읽어 보아 자기의 이름이 없으므로 불쾌감이 일어나서 책을 접으려 할 때에 제목란에 계집녀女 자가 걸핏 보이는 듯하므로 다시 주의하여 거기를 보매 거기는,

"여자 유학생에게 경고하노라."

하는 제목이 있었다.

무슨 이야긴가. 호기심이 났다. 책으로서는 자기의 명작 시가 발표되지 않았으므로 불쾌하기 짝이 없는 잡지였지만 그 제목의 페이지를 뒤적이어서 펴보았다.

첫줄에서 연실이의 얼굴은 검붉게 되었다.

"××음악학교에 다니는 모양은."

운운으로 시작한 그 글은 연실이와 이창수와의 새의 소위 '뒤집어씌운' 이야기를 폭로시키고 이런 음탕한 여자가 동경에 와 있기 때문에 다른 학생들에게도 물들 뿐 아니라 더욱이 고향에 계신 학부형들은 딸을 동경으로 유학 보내기를 무서워한다는

뜻을 쓰고 이어서 이런 더러운 학생은 마땅히 매장하여 버려야 하는 것이 유학생의 의무라고 많은 '!'며 '!?'를 늘어놓아 가지고 두 페이지나 널어놓았다.

읽는 동안 연실이의 얼굴은 검게 되었다 붉게 되었다 찌푸려 졌다 찡그려졌다. 별의별 표정이 다 나타났다.

읽으면서 동댕일 치고 싶었다. 그러나 끝까지 다 읽고야 말았 다. 다 읽고 나서는 드디어 동댕이쳤다.

무엇이라 형용할 수 없는 감정이었다. 억분하다 할까. 노엽다 할까. 부끄럽다 할까. 얼굴이며 손발의 근육이 와들와들 떨렸다. 머리로서는 아무것도 생각지를 못하였다.

한 시간? 아마 두 시간도 남아 지났겠지. 집주인 마누라가,

"긴상, 오메시이카가(김양, 식사 어떡해요)?"

하고 들어올 때야 연실이는 비로소 자기의 이성을 회복하였 다.

이성이라 하나 지극히도 흥분된 이성이었다.

"다쿠산요(필요없어요)."

저녁이 입에 달지는 않을 것이므로 거절함에 있어서 이런 거 절까지 않아도 좋을 것이거늘 연실이는 이런 악의 품은 거절을 한 것이었다.

어떤 노염일까. 욕먹은 데 대한 분함이 물론 가장 강하였다. ××음악학교에 다니는 조선 여학생은 자기밖에 없다. 그런지라 누구든 이 글을 읽기만 하면 거기 쓰인 모양이라는 것은 자기를 지적한 것임을 알 것이다.

처녀 십팔(새해에 열아홉)은 손톱눈만 한 일에라도 부끄러워하는 시절이라 하나 연실이는 요행 부끄럼에 대한 감수성은 적게 타고난 사람이었다.

그 대신 분하였다. 글자가 표현할 수 있는 가장 악의로 찬 욕을 퍼부은 것이었다. 이것이 분하였다.

어때? 그래. 이만 뱃심이 없지 않았다. 그 글의 필자는 아직 구사상에 젖은 유치한 녀석이라는 경멸감도 물론 났다. 자유연애를 이해하지 못하고 이렇듯 어리석은 소리를 흥얼거리는 숙맥이라는 우월감(자기에게 대한)도 섞이어 있었다. 그런지라 욕먹은 내용— 사실에 대해서는 연실이는 천상천하 부끄러울 데가 없다. 이 정정당당하고 가장 새롭고 가장 선각적인 행동을 욕하는 자의 어리석음이 미웠고 그런 것에게 욕먹은 것이 분하였다.

두 시간 세 시간 동안을 분한 감정 때문에 몸만 떨고 있던 연실이는 밤이 차차 들어 감에 따라서 얼마만치 머리도 식어 가며 식어 가느니만치 대책도 생각났다.

어떻게든 거기 대하여 항의를 하여야 할 것이다.

글로?

말로?

항의문을 그 잡지에 써보내서 자기를 욕한 필자의 무식을 응징하나.

혹은 그 사람을 찾아가서 도도한 웅변으로 그의 구식 두뇌를 깨쳐 주나.

자리에 들어서도 그 생각을 하고 또 하고 한 끝에 연애라 하

는 일에 퍽 이해를 가진 최명애를 찾아서 그와 의논하여 어떻게
든 결정하리라 하였다.

이튿날 이른 새벽에 연실이는 자리에서 일어났다. 조반도 먹
지 않고 하숙집에서 나왔다. 최명애를 찾기 위해서였다.

최명애의 하숙(영업적 하숙이 아니라 사숙이었다)에 들어서서 주
인마누라에게 오하요(안녕하십니까)를 부른 다음에 연실이는 서
슴지 않고 명애의 방으로 갔다. 당황히 따라오는 주인마누라의
눈치도 못 보고.

가라카미(장지문)를 쭉 밀어 열었다.

—?

연실이는 도로 가라카미를 닫아 버렸다. 명애 혼자인 줄 알았
던 방에 명애는 웬 남학생과 함께 자고 있다가 이 침입자 때문에
번쩍 눈을 뜨는 것이었다.

"누구?"

방 안에서는 명애가 침입자의 정체를 캐면서 일변으로는,

"긴상, 인전 일어나요. 누구 왔어요."

하며 연애의 상대자를 흔드는 모양이었다.

연실이는 멍하였다. 자기의 취할 거처를 몰랐다. 돌아가자니
싱거웠다. 들어가자니 어려웠다. 이미 이런 일은 처음 당하는 일
이 아닌 연실이라 부끄럼이라든가 거기 유사한 감정은 느끼지
않았지만 일전에도 '신성한 연애'를 운운하던 명애의 자리에서
사내를 발견하였는지라 잠시 뚱하였다.

"누구야."

"나."

드디어 대답하였다.

"연실이로구나. 긴상, 어서 일어나요. 연실이, 조금만 있다가 들어와."

그런 뒤에는 안에서는 일어나서 옷을 가다듬는 듯한 버석거리는 소리가 들렸다. 그러기를 사오 분이나 하고 나서,

"이와, 오하우이리(좋아요, 들어와요)."

하고 청을 하였다.

연실이는 들어갔다. 내어주는 자리에 앉았다.

"새벽에 웬일이야. 응, 소개해야겠군. 이이는 대학에 다니시는 김××씨. 이 애는 늘 말씀드린 연실이."

연실이는 가볍게 머리를 숙였다. 김모라는 학생은 연방 교복 단추를 맞추면서 허리를 굽석하였다.

"헌데 새벽에 웬일이냐. 이상(이창수)네 하숙에서 오는 길이냐."

"아냐."

연실이는 부인하여 버렸다. 부인하며 얼핏 김모라는 학생을 보았다. 처음은 송안나의 애인 그다음은 누구의 애인 또 그다음은 누구의 애인, 이라 하여 지금은 최명애의 애인이 된 그 학생은 그의 염복적艶福的 눈을 들어 연실이를 보고 있는 것이었다.

그날 김모는 학교에 가야겠다고 조반 전에 돌아갔다. 사립 여자전문학교에 다니는 두 처녀는 오늘은 학교 집어치우기로 하고 김모가 돌아간 뒤에 (세수도 안 하고) 자리에 도로 들어가 누웠다.

연실이가 가지고 온 잡지를 내어 들고 명애에게 자기의 분함

발가락이 닮았다

을 하소연하고 그 대책을 의논할 때에 명애는 그따위 문제는 애당초 중대시하지도 않았다.

"거기 어디 김연실이라고 이름을 밝히기라도 했니?"

"밝히진 않았어두 ××음악학교 재학생이라면 이십여 명 유학생 중 나밖에 어디 있수?"

"닭어 부스럼이니라. 우습지 않으니? 김연실이라구 밝히지두 않았는데 김연실이가 웬 까닭으루 나 욕했소 하구 덤벼드느냐 말이다. 애, 수가 있느니라. 이렇게 해라."

"어떻게."

"아까 그 긴상 말이야. 긴상두 ××회(유학생회) 감찰부장이란다. 그 긴상이 말이야. 내가 요전에 △△학교에 다니는 강상이라는 학생하구 이렇구저렇구 할 때 뭐 유학생계에 풍기를 문란케 하느니 어쩌니 해가지구 매장을 한다 어떤다 야단이란 말이지. 그래서 그 긴상의 내막을 알아보니 자기도 송안나하고 그 꼴이지. 그래서 말이로다. 만일 긴상이 참말루 샌님 같은 사람이면 할 수 없지만 자기도 그러는 이상에 무슨 낯으루 큰말이냐 말이다. 그래서 이 여왕께서 찾아가 주었구나. 한번 부비어 대줄 셈이었지. 그랬더니 고냐쿠*란 말이지. 흐늘흐늘. 지금 내 애인이 되지 않았니?"

연실이는 멍하니 명애를 보았다. 경이驚異라는 것을 모르는 연실이는 놀랄 줄을 모른다. 감동이라는 것을 모르는 연실이는 감

---

* '곤약'의 일본말.

동할 줄도 모른다. 그러나 이야기는 연실이에게는 다만 예사로운 이야기는 아니었다.

"언니, 그럼 나 어떡허면 좋수."

"너두 나같이 그, 너 욕한 사람 말이다. 그 학생을 찾아가려무나. 상판대기에 분칠이나 곱게 하구 연지나 찍구 찾아가서 이건 왜 이러우 하구 한마디만 턱 던지구 생긋 웃어만 보려무나. 그러면 나 잘못했소, 여왕님 하구 네 발 아래 꿇어 엎드리지 않으리."

"그러면?"

"그러면 됐지, 그 뒤가 있을 게 뭐람. 그러면 그 모 도학 청년이 네 애인이 되지."

"이상은 어쩌구."

"차버리려무나. 차버리기가 아까우면 애인 두어 개 두구."

"언니, 남자란 여자를 보면 그렇게두 오금을 못 쓰우?"

"맛이 좋거든."

"맛이 좋단 어떻게 좋우?"

"그게야 남자가 아니구야 어떻게 알겠니마는 여자는 또 남자를 보면 그렇지 않더냐. 아유. 흥 흥."

명애는 무엇을 생각함인 듯이 힘 있게 연실이를 쓸어안고 신음하면서 꺽꺽 힘을 주었다.

"언니, 내 진정으로 말한다면 나는 어디가 좋은지 몰라. 소설에 보면 말도 마음먹은 대로 못 하고 고이비도(애인)의 얼굴두 바루 못 본다는 등 별별 신비스러운 이야기가 다 있는데 나는 아무리 그렇게 마음먹으려 해두 진정으로는 안 그래. 웬일일까. 그

발가락이 닮았다

게 거짓말일까?"

"그건 모르겠다만 얘 잠자리 맛이란…… 아유 흥 흥, 아유 죽겠다."

"잠자리 맛이라는 것두 따루 있수?"

"아이 망칙해. 우화등선 천하제일감. 네 것두 아직 모르니?"

"몰라."

"그럼 이상허구 뒤집어씌우기는 어떻게 했느냐."

"그게야 그럭허는 게니 그랬지."

"애두, 그럼 너 불구자로구나."

단지 사내와 여인— 애인끼리는 그런 노릇을 해야 하는 것으로 알고 있는 연실이에게는 이 말은 알지 못할 말이요 겸하여 불안스러운 말이었다.

그는 이날 명애에게서 '성'에 대한 여러 가지의 지식을 알았다. 하늘은 종족의 단멸斷滅을 막기 위해서 성교에 특수한 쾌심을 주어 이 쾌감 때문에 종족이 끊기지 않고 그냥 계속된다는 이야기며 과부가 수절을 못 하는 것은 이 쾌감을 잊을 수 없어서 그렇게 된다는 이야기 등을 듣고 그로 미루어 보자면 그것은 상식으로 판단키 힘들 만치 유쾌로운 일인데 아직 그것도 모르는 자기는 적지 않게 부족된 사람인 듯싶고 이 때문에 마음도 적지 않게 무거웠다.

명애는 연실이에게 대해서 장차 그 남학생(잡지에서 욕한)을 찾아가는 경우에 그와 대응할 책략을 여러 가지로 가르쳤다.

결코 이렇다 저렇다 싸우지 말라 하였다.

"이건 왜 이러세요."

이 한마디만으로 웃기만 하라 하였다. 손님이 왔으니 과일이라도 사오라고 명령하라 하였다. 그리고 당신과 같은 장차 조선의 지도자 될 사람이 왜 그리 사상이 낡으냐고 산보를 청하고 활동사진 구경을 동반하고, 그리고 마지막에는 네 하숙으로 끌고 들어가라 하였다.

그로부터 수일 후 연실이는 명애의 지휘가 너무도 정확히 들어맞으므로 도리어 놀랐다. 연실이가 찾아왔다는 하숙 하녀의 보고를 들을 때 그렇게도 울그럭불그럭하였고 서로 대좌하여서도 눈을 퉁방울같이 굴리던 그 남학생이,

"이건 왜 이리서요."

의 한마디에 멋쩍은 듯이 좀 누그러지고, 그다음에,

"과일이나 부르세요."

할 때에 하녀를 불러서 과일을 사왔고, 그다음에는,

"하나 드십시오."

라는 권고가 그의 입에서 먼저 나왔고, 산보를 청할 때는 얼굴에 희색이 나타났고, 활동사진을 구경한 뒤에 집에까지 바래다 달라니까 분명히 흥분까지 되었고, 잠깐 들어오기를 청할 때에 열적은 듯이 따라 들어왔고, 시간이 늦어서 마지막 전차까지 끊어지매 도리어 저쪽에서 기괴한 뜻을 암시하였고……

이리하여 연실이는 또 한 사람의 애인을 두게 되었다.

새 애인의 이름은 맹호덕孟浩德이었다.

연실이가 새 애인을 둔 뒤에 이전보다 적이 기쁨을 느낀 것은

332   발가락이 닮았다

맹은 이전의 이창수와 같이 소극적이 아니었다.

역시 ××회의 회집이 있을 때마다 단상에 올라서서 조선 청년의 갈 길을 부르짖고 학생계의 나약과 타락을 통탄하고 '우리'의 중대한 임무를 사자후하고 하였지만 그러한 적극성이 있느니만치 연실이에게 대해서도 적극적으로 따라다니고 불러내고 호령하고 명령하고 하였다.

연실이의 마음은 차차 맹에게로 기울지 않을 수가 없었다.

"이것이 진정한 연애로다."

연실이는 이것으로서 비로소 자기는 진정한 연애를 하는 사람으로 믿었다. 그리고 인제는 온갖 점이 다 구비된 완전한 조선 여성계의 선구자라 하는 신념을 더욱 굳게 하였다.

"갈 길을 몰라서 헤매는 일천만의 조선 여성에게 광명을 보여 주기로 단단히 결심하였습니다."

과거 진명학교 시대의 동무에게 자랑삼아 한 편지 가운데 이런 구절이 있었다.

—이 소설은 이것으로 일단락을 맺는다. 이 갸륵한 선구녀가 장차 어떤 인생행로를 밟을지 후일담이 물론 있을 것이다. 약속한 지면도 다하고 편집 기일도 지나고 붓도 피곤하여 이 선구녀가 자기의 인격을 완성하는 기회로서 일단락을 맺는 것이다.

1939년 3월, 《문장》

선구녀
先驅女

— 「김연실전」의 후일담

1

수없는 인명과 수없는 재물과 수없는 인류의 보화를 삼키고 세계 대전쟁이 종식이 되었다.

일본도 이 전쟁에 참가는 하였다 하나 겨우 동양의 한구석 교주만 근처에서 퉁탕거려 보고 의리적으로 불란서 전선에 군대를 약간 보내본 뿐이라 재정적으로 손해가 극히 적었다.

그 대신 이 전쟁 때문에 얻은 이익은 지극히 컸다. 지금껏 온갖 약품이며 기계를 독일에서 수입하던 것이 독일과 국교 단절을 한 관계상 자작자급을 하지 않을 수 없게 되어서 과학계의 발달이 놀라웠다. 유럽에서는 전쟁으로 덤비느라고 일용품조차 제 나라에서 만들지 못하는 관계상 미국이며 일본 등에 주문하여다가 쓰게 되니만치 무역상의 이익이 놀랍게 되었다. 해운으로 굴러 들어온 돈도 막대하였다. 위체(換) 관계로 얻은 이익도 막대하였다.

그러나 이런 적지 않은 이익의 반면에는 손해도 또한 없지 않을 수 없었다.

자유주의의 흥성과 사치— 이것이 가장 눈에 뜨이는 악영향이었다.

서양 문명의 겉물 핥기— 이삼 년 전까지만 하더라도 도리우

발가락이 닮았다

치*를 쓰는 학생이 없었고 금단추 이외에는 쓰메에리**가 쉽지 않았고 학생은 세비로***를 안 입던 동경이 갑자기 변하여 십팔구 세만 되면 세비로 한 벌은 장만하고 여학생들은 새빨간 하오리**** 를 휘날리고 여자 양복도 드문드문 보이게 되었다.

서양 문명의 겉물을 핥은 또 그 겉물을 연실이는 핥았다.

아무 속살도 모르고 단지 겉만 흉내 내면서 어제보다는 오늘, 오늘보다는 내일, 이렇게 나날이 향상되고 있었다. 그러나 그의 속 알맹이는 그 몇 해 전 '베개를 내려 오라'면 내려 오던 그 시절 에서 한 걸음도 진전된 바 없었다.

조선 신문화는 대개 동경 유학생의 힘으로 건설되었고 문화 의 제일 과정은 자유연애였다.

연실이가 장차 조선에 돌아가면 건설하려던 조선 신문학은 연실이가 돌아올 때까지 기다리지 못하고 아직 동경 유학할 동 안에 싹이 트기 시작하였다. 이고주李古周라는 청년 문학도가 혜 성과 같이 나타났다. 이 청년 문학도가 문학이라는 무기를 이용 하여 처음 부르짖은 것이 자유연애였다.

이 현상은 연실이로 하여금 더욱더 연애와 문학은 불가분의 것이라는 신념을 굳게 하였다.

이러는 동안에 최명애는 연실이보다 일 년 앞서서 졸업을 하

---

* 납작모자. 챙이 짧고 덮개가 둥글넙적한 모양의 모자.
** 깃의 높이가 4cm쯤 되게 하여, 목을 둘러 바싹 여미게 지은 양복. 학생복으로 많이 지었 다.
*** 저고리·조끼·바지로 이루어진 신사복.
**** 기모노 위에 입는 짧은 길이의 서양식 겉옷. 예를 갖추거나 방한 목적으로 입었다.

고 동경을 떠나게 되었다. 송안나는 최명애보다 일 년 전에 귀선하였다.

명애가 귀선할 날짜가 거진 가까운 어느 날 연실이는 명애의 하숙을 찾아갔다. 오래간만이었다. 서로 연애에 골몰한 동안은 동무를 찾을 겨를도 과연 없었다.

"아이, 오래간만이로구나."

"언니 졸업 턱 받으러 왔수."

이런 인사로써 둘은 마주 앉았다.

여자들끼리 만나면 으레 나오는 쓸데없는 이야기가 한참 돈 뒤에 연실이는 이런 말을 물어보았다.

"언니, 돌아가선 무얼 하겠소?"

이 질문에 명애는 눈가에 명랑한 미소를 띠고 잠깐 연실이의 얼굴을 본 뒤에 대답하였다.

"시집가련다."

"시집을?"

"그래, 우스우냐?"

"턱은 대었수?"

"글쎄, 누구한테 갈지 갈팡질팡일세. 돈 있는 작자는 시부모가 있구, 단가單家살림은 돈이 없구, 너무 잘난 녀석은 휘어잡기 힘들구, 너무 못난 녀석은 셋샤* 마음에 안 맞구."

그런 뒤에 명애는 최근 삼사 년간에 졸업하고 귀선한 남학생

* '자기의 겸칭, 나'를 뜻하는 일본말. 拙者.

발가락이 닮았다

을 한 오륙 명 꼽아대었다. 그 가운데 세 사람은 명애하고 특별한 관계가 있던 것을 연실이도 안다. 그로 미루어서 나머지들도 다 그렇고 그런 사람들일 것이다.

"어디, 네가 간택을 해봐라. 누가 제일 낫겠니?"

"내가 아우? 아재 간택하는 법두 있수?"

"하하하하. 얘, 너 고창범이라구 알지?"

알기뿐이랴, 연실이도 한두 번 명애 몰래 만나 본 일이 있는 W대학 문과 출신의 서울 사람이었다.

"셋샤 마음에는 고창범이가 가장 맞는구나."

싱거운 사내였다. 호인 이상은 보잘 데가 없는 사람이었다.

"고씨가 지금 어디 있수?"

"Y전문학교 문과 교수라네."

"부자인가?"

"저 먹을 게나 있지. 조끔 덜난 편이지만……."

"그 사람 어디가 마음에 드우? 난, 원, 시원찮소."

"그렇기에 내 마음에 들지. 너나 내나 시원한 남편 아래서 살 수 있을 것 같으냐? 안 될 말이지."

"난 귀선해서도 시집은 안 가겠수. 사내라는 건 도대체 한 달만 가까이 지내면 벌써 부려 먹으려 덤벼드는 걸 시집까지 가주면 영 종 노릇하게."

"그두 그래 하긴. 그래두 늙으면 자식 생각 난다더라."

"시집 안 가군 새끼 못 낳소?"

"예끼, 화냥년."

그때 연실이는 임신 삼 개월이었다. 따져 보아도 누구의 종자인지는 분명하지 못하였다. 그래서 때때로 이것을 뉘게다 책임을 지울까고 생각하고 하던 중이었다.

지금껏 진실한 의미로의 인생을 밟아 보지 못한 이 처녀들은 인생의 근심을 몰랐다. 인생의 가장 중대한 일을 가장 가볍게 여기고 웃음과 희롱 가운데서 해결하려는 것이었다.

그날 낮에 놀러 갔던 연실이는 밤도 깊어서야 제 하숙으로 돌아왔다. 입덧이 나기 때문에 식성이 까다롭게 된 연실이는 제 하숙의 낯익은 음식보다 사루소바 두 그릇을 참 맛있게 먹었다.

2

그해 여름부터 가을에 걸쳐서 연실이의 아버지에게서 여러 장의 편지가 왔다. 첫 장은 꼬리표가 다섯이나 붙어서 겨우 연실이의 지금 하숙을 찾아온 것이었다.

수년간을 한 장의 편지도 않던 딸에게 갑자기 뒤따라 편지를 하는 데에는 그럴 만한 곡절이 있었다.

연실이에게 시집을 가라는 것이었다. 신랑의 나이는 연실이와 동갑, 소실의 자식이나 사람 똑똑하고 한 삼백 석내기 물려받을 것도 있고 중학교를 졸업하였다 하는 것이다.

그때 배가 남산만 하게 되어 학교도 쉬고 하숙도 옮기고 있던

발가락이 닮았다

연실이는 첫 편지에는 귀찮아서 자기 주소만 알리고 편지 내용에는 회답도 안 하였다.

둘째 편지에는 그런 젖비린내 나는 아이에게 시집이 다 뭐냐는 배짱으로 답장도 안 하였다.

셋째 편지는 방금 연실이가 몸을 푼 이튿날 배달되었다. 여전히 회답도 안 하였다.

몸을 푼 지 한 달쯤 지나서 외출을 할 수 있게 된 때 연실이는 갓난애(사내애였다)의 아버지 후보자 중의 한 사람인 맹호덕이와 함께 어린애를 붙안고 놀러 나갔다. 나갔던 길에 셋(갓난애까지)의 사진을 찍었다.

며칠 후 사진을 찾아보니, 정녕 내외가 아들과 함께 찍힌 사진이었다.

"어때요? 맹상."

이 말에 맹은 서슴지 않고 대답하였다.

"오라범, 누이, 누이의 사생아."

"애끼."

"하하하하."

물론 이 사진은 방에 장식하든가 맹과 자기가 나누어 가지고 기념하든가 하려는 목적으로 찍은 것이 아닌지라 의리상 맹에게 한 장 주고, 자기가 두 장은 맡아 두었다.

공교롭게도 사진을 찾아온 이튿날 고향에서는 또 혼사 의논의 편지가 왔다.

여기 대해서 연실이는 회답 대신으로 사진을 아버지에게 보냈다. 무언의 거절이었다. 저는 벌써 인처요 자식까지 있습니다 하는 뜻이었다.

과연 이 사진을 보낸 다음부터는 다시 편지 왕래가 끊어졌다.

연실이는 제2학기 한 학기를 병을 칭탁하고 쉬었다.

제3학기부터는 애는 유모 주고 다시 학교에 다녔다. 3학기 한 학기로 연실이도 '전문학교 졸업생'이 되는 것이었다.

3

세계대전쟁의 여파가 온 세계에 가지가지로 일어나는 가운데 자유주의의 나라인 미국이 던진 몇 개가 꽤 세계를 소란하게 하였다.

가로되 국제연맹, 가로되 민족자결주의, 가로되 무엇, 가로되 무엇.

이 가운데 민족자결주의라 하는 여파는 조선 반도도 한동안 흔들어놓았다.

연실이가 몸을 푼 뒤에 산후도 깨끗하여 3학기부터 학교를 가려고 준비할 때부터 동경 유학생 간에도 적지 않은 동요가 있었다. 제3학기 초부터는 동요도 꽤 커갔다. 경찰로 붙들려 가는 사람도 적지 않았다. 연실이의 애기의 가정假定 아버지 되는 맹호덕이도 이런 일에는 참견하기를 좋아하는 사람이라, 끼리끼리 밤을 새워 가면서 수군거리며 돌아갔다.

　　　　　　　　　　　　발가락이 닮았다

조선의 신문학도요 겸하여 조선의 연애 교사인 이고주도 동경을 건너왔다가 무슨 글을 하나 지어주고 재빨리 상해로 달아나고, 남은 사람들은 그 글을 유학생 간에 돌리고 모두 사법의 손에 붙들렸다.

그러나 그 일은 연실의 생활이며 감정이며와는 아무 관련이 없었다. 무슨 일인지도 이해하지 못하였다. 그리고 3학기를 시작하였다.

3학기도 끝나고 내일 모레면 졸업식이라 하는 삼월 초하룻날, 온 조선에도 무슨 중대한 일이 폭발된 모양이었다. 그러나 그것이 문학과 관계없고 연애와 관계없는 이상에는 역시 연실이의 아랑곳할 것이 못 되었다.

졸업하고 곧 서울로 돌아가려던 예정이었다(고향인 평양 따위는 벌써 잊은 지 오랜 연실이었다). 그러나 조선 안이 꽤 소란스러운 듯하므로 연실이는 그 음악학교에서 작곡과를 일 년간 더 하고 조선이 좀 안돈된 뒤에 돌아가기로 하였다.

삼월 초하룻날의 소란은 조선에서 꽤 커다란 결과를 주었다. 사내寺內 총독의 무단정치를 그대로 답습한 장곡천長谷川 총독은 경성 시내에 장곡천정長谷川町이라는 정명町名 하나를 남겨두고 갈려 가고 재등실齋藤實이 새 총독으로 오게 되었다. 그리고 삼월 초하루의 소란은 무단정치에 대한 반항이라 하여 문화정치라는 깃발을 내세웠다.

그 덕에 지금껏 탄압하던 출판계가 좀 완화되어 신문 잡지 그밖 서적들이 뒤이어 나타났다. 동시에 신문학의 싹도 차차 완연

해 갔다.

이러한 현상을 바라보고 연실이는 그냥 편편히 동경에 있을 수가 없었다.

작곡과 일 년간을 황황히 마친 뒤에 연실이는 행장을 가다듬어 가지고 다시 조선으로 돌아왔다. 어린애는 사도코에게 주었다.

어서 돌아가서 선각자의 자리를 남에게 앗기지 않아야겠다는 생각 때문에 어린애 같은 것을 달고 다닐 수가 없었다. 온갖 방면으로 조선 선구녀형의 표본인 연실이는 자식에게 가질 모성애라는 것도 결핍된 사람이었다.

연실이가 서울로 귀환할 때는 조선에도 두어 파의 젊은 문학도들이 생겨 있었다. 이 문학도들의 전기생前期生이요 겸하여 조선 연애 교수인 이고 주는 아직 상해로 피신해 있는 채 돌아오지 않았다.

4

"당추 고추 맵다더니 시집살이 더 맵구나. 언니, 시집살이 재미가 어떻수?"

연실이가 서울로 와서 찾아든 곳은 명애의 집이었다. 명애는 고창범이와 결혼을 하고 이 도회 서부 어떤 고지대에 선양鮮洋 절충식 문화주택을 짓고 살고 있었다.

발가락이 닮았다

명애의 집에 들어 짐을 대강 정리한 뒤에 연실이는 이렇게 물었다.

"야, 미나리 고쳐야겠더라. 청밀 사탕 달다더니 시집살이 더 달더라구……"

"그렇게 재미나우?"

"그럼. 밤에는 서방 있것다. 아침엔 구찮은 서방은 학교에 가구 나 혼자 편히 할 노릇 다 하것다. 오후에는…… 야, 오후엔 우리 집 살롱엔 별별 청년들이 다 모여든다."

"무슨 청년들이우?"

"너 좋아하는 문학청년들."

"고선생……"

"아서라. 네 입에서 웬 갑작스리 선생이냐. 고상이지."

"고상은 너무하니 아재라 해둡시다. 아재 찾아오오?"

"아재는…… 나 찾아오지."

명애에게서 들은 바에 의지하건대 조선의 새 문학도는 대개 두 파로 나눌 수가 있다. 하나는 《시작》이라는 잡지를 무대로 활약하는 파로 이를 '시작파'라 한다. 나머지 하나는 《퇴폐》라는 잡지를 무대로 활약하는 파로 이를 '퇴폐파'라 한다.

그런데 시작파와 퇴폐파를 손쉽게 구별하자면, 말하자면 기생네 집에 놀러 간다 할지라도 시작파들은 기생방 아랫목에 누워서 기생을 호령하여 술을 부르고 음식을 부르는데 반하여 퇴폐파는 꽃다발을 받들고 기생집을 찾아가서 무릎 꿇고 이것을 바치는 사람들이라 하면 짐작이 갈 것이다. 퇴폐파는 그 명칭과 같이 불란서 시인식의 퇴폐적 기분이 꽤 농후하였다.

　명애의 살롱을 찾아오는 사람들도 퇴폐파거나 혹은 그들의 친구들이었다.

　"와서는 무얼들 하우?"

　"입에 거품을 물고 문학이 어떠니 인생이 어떠니 떠들지."

　"그럼 언니는 어떻게 허우."

　명애는 미소하였다. 그리고 목소리를 낮추었다.

　"내놓구 말이지 어디 무슨 소린질 알겠더냐? 그래서 그저 웃고 보고 듣고 있지."

　"오늘도 오우?"

　"그럼. 나 없어두 저희들끼리 들어와서 한참씩 덤비다가 가니까……."

　"나 좀 참가 못할까?"

　"왜 못해. 네가 참가하면 모두들 아아, 우리의 새 여왕이시어 하면서 손으루 키스를 보내리라."

　"이름은 누구누구요?"

　명애는 그들의 이름을 대강 꼽았다. 듣고 보니 신문이나 잡지에서 흔히 듣던 이름이 대부분이었다.

　연실이는 매우 흡족하였다. 조선 신문단에서 활약하는 사람의 대부분을 손쉽게 사귈 기회를 얻었다.

　이 년간 동경과 서울, 이렇게 만 리를 상격하여 있다가 만난 터라 서로 바꾸는 뉴스는 끝이 없었다. 그 가운데서 연실이가 가장 통쾌하게 들은 것은 송안나에 관한 뉴스였다.

송안나가 동경 유학 당시의 가장 마지막 애인은 I라는 사람이었다. 그리고 I와의 애정이 다른 여러 과거의 애정들보다 가장 깊었다. 그런데 송안나가 아직 졸업하기 전에 I는 먼저 졸업하고 고향에 돌아왔다가 병나서 죽었다.

송안나는 I가 죽은 반년 뒤에 졸업하고 돌아왔다. 돌아올 때는 벌써 약혼자가 하나 생겨서 약혼자와 동반하여 돌아왔다.

돌아와서는 곧 결혼식을 거행하였다. 결혼을 하고 신혼여행으로 간다는 데가 어디냐 하면 죽은 I의 고향이었다. I의 고향에서 송안나는 신혼한 남편과 함께 죽은 애인의 무덤에 절하고(사죄라 하는 편이 옳을지) 새 남편의 주머니에서 돈을 꺼내 I의 무덤에 비석을 해 세워 주었다…… 이런 뉴스였다.

냉정한 이성을 가지고 생각하자면 송안나(뿐 아니라 연실이며 명애며 다 마찬가지다)의 심리며 행동이며는 제정신 가진 사람의 일이라고는 볼 수가 없었다. 그러나 명애는 깔깔대며 이 뉴스를 여성이 남성에 대한 대승리라 하여 연실이에게 알렸고 연실이는 손뼉을 두드리며 찬성하였다.

명애의 소위 살롱이라는 것은 마루방에 유리창을 달고 센터 테이블을 가운데로 값싼 의자가 대여섯 대 둘러 놓여 있고, 센터 테이블에는 재떨이 몇 개와 성냥 몇 갑이 놓여 있을 뿐이었다.

오후 세 시쯤 대여섯 명의 무리가 밀려왔다. 머리를 기르고 토이기土耳其 모자를 비뚜루 쓴 청년, 새빨간 노끈을 넥타이 대신으로 쌍코를 내어 맨 청년, 머리를 통 뒤로 젖히고 칼날 같은 코를 때때로 이태리식으로 쿵쿵 울리는 청년…… 동경에서 사립 음악학교를 다닌 연실이에게도 신기한 느낌을 주는 사람들이었다.

소설이나 시나 한번 활자화되기만 하면 서로 이름쯤은 기억이 될 만한 단순한 시대라, 더욱이 여자인 김연실의 이름은 그들의 기억에도 있던 바였다.

그 위에 이 집 여왕 명애의 입을 통해서도 누차 들은 일이 있는 이름이었다.

그들은 두 손을 들어 환영하였다.

그 청년 가운데 한 사람은 연실이에게도 약간 기억이 있는 사람이었다. 옷은 별다르게 입지 않았으나 가장 유행형이었다. 구주전쟁 때문에 세계적으로 온갖 물자가 결핍하기 때문에 옷 같은 것도 놀랍게 짧고 좁고 팽팽한 것이 유행되어 그 유행이 아직 해소되지 않은 시절이라 옷이 좁고 짧은 것이 흠할 것이 아니지만 이 청년의 것은 유달리 좁고 짧아서 누구가 보든 남의 것을 빌려 입은 것 같았다. 박형薄型 나르단제製의 금시계와 꽤 커다란 금강석 반지와 밀화 권연 물부리 등으로 부잣집 청년이라는 점이 증명되기에 말이지, 의복만으로 보자면 남의 것을 빌려 입은 듯했다. 김유봉이라는 이름이었다. 동경미술학교 출신이었다. 이 청년을 연실이는 잠작한다.

김유봉은 평양 사람이다. 김유봉의 증조할아버지는 평양의 전설적 치부가였다. 김유봉의 할아버지는 참령參領이었다.

이 김유봉의 할아버지가 참령 시대에 연실이의 할아버지는 군졸이었다. 옛날 같으면 연실이의 할아버지일지라도 김유봉의 앞에 감히 앉을 자격도 없고 가까이할 자격도 없는 사람이다.

연실이는 아버지도 이속이 되기 전에는 김강동(강동 군수를 살았다고 김강동이라 한다) 댁에 하인 비슷이 드나들었다. 연실이의 아버지가 영리가 된 뒤에도 김강동에게는 늘 하인같이 문안 다니고 하였다.

이러한 호상 관계가 있는 김유봉과 지금 대등의 자격으로 마주 앉아서 이야기를 할 때에 연실이의 마음에는 일종의 긍지까지 일어나는 것이었다.

그들의 입에서는 동서고금의 온 예술가들의 이름이 오르내리고 비판과 논란이 오르내렸다.

지금까지 자기들 여류 문학자로 자임하고 선각자로 자부하던 연실이로 하여금 적지 않게 불안을 느끼게 한 것은 이 청년들이 떠들고 법석하는 이야기를 잘 알아듣기가 힘들뿐더러 그들의 입에 예사로이 오르내리는 서양 문호들의 이름조차도 연실이는 모르는 자가 적지 않은 점이었다. 명애의 말도 '그 작자들의 이야기는 내놓고 말하자면 잘 못 알아듣겠더라' 하더니만 연실이 자기도 그러하였다.

이런 가운데서도 막연히 느껴지는 바는, 연실이 자기의 학우들이던 그곳 남녀들과 이 청년들이 전혀 마음 가지는 법이 다르다는 것이었다. 그곳 남녀들은 단지 배울 것 배우고 놀 것 놀고 먹을 것 먹는 뿐이었다. 그런데 이 젊은이들의 마음가짐 가운데에는 자기의 배운 것으로 사회를 어떻게 한다 하는 '대사회'라는 것이 있는 듯하였다.

5

연실이가 명애의 집에 기류하기 시작한 지 며칠이 지나지 않
아서 연실이와 명애는 대판 싸움을 한번 하였다. 명애는 자기의
남편 되는 고창범이가 세상에 드문 호인인 것을 다행히 여기고
온갖 행동을 자유로 하였다. 그 소위 '온갖 행동'이라는 데에는
연애도 포함되어 있었다.

고창범이도 짐작은 한다. 그러나 성격이 덜났으니만치 호인인
그는 아내와 싸우기가 싫기도 하고 무섭기도 하고 해서 모른 체
하는 모양이었다.

명애의 상대 남자라는 것은 소위 살롱의 문학청년도 있고 남
편의 친구도 있고 하여 대중이 없었다. 어느 일요일 날, 이날도
아마 명애는 그 애인 중의 누구를 만나러 나간 모양이었다. 그렇
지 않고 놀러 나가려면 연실이를 두고 나갈 까닭이 없었다.

집에는 창범이와 연실이와 하인밖에 없었다.

창범이와 연실이는 같은 방에서 창범이는 신문을, 연실이는
소설을 읽고 있었다.

그 소설에는 마침 '어떤 여자(주인공)가 이전 학생 시대에 자기
와 관계있던 남자의 아내(친구끼리다)에게 놀러 간다. 아내는 지
금 찾아온 동무와 제 남편이 과거에 그런 일이 있은 줄은 모른

다. 아내는 동무를 위하여 과일이라도 사러 가게에 나간다. 과거에 관계있던 남녀가 단둘이 남는다. 여자가 눈을 들어 사내를 본다. 사내도 마주 본다. 서로 싱그레 웃는다. 서로 손을 내민다. 서로 쓸어안는다' 이런 대목이 있었다. 이것을 읽다가 연실이는 뜻하지 않게 고창범이를 건너보았다. 그러매 고창범이도 연실이가 자기를 보는 기수에 신문을 내리매 마주 보았다.

　뜻하지 않게 서로 싱그레 웃었다. 수년 전에 마주 서로 보고 싱그레 웃던 일이 생각났다. 연실이가 말을 던져 보았다.

"재미가 꿀 같죠?"

"세상 살기가 귀찮아집니다."

"꽃 같은 부인에……."

"좀 가까이 와서 옛날같이 이야기나 해봅시다."

　고창범은 손을 길게 뻗쳤다.

"명애한테 큰일 나게."

"이건 왜 이래."

　창범이는 연실이의 옷깃을 잡았다. 옷깃에서 팔목으로, 팔목에서 어깨로 서로 나란히…… 하고 그 뒤에는 어깨를 붙안고 뺨을 부비고…… 꼴이 차차 우습게 되어 갈 때에 문이 홱 열렸다.

　깜짝 놀라서 남녀가 떨어져 앉을 때에 문에 나타난 사람은 이 집의 여왕 명애였다.

　명애에게는 너무도 의외인 모양이었다. 잠깐 멍하니 섰다. 서로 떨어진 남녀도 무슨 할 말도 없어서 우두커니 앉아 있었다.

　드디어 명애에게서 노염이 폭발되었다.

"흥."

이것이 첫 호령이었다. 다음 순간 화닥닥 뛰쳐 들었다. 첫 발길로 남편을 걷어찼다. 다음 발길로 연실이를 차려 하였다. 연실이가 몸만 비키지 않았더라면 물론 차였을 것이다.

연실이는 본능적으로 몸을 비켰다. 그 때문에 허공을 찬 명애는 탁 엉덩이를 주저앉았다.

"이놈의 계집애, 손질까지 하는구나."

악이었다. 달려들면서 연실의 머리채를 휘어잡았다.

여기서 두 여인은 한참을 서로 악담을 퍼부어 가면서 머리채를 맞잡고 싸웠다. 명애의 남편은 어디로 언제 피하였는지 없어져 버렸다.

이 집 하인이 들어와서 간신히 떼놓을 때까지 두 여인은 서로 옷을 찢으며 찢기며 머리를 뽑히며 코피를 쏟으며 가장집물을 부수며 격투를 계속하였다.

하인의 중재로 겨우 떨어진 뒤에 연실이는 도둑년이라 부르짖으며 명애는 화냥년이라 부르짖으며 각각 하인에게 이끌려 딴 방으로 갈렸다.

제 방으로 돌아온 연실이는 즉시로 얼굴을 닦고 머리를 매만지고 옷을 갈아입고 행장을 수습해 가지고 명애의 집을 나왔다.

인력거에 몸과 짐을 실은 뒤에 연실이가 인력거부에게 가리킨 방향은 패밀리 호텔이었다.

이 패밀리 호텔에는 김유봉이가 묵고 있었다.

발가락이 닮았다

6

연실이가 동경으로 처음 떠날 때에 어머니의 주머니에서 훔쳐 가지고 떠났던 돈은 그가 공부를 끝내고 돌아와 명애의 집에 기류해 있는 동안 다 썼다.

그러나 당시는 대정大正 팔구 년의 대경기 시대라, 돈이 함부로 굴러다니던 때니만치 금전은 전혀 문제가 안 되었다. 만록총 중의 일점홍으로 사천 년래의 제일 첫 사람인 신시인에게 생활 곤란의 문제가 생길 까닭이 없었다.

한 주일에 한 번씩 내야 하는 이 호텔의 방세는 괴상한 복장의 청년들이 경쟁적으로 순서를 다투며 부담하였다. 매 끼니끼니는 이 청년 중의 한 사람 혹은 몇 사람씩이 내고 하였다. 일용품들도 연방 갖다 바쳤다. 직접 금전으로 바쳤다.

그러나 그런 것들이 다 없어진다 할지라도 연실이의 생활은 튼튼히 보장되었다. 김유봉이가 연실이의 패트런*이 되었다.

한 호텔에서 한 가지의 취미를 즐기는 젊은 남녀였다. 그 사이가 저절로 그렇게 되었다.

연실이는 연애를 동경한 지 수년, 이 패밀리 호텔에서 비로소 소설에서 읽던 연애를 사실적으로 체험하였다.

가장 유행형인 의복으로 맵시 나게 차린 김유봉과 동반하여 혹은 교외를 산책하고 혹은 밤의 거리를 방황하며 호텔의 창에

---

* patron. 작가들이 창작 활동을 할 수 있도록 경제적으로 지원해 주는 사람.

서 갈고리 같은 달을 우러르며 혹은 빗소리에 귀를 기울이며 일찍이 소설에서 읽은 바와 같은 달콤한 속살거림을 서로 주고받았다.

"연실 씨. 연실 씨의 곁에 가까이 앉기만 해도 가슴이 울렁거립니다그려."

"아이 참, 김 선생님. 우리가 왜 좀더 일찍이 만나지 못했을까요?"

"그게 참 큰 한입니다. 아아, 이 달밤에 우리 산보나 같이 나가볼까요?"

"네, 참 그러세요."

그러고는 서로 잡았던 손에 힘을 주고 서로 뺨을 부벼 대고 하였다.

싸우고 난 뒤에는 다시 명애를 만나지 않았다. 여자의 친구는 남자일 것이지 여자는 여자의 친구가 되지 못할 것이다. 그날 그일에 일종의 희망을 붙였는지 명애의 남편인 고창범은 몇 번 연실이에게 전화를 걸었다. 그러나 그날 우연한 찬스에 다시 한번 붙안겨 보기는 하였지만 고창범 같은 남자에게는 일호의 흥미도 느낄 수 없는 연실이는 다시 창범을 만나지 않았다.

퇴폐파의 문사며 그 밖 젊은이들도 차차 연실이를 김유봉의 애인으로 인식해 주는 사람이 늘어갔다.

1939년 5월, 《문장》

발가락이 닮았다

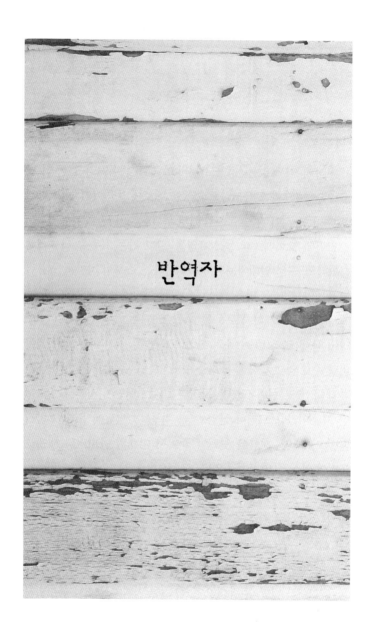

반역자

천하에 명색 없는 '평안도 선비'의 집에 태어났다. 아무리 날고 기는 재간이 있을지라도 일생을 진토에 묻히어서 허송치 않을 수 없는 것이 '평안도 사람'에게 부과된 이 나라의 태도였다.

그런데, 오이배嗚而陪는 쓸데없는 '날고 기는 재주'를 하늘에서 타고나서, 근린 일대에는 '신동神童'이라는 소문이 자자하였다.

쓸데없는 재주, 먹을 데 없는 재주, 기껏해야 시골 향수 혹은 진사쯤밖에 출세하지 못하는 재주, 그 재주 너무 부리다가는 도리어 몸에 화가 밀는 재주, 그러나 하늘이 주신 재주이니 떼어 버릴 수도 없고 남에게 물려줄 수도 없는 재주였다.

대대代代로 선비 노릇을 하였다. 그랬으니만치 시골서는 도저한 가문이었다. 그러나 산업産業과 치부致富 방면에 유의留意하지 않았으니만치, 재산은 연년이 줄어서 이배의 아버지의 대에는 드디어 파산을 면치 못하였다.

대대로 부리던 세도가 있느니만치, 그래도 근처에서 존경받은 지위는 간신히 지켜 왔지만, 재산 없고 산업을 모르고 그냥 그 '점잖음'을 지키노라니 여간 살림이 이상야릇하지 않았다.

불행한 신동 이배를 시험하심에 하늘은 더 어려운 고초를 내렸다. 이배가 열한 살 잡히는 해에, 신동 이배의 양친이 한꺼번에

발가락이 닮았다

세상을 떠났다. 천하를 휩쓴 '쥐통'에 넘어진 것이었다.

여러 대를 이 동네에 살았지만 자손 번창치 못하는 집안이라, 여러 대 계속하여 외쪽지로 내려왔으니만치, 일가친척이라는 것이 전연 없었다. 이렇게 외롭게 될 때는 그래도 일가라는 것이 있으면 얼마만치 힘입을 수도 있고, 믿고 의지할 수도 있지만, 일가라는 것이 전연 없는 오씨 집안에서 양친이 한꺼번에 세상 떠났으매, 이 넓은 천하에 이배 단 혼자가 덩더렇게 남았다. 겨우 열한 살 난 코흘리개 소년이.

그래도 대대로 동네의 인심은 잃지 않고 내려왔으니만치, 동네의 동정심은 자연 이배에게 부어졌다. 그러나 인심은 안 잃었다 할지라도, 이쪽은 그래도 선비요 동네 사람은 모두가 이름 없는 농꾼들이라, 자연 교제가 없었다. 그래서 마음껏 동정을 나타내기도 쑥스러웠다.

동네 사람의 조력을 빌려, 양친을 한꺼번에 장례를 치르기는 하였다.

그러나 상여를 따르는 상제는, 소년 상주喪主 하나뿐 동네 사람 서넛이 함께 묘지까지 가기는 갔지만, 이 쓸쓸한 상여를 모시고 가는 소년 상주의 눈에서는 눈물이 샘솟듯 솟았다.

◆

이 세상에 단 혼자 남은 이배.

부모를 안장하고 집에 돌아오매, 오막살이에서 마주 나오는 것은 개 한 마리뿐이었다.

　아버지, 어머니, 이배 단 셋이서 살던 쓸쓸한 오막살이에, 아버지 어머니조차 영원의 세상으로 보내고 보니, 세상에는 이배 한 사람에, 인종人種이 없는 듯, 밖의 길에는 사람들이 지나다니는 기척도 있지만, 이배에게는 그것이 다 환몽이요 자기 혼자만이 이 너른 세상에 살아 있는 유일인인 듯싶었다.

　한심하고 기막혀 한 사나흘은 밥도 짓지 않고, 따라서 먹지도 않고, 집 안에 쓰고 누워 있었다.

　그 오막살이에 하도 인기척이 없으므로 동네 할머니가 미심질로 들여다보아서, 며칠이나 굶었는지 굶어서 거의 죽게 되어 정신을 못 차리는 이배 소년을 발견치 않았더면 이배도 제 부모 가신 나라로 갔을 것이다.

　"아이구, 이게 웬일이냐. 무슨 일이냐? 정신 차리거라."

◆

　이배는 그 할머니의 성의 있는 간호로써 다시 소생하였다.

　소생한 며칠 뒤, 이배는 그 동네에서 일백오십 상거 되는 곳에 있는 학교를 목적하고 제 고향을 떠났다.

　일백오십 리 밖에 있는 T라는 학교는, 위치는 산골에 있으나 전 조선에 이름 높은 학교였다.

　그 학교의 설립자가 유명한 애국지사였다. 신학문과 아울러 애국사상을 소년들의 마음에 뿌려 주기 위해서 세운 학교였다.

옷 두어 가지를 넣은 보따리 하나를 끼고 학교까지 이르렀다. 그러나 여전히 의지할 데 없고 믿을 데 없는 소년이라. 어떻게 해야 할지 두서를 못 차려서, 학교 문 밖에 배회하다가 그 학교 교장에게 발견되었다. 교장이라는 이가 또한 전국에 이름 높은 선각자요 애국지사로서, 설립자의 뜻을 받아 장차 자랄 어린 싹에 좋은 교훈을 하고자 일부러 이런 시골의 학교장으로 와 있는 이였다.

교장은 이배 소년의 슬기로움을 알아보았다. 그래서 이 소년을 장차 나라의 큰 그릇을 만들고자, 자기 집에 데려다 두고 잔심부름이나 시키며 교육 일체의 책임을 졌다.

구학문에 있어서 신동이었던 이배는 신학문으로 돌아서서도 그의 천품을 충분히 발휘하였다. 이 학교를 사모하여 전국에서 모여든 수재秀才들 가운데 섞이어서도 이배는 가장 빼어난 성적을 보였다.

농촌의 선비 집안에 한 신동으로 태어나서, 동양 전통의 윤리를 닦고, 이것만이 학문이거니 여기고 있던 이배는 이 학교에서 비로소 놀랄 만한 지식 분야에 발을 들여놓았다.

이 세상에는 '청국淸國'이라는, 지금은 호인胡人의 나라가 본시 하우씨의 직계로서 만국을 다스리고 있다— 이쯤밖에는 모르던 이배는 여기서 비로소 한국韓國이라는 본시는 조선이라는 나라가 있는 것을 알고, '왜倭'로만 알고 있던 일본이 놀랄 만한 신문화를 흡수하여 가지고 동양 천지에서 세도하려는 것이며, 그 일본이 현재 한국에게 대하여 어떤 야심을 품고 있다는 것이며,

이런 때에 임하여 한국인은 어떤 길을 밟아야 할 것인가는 큰 과제 등을 비로소 알고 경악하였다.

교장은 이배 소년의 비상히 영특한 재질을 크게 평가하여, 이런 재질에다가 민족관념을 옳게 지도하면 나라에 얼마나 유용한 인물이 되랴는 기대 아래 소년을 훈육하였다.

이 학교에 의탁한 지 일 년 뒤에는 이배는 학문으로는 교사와 어깨를 겨눌 만하게 되었다. 애국사상으로는 모르긴 몰라도, 이 학교에서 교장에 버금가는 사상가로 변하였다.

학교도 무사히 졸업을 하였다. 졸업하고는 더 높은 학교로 가고자 하였다.

그러나 그를 유난히 사랑하고 촉망하던 교장이 놓아 주지 않았다.

"그가 더 높은 학교에서 학업을 닦는다는 건, 본시 같으면 되레 내가 권할 일이지만, 지금 우리나라의 형편이 더 높은 학교를 나온 훌륭한 지도자보다도, 이맛 정도의 지도자가 더 필요해, 그리고 급해. 이 학교에 머물러 후배들을 지도하는 교원이 돼다고. 나라를 위해서든, 너 개인을 위해서든 너 같은 총명한 사람이 세계의 우수한 학문을 닦아서 나라에 이바지하면 오죽이나 좋으랴마는, 그런 먼 장래보다도 눈앞에 다닥쳐 있는 소년 지도의 책무를 감당할 일꾼이 더 급하구나. 그러니까, 좀더 이 학교에 그냥 있어서 교원이 돼다고. 국사가 매우 위태롭게 된 이 판국에, 먼 장래는 더 뒤에 생각하고, 목전의 급한 일부터—"

과연 시국은 가장 어지럽게 되어 있었다. 일본은 그 마수를 차차 노골적으로 펴서 동학당東學黨이라는 당을 손아귀에 넣고, 한국을 삼키려고 공작이 나날이 더 심해 갔다.

반역당파의 동학당은 일본의 농락 아래 들어서, 내 나라를 일본의 마수 안에 넣어 주려고 맹렬히 활동하고 있었다. 경향을 물론하고 일본 세력을 배격하려는 국민운동이 요원의 불같이 일어서 펴져 나간다.

이런 판국에 국민은 아직 몇 해 전의 이배나 마찬가지로 한국이라는 국가가 무엇인지도 모르는 요순 시절의 꿈에 잠겨 있는 무리가 태반이다.

하다못해 '내 나라'가 무엇이며 어떤 의의를 가진 것인지, 이 개념만이라도 온 국민에게 부어넣어 주는 것은 여간 급한 일이 아니다.

그러기 위해서는 장래의 위대한 지도자보다 현재의 대중적 지도자가 더 급하고, 더 긴하다.

내 한 몸 더 훌륭한 학업을 닦고자 은혜 깊은 교장의 슬하를 떠나고자 하던 이배는, 교장의 이 말에 크게 깨달은 바 있어서, 그냥 이 학교에 주저앉아서 장래 국민을 지도하는 대중적 역할을 맡기로 교장 앞에 맹서하고, 다시 주저앉았다.

◆

운명의 힘은 막을 수 없다.

한국은 드디어 일본과 보호조약을 체결치 않을 수 없었다. 한국의 외교권은 동경에 있는 일본 정부가 대행하며 한국의 모든 기관에 일본인을 고문으로 두어서 그 지도를 받는다는 조약이었다.

보호조약에 한국의 상하가 욱적할 동안, 일본은 한 걸음 더 나가서 한국을 병합하여 버렸다.

일본은 외국에 선전하기를, 한국 황제가 그 통치권을 일본 천황에게 호의로 넘긴 것으로 무혈병합無血倂合이라 한다.

하기는 그렇다. 미리 군대를 해산하고 무기를 걷어 올려서 촌철寸鐵을 못 가진 한국인이매 맞싸울 수는 없었다.

그러나, 각지에 의병義兵이 궐기하였다. 근처의 열혈 애국자를 수령으로 조직된 의병은, 감추어 두었던 낡은 총이며 포수砲手의 엽총들을 무기로 하여, 이 병합에 반대하는 의사를 나타내었다.

다만 끓는 피, 힘주어지는 주먹만을 무기로, 일본의 정예한 군대를 당할 수가 도저히 없었다. 의병 자신들도 그것은 잘 안다. 알기는 아나 참을 수 없는 분격심은, 이 당할 수 없는 싸움이나마 하지 않을 수가 없었기 때문이었다. 이것은 민족의 의사였다.

◆

소년 교원 이배는, 자기보다 훨씬 나이 많은 제자들의 위에서, 교장의 뜻을 받아 민족사상을 기르기에 여념이 없었다. 자기 스스로가 교장의 아래서 몇 해 지나는 동안, 민족을 알고 '애족사상'을 느낀 뒤에, 자기의 심경의 변화를 돌보아서, 이 제자들로

발가락이 닮았다

하여금 내 민족을 사랑할 줄을 알고, 내 민족을 위하여서 사는 사람이 되게 해보려고, 자기의 성심을 다하였다.

이 귀중한 사업에 종사하는 동안, 자기의 애족심도 나날이 가속도로 늘어 가는 것을 알았다.

지금의 그에게는 다만 민족밖에 아무것도 없었다.

민족 문제가 가장 귀하였다. 민족 문제와 관련이 없는 학문은 존재할 가치도 없었다.

열정적이요 감격적인 그는 느끼느니 민족이요 생각하느니 민족이요, 오직 민족밖에 아무것도 없었다.

순정적으로 애족사상에 잠긴 이배라, 그에게서 흘러나오는 것은 죄 애족사상에 관한 것뿐이었다. '애족광愛族狂'이란 칭호를 들도록 오직 민족 문제에 빠져 있었다.

이 정열의 소년 교사의 순정적 교육은, 제자들로 하여금 진정한 애국자로 변하게 하였다. 이 학교의 출신자들이 후일 일본 관헌의 가장 미워하는 '요보'*가 되었으며, 무슨 일이 있을 적마다 이 학교의 출신자들은 죄 없이 일본 관헌의 내리는 벌을 받고 한 그 원인은 이때에 씨 뿌려진 것이었다.

전국에 이름난 학교라, 생도들은 전국에서 모여들었다. 그들이 졸업하고는 각각 고향으로 돌아가는지라, 이 학교의 지도사상은 전국에 널리 퍼졌다. 동시에, 소년 교사 오이배의 명성은 전국에 퍼지고, 그 정열과 애국심을 사모하는 숭배자가 전국에 산

---

* 일제강점기 일본인들이 조선인들을 얕잡아 부르던 말. '여보세요'라는 말에서 온 걸로 추정.

재되었다.

이 학교의 이름과 이배 선생의 이름은 전국의 애국사상가의
위에 뚜렷한 존재로 되었다.

그런 차라 후일 한국이 일본에게 삼키우자, 이 학교는 곧 폐
쇄 명령으로 장구한 명예 있는 전통을 지켜 내려온 이 학교는 폐
쇄되어 버렸다.

◆

학교가 폐쇄되자 이배에게는 곧 후원자가 나섰다. 이 후원자
의 원조로써, 그는 일본 동경으로 유학의 길을 떠났다. 오랜 숙
망이었다. 그러나 제자 양성이 더 급선무이므로 아직껏 달치 못
하고 있던 바였다.

'네 칼로 너를 치리라. 네게서 배워서 너를 둘러엎으리라.'

이러한 포부로 그는 적도敵都 동경으로 길을 떠났다.

그로부터 십 년, 이배는 적도에서 적의 칼로 적을 찍을 심산
으로 열심으로 공부하였다. 중등학교의 교원이던 그는, 동경에
서 중학교에 입학하여 코 흘리는 일본 애들과 책상을 나란히 공
부하였다. 중학교를 마치고는 어떤 사립대학의 정치과에 적을 두
었다.

여전히 마음속에는 불타는 민족애의 사상을 품은 채 학업에
정진하면서 그가 가장 강렬히 느낀 바는 무한한 실망이었다. 실
망에 따르는 마음의 고통이었다.

발가락이 닮았다

일본은 나날이 자란다. 그런데 조국 조선은 일본의 고약한 정책 교육 아래 나날이 위축되어 들어간다.

조선도 자란다 할지라도 앞서 자란 일본을 따르기 힘들겠거늘, 이렇듯 나날이 위축되어 들어가니, 일본과 조선과의 간격의 차이는 나날이 멀어 간다.

조국의 회복? 그것은 지금의 형편으로 보아서는 절대로 희망이 없었다.

이것은 이배에게 있어서는 끝없는 실망일밖에 없었다. 일본이 자진하여 조선을 놓아 주기 전에는, 조선은 언제까지든 일본의 더부살이를 면할 날이 없을 것이다.

하숙에서 학과를 복습하다가도 이 생각이 문득 나면 책을 집어 던지고 하였다. 그리고 멍하니 시간 가는 줄을 모르고 앉아 있고 하였다.

세계 제1차대전이 일었다가 끝났다. 그때 미국 대통령 월슨이 '민족자결주의'라는 간판을 내걸었다.

스스로의 힘으로 국권을 회복할 수 없고, 일본은 자진하여 조선을 놓아 주지 않을 형편에서, 이 윌슨 대통령의 제창 같은 것은 조선 민족에게 있어서는 다시 잡을 수 없는 천래의 호기회다. 온 조선은 이 기회에 일본의 굴레를 벗어 보고자, 세계를 향하여 '조선 독립 만세'를 외쳤다.

이배도 꿈밖에 생긴 이 좋은 기회를 이용하고자, 선두에 서서 만세를 외치며 국민을 선동하였다.

그러나 일본의 실력은 너무도 강하였다. 강자의 앞에는 인류는 굴복하는 법이다. 약자인 조선이 남의 등쌀에 독립을 해보고자 야단하였지만 강자인 일본이 승낙지 않으매 이 사건도 흐지부지해 버렸다. 전 조선의 감옥만 만세 죄인으로 가득 채워 놓고서……

윌슨 대통령의 선언도 강자 일본에게는 아무 효력을 못 보였다는 이 비통한 현실 앞에 이배는 처음에는 낙담하고 다음에는 생각하였다.

일본은 인제는 세계에서 도저히 어찌할 수 없는 커다란 존재다. 조선 민족은 일본의 굴레는 도저히 벗을 수 없다.

그러면 조선 민족은 언제까지든 일본의 한 식민지 민족으로 참담한 생활을 계속하여야 하는가.

조선 민족을 내 몸같이 사랑하는 이배로서는, 이것은 도저히 견딜 수 없는 노릇이다. 한 민족이 영원히 다른 민족의 종살이를 해? 더구나 내가 가장 사랑하는 우리 민족이…… 이 불행을 벗고 행복된 민족으로 되게 할 무슨 수단은 없을까.

◆

이배는 학업을 끝내고 귀국하였다.

쓰라린 회포를 품고 귀국하는 이배를 온 조선은 환영하여 맞았다.

옛날의 T학교의 출신자가, 조선의 각 부문에 중요한 자리를 차지하고 있으니만치 열혈의 교사 이배를 환영하여 맞은 것은

발가락이 닮았다

조선의 각 사회의 각 부문에 걸쳐서였다. 어떤 대신문은 그를 위하여, 부사장 겸 주필의 자리를 비워 두고 기다렸다.

이배는 중요한 지도자의 자리에 서게 되었다. 그러나 무엇을 지도하랴. 일본의 굴레는 도저히 벗을 수가 없는 바이며, 일본에 반항하기를 시도하는 것은 공연히 감옥으로 갈 사람을 늘리는 데 지나지 못한다. 이것은 도리어 민족적 불행이다.

조선 안의 민족적 행복을 따기 위해서는, 첫째로는 조선 민족의 문화적 향상을 도모하여야 할 것이다. 물질적으로 인제는 도저히 일본을 뒤따를 수 없다. 그러나 일본인이 물질문화의 발전에 주력하는 동안 조선인은 문화 향상에 전력을 다하면 문화 방면으로는 일본과 대등의 민족이 될 수도 있을 것이다.

움직일 수 없는 큰 자리를 차지하고 있는 이배의 지도 호령은, 조선 민족의 위에 퍼져 나갔다. 존경하는 지도자 이배의 지도에 조선 민족은 고요히 따랐다.

◆

일본은 또 전쟁을 시작하였다. 중국을 상대로 삼아 일격에 부서질 줄 알았던 중국은 의외에도 완강히 저항하였다. 차차 일본이 육해공의 전부의 병력을 집중하여도 좀체 부서지지 않았다.

우습게 여기고 시작하였던 전쟁이 이렇게까지 되어 일본은 땀을 뻘뻘 흘리면서 싸웠다. 종내 하릴없이 조선에까지 조력을 빌렸다.

이배는 조선 민족의 행복을 위하여 이 기회를 놓치지 않았다. 일본이 이렇듯 악전고투할 때에, 조선에 약간의 무력적 실력만 있더라도, 일본에 대항하여 일어서면 일본의 굴레를 벗을 길이 생길는지도 알 수 없다. 그러나, 조선의 현황은 그새 문화 방면에만 주력했더니만치, 무력적으로는 일본 군인의 고함 한마디만으로 삼천만 조선 민족은 질겁을 할 것이다. 그 대신 또한 그 반대로 조선이 일본에 약간의 협력이라도 하면 승리의 아침에는, 여덕이 조선에도 흘러 넘어올 것이다. 조선 민족의 행복을 위하여, 이 기회를 놓치지 말고 일본에 협력하자.

협력의 깃발은 높이 들리었다. 협력의 호령은 크게 외쳐졌다.

조선 민족은 어리둥절하였다. 지금껏 민족주의자로 깊이 믿었던 이배가 일본에게 협력하자고 외칠 줄은 천만뜻밖이므로.

그러나 이 길만이 조선 민족을 행복되게 할 유일의 길이라 깊이 믿는 이배는, 그냥 성의를 다하여 부르짖었다.

일본은 미국과 영국에까지 선전을 포고하였다. 만약 이 전쟁에 이기기만 하면 일본은 세계의 패자覇者가 된다.

조선이 일본에 협력을 하여, 전승자의 하나가 되면 그때 조선의 몫으로 돌아올 보수는 막대할 것이다. 한 빈약한 독립국가로 근근이 생명만 부지하기보다는 일본의 일부로서 승리의 보좌에 나란히 해 앉는 편이 훨씬 크리라.

이배의 협력 운동은 차차 더 급격화하였다. 본시부터 큰 영향력을 가지고 있던 이배라 성의로써 대중에게 부르짖을 때는 그 영향이 적지 않았다. 차차 조선도 성의로써 일본 전쟁에 협력하는 무리가 늘어 갔다.

　이런 가운데서, 이배는 단지 전도前途의 승리만 바라보았다. 반드시 이길 것이라 굳게 믿었다. 그리고 일본이 이기는 날에는, 조선의 몫에도 돌아올 행복을 바라보며 기뻐하였다.

　어째서 일본이 이기겠느냐. 거기에 대해서도 독자의 대답을 가지고 있었다.

　숙명적으로 일본은 패배를 모르는 나라이다. 게다가 또한 숙명적으로 서양은 인젠 쇠운에 들고 동양 발전의 새 세상이 전개될 차례다.

◆

　전쟁도 최고도에 달한 때에 적국 세 나라(미, 영, 중)의 대표자는 카이로에 모여서 한 가지의 선언을 하였다.

　이 선언의 내용을 어떤 길로 통하여 안 이배는, 처음은 딱 숨이 막혔다.

　일본에 대한 항복 권고, 게다가 조선의 독립까지 그 조건의 하나였다.

　딸 수 없는 독립으로 알았길래 일본의 일부분으로서나마 조선 민족의 행복을 구해 보려 한 것이다.

　그러나 이 카이로 선언을 보매, 일본은 인젠 다 진 것으로 여기는 모양이다. 그리고, 거기 조선의 독립이 있었다.

　오직 조선 민족의 행복을 위하여 오십 년간 건투해 왔고, 조선 민족의 행복을 위하여 일본에 협력하기를 주장하여 왔거늘, 아아.

조선 민족의 행복을 위해서면 무엇이든 아끼지 않는 그 노력이 오늘날 모두 반대의 결과로 나타나는가. 만약 이 카이로 선언대로 일본이 항복을 하고 조선이 일본에게서 해방이 된다 하면, 자기는 그날에는 반역자가 될 것이다. 그렇듯 사랑하고 그렇듯 귀히 여기던 조선의— 내가 반역자?

일찍이 추호도 조선을 반역할 생각을 품어 본 일이 없고, 내 생명보다도 귀히 여기던 조국 조선이어늘, 반역이란 웬 말인가.

독립되는 조국에 나는 반역자로 그 기쁨을 함께할 권리도 없는 인생인가.

◆

1945년 8월 보름날 정오에, 일본 천황 유인裕仁이 울음 섞인 소리로 온 일본인에게 부득이 항복한다는 포고를 할 때에, 라디오 앞에 이배도 울면서 그 방송을 듣고 있었다.

1946년 10월, 《백민》

발가락이 닮았다

김동인 연보

1900. 10. 2. 평안남도 평양에서 출생.

1907. 기독교 학교인 평양숭덕소학교에 입학.

1912. 숭덕소학교 졸업 후 숭실중학교에 입학.

1914. 숭실중학교 중퇴 후 일본에 유학하여 도쿄학원 중학부 입학.

1917. 부친상으로 잠시 귀국했다가 다시 일본으로 건너감. 유학 중 이광수(李
光洙), 안재홍(安在鴻) 등과 교제.

1918. 평양에서 부유한 집안의 딸인 김혜인과 결혼함. 혼자 다시 일본으로 건
너가, 도쿄의 미술학교인 가와바다화숙(川端畵塾)에 입학함.

1919. 주요한·전영택·최승만·김환 등과《창조》를 창간, 단편「약한 자의
슬픔」을 발표하며 등단.

1920. 김환의「자연의 자각」에 대한 염상섭의 혹평을 두고, 사사로운 감정으
로 비평하는 것은 옳지 못하다며 지적함으로써, 논쟁이 일어남. 이는
우리 비평사 최초의 논쟁이라 일컬어짐.

1921.《창조》에「배따라기」발표.

1923. 첫 창작집『목숨』출간.

1924. 폐간된《창조》의 후신 격인 동인지《영대》창간, 단편「유서」발표.

1925.《조선문단》에「감자」발표.

1930.《삼천리》에「광염 소나타」발표.

1932.《동광》에「발가락이 닮았다」발표. 이 작품 속 성병으로 생식 능력을
잃은 주인공 M이 자신을 모델로 한 것이라며, 크게 분노한 염상섭이 관
련 글을《동광》에 보냈으나 당시 주간인 주요한이 게재 거절함.
《삼천리》에「붉은 산」발표.

1933. 조선일보사 학예부에 근무. 〈조선일보〉에『운현궁의 봄』연재.

1935.《야담》창간.「광화사」발표.

1938. 〈매일신보〉에 산문「국기」를 쓰며 내선일체와 황민화 주장.

1943. 조선문인보국회 간사 역임.

1948. 〈태양신문〉에 장편『을지문덕』을 연재 중 중단.

1951. 1. 5. 한국전쟁 중 서울 자택에서 숙환으로 타계.